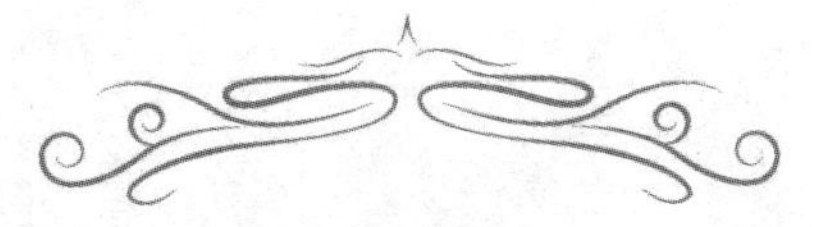

“枞阳文学精品丛书”
组委会名单

“枞阳文学精品丛书”编辑部名单

主　　编　章宪法

分册主编　章宪法　谢思球　陶善才　齐永平

周巨龙　刘檀风　周八一　钱新华

图片编辑　吴保国

枞阳文学精品丛书（第四辑）

丛书主编◎章宪法

浮山文选

谢思球——主编

合肥工業大學出版社

图书在版编目(CIP)数据

浮山文选/谢思球主编．—合肥：合肥工业大学出版社，2021.9
（枞阳文学精品丛书．第四辑）
ISBN 978-7-5650-5405-1

Ⅰ.①浮…　Ⅱ.①谢…　Ⅲ.①散文集—中国—当代　Ⅳ.①I267

中国版本图书馆 CIP 数据核字(2021)第 174779 号

浮 山 文 选

FUSHAN WENXUAN

谢思球　主编　　　　责任编辑　疏利民

出　版	合肥工业大学出版社	版　次	2021 年 9 月第 1 版
地　址	合肥市屯溪路 193 号	印　次	2022 年 4 月第 1 次印刷
邮　编	230009	开　本	710 毫米×1010 毫米　1/16
电　话	理工图书出版中心：0551-62903018	总印张	123.75
	营销与储运管理中心：0551-62903198	总字数	1546 千字
网　址	www.hfutpress.com.cn	印　刷	安徽联众印刷有限公司
E-mail	hfutpress@163.com	发　行	全国新华书店

ISBN 978-7-5650-5405-1　　　　总定价：432.00 元（共 9 册）

如果有影响阅读的印装质量问题，请与出版社营销与储运管理中心联系调换。

序

浮山：延续千年文脉的蓬莱仙境

鲍　玮　方义兵

火山奇观　世界罕见

浮山是一座保存完好的沉睡亿年的白垩纪早期古火山。它现在的形态是其原始火山锥解体塌陷的结果。浮山，火山地貌保存完整，形态典型，平面近似圆形，直径约 4 公里，面积约 15 平方公里；地面形态为边缘高、中间低的盆形凹地，属典型的塌陷火山洼地。

浮山火山地质岩相种类配套齐全，构造形迹清晰可见，有复合穹丘、火山口、火山钟、火山渣（浮石）及熔岩流、环状及放射状断裂、龟裂纹等。在浮山莲花峰至云梯峰一带，在由火山灰流形成的弱熔结凝灰岩层面上，常见到大片出露的不规则多边形龟裂纹构造，显示了层状火山岩层面冷却收缩的特有遗迹。裂纹垂直岩层面规则下延，形成柱状节理，沿此组节理风化淋滤便形成了“百佛朝如来”等陡峻峰林景观。独特的火山奇观形成 36 岩、72 洞，洞幽壑奇，峰峦叠嶂，美不胜收，可以说“世界罕见，亚洲唯一”。

春夏秋冬　满目皆景

浮山的景是美的。

明代书画家雷鲤所题《浮山纪游》诗中写道，“我欲煮烟霞，呼童拾瑶草”。

远眺浮山，水天一色，云水相依。浮山是千奇百怪的岩洞把她托起，所以有“山浮水面水浮山”的美誉。浮山著名的岩洞有108个，大者为岩，小者为洞，人们习惯称“三十六岩”“七十二洞”。这些岩洞在悬崖、在沟壑、在山腰、在峰顶、在峭壁，星罗棋布，数不胜数。小者，玲珑剔透，娇巧端庄；大者，博大恢宏，宽敞明亮；深者，三弯九曲，人迹罕至。“削成绝壁千寻峭，生就悬岩万窍空”。

这里是彩色的，除了浮山外，还有金谷生态园，春天近百亩海棠、樱花争奇斗艳；金秋，近万株乌桕尽显漫山红遍，层林尽染，胜似塔川。即使在乡野，美丽乡村尽显妩媚风流，这里有“晴岚隐隐，叠嶂深深”的双花中心村；有溪水袅袅，芳草萋萋的双岗中心村；有文山流韵，鹿鸣双胜的双胜中心村。

摩崖石刻　天下闻名

浮山的摩崖石刻名扬天下。上起唐宋，下至民国，文体各异，书法万千，其中唐刻11幅、宋刻24幅、元刻2幅，明清居多。石刻内容有诗词、游记，有庵堂碑记，不一而足。字体大者1米见方，小者不及1寸。有的铁画银钩，有的丰韵饱满，有的端庄秀丽，有的龙飞凤舞。石刻作者有文学巨匠，有佛道大师，有官宦名流，也有本土文人。在面积有限的浮山上下，已发现尚可辨认的摩崖石刻达483块。

在浮山摩崖石刻中，最让人注目的是明代官员于若瀛在会圣岩内题刻的“因棋说法”四个大字。关于这幅题刻的内涵还颇有些来历，据史料记载，北宋庆历六年（1046）秋，著名诗人欧阳修慕名来到浮山，与浮山高僧远禄（法名法远，号远禄、远录，宋仁宗赠号圆鉴）对弈。远禄连胜数局后，即以棋理解说佛教，阐明佛法，欧阳修大为折服。

名人文人　层出不穷

浮山是桐城派发源地。作为文山，浮山文化发展在清朝达到了高峰，然而这并非无源而至。有学者认为，南朝梁陈时期，浮山的禅宗文化开始形成；而至清朝，浮山人文蔚起，佛山逐渐成为文山，由此带动了本土文化的发展与勃兴。

浮山历史厚重、文风盛行，曾来浮山游玩的名人众多。晋陶侃登浮山以励壮志，歌长风而显魏晋风度。唐代诗人孟郊在浮山苦吟，白居易在缥缈峰上叹人生缥缈，王安石在水帘洞里歌雨花满天，范仲淹亲撰塔铭缅怀一代高僧远禄，江西诗派黄庭坚雪浪岩题诗，元人冠冕赵孟頫以山入画，还有如陆游之父陆宰、竟陵派文学家钟惺、公安派代表作家袁宏道、阳明先生王守仁、半窗山人雷鲤等名人，先后来到浮山，畅游于斯。

浮山中学　傲出清北

2019 年，坐落在浮山脚下的浮山中学成为清华大学生源中学；2020 年高考，浮山中学 4 人被清华、北大录取，5 人被上海交大录取。浮山中学建校 90 多年来，培养学子 4 万余名，优秀学子灿若星河。

浮山中学，虽是一所乡村学校，但已有近百年历史。其创办人房秩五先生，以“发展乡村教育，启迪民智，振兴国本”为己任，借此浮山之地，创办新学基地，方便家乡学子就近上学，以达成为国育才的目的。房秩五常对人说：“教育必注重环境，乃足以养优美之感情；学校必远隔尘嚣，乃足以发高尚之思想；盖自然境与自然人影响极大，地文学与人文学感召至灵，其理易明，其效至速。”浮山作为一座文山，为浮山中学的发展提供了文化环境与历史积淀。近百年来，浮山中学英才辈出，走出了多名院士，成绩骄人。同时，浮山中学也涌现出众多名师，特级教师唐录义是其中代表，他潜心教学研究，在国家级刊物上发表70多篇教研论文。2017年暑假，唐录义等老师根据该校多年的教学实践积累和丰硕的课题研究成果，编写了《高中数学误中悟》一书，主要是对浮山中学学生在“误中悟”理念下多年形成的自觉纠错学习方式、学习模式、学习方法进行系统梳理和全面解读，开启了浮中校本教材之先河。

浮山发展　正在提速

今日浮山镇，旧貌换新颜。名山，名人，名校，名镇，交相辉映，是枞阳县生态旅游示范乡镇，先后荣获“全国文明村镇”“全国特色旅游景观名镇”“安徽省文明村镇”“安徽省优秀旅游乡镇”“安徽省森林城镇”“安徽省生态旅游小镇”和“安徽省首批健康小镇创建单位”等称号。历史的积淀、文化的传承、非物质文化的传播都在为今天浮山的发展助力。

近年来，浮山镇在美好乡村建设中，因地制宜，结合创建旅游特色乡镇，着力打造浮渡中心村示范点，走出了一条独具特色的美好乡村建设之路。小学、幼儿园、卫生所、文化站、图书室、乡村金融服务网点、邮政所、农资店、便民超市、农贸市场、公共服务中心已初步形成。

在浮山人的精耕细作下，一幅绿色的生态画卷，正在皖中大地上徐徐展开。在金谷林业生态园，300多农户、1000多亩土地经营权在短期内顺利流转，先进的经营理念，现代的管理方式，以及兼具精品生态农业观光、休闲度假等多种功能的综合型旅游项目的高品位、生态化建设，又兼顾旅游开发，实现了企业发展、农民增收、生态美好的多赢。

安徽金谷林业生态园已经完成总投资1.2亿元，租赁农地800亩，用地面积约 3000 亩，年内将完成 22 万株海棠、薰衣草及果树栽植，2021 年 6 月基本建成观光园、垂钓中心等四个主题园区。

另外，安徽浮山现代家庭农场总投资 1.5 亿元，已流转租赁农地 780 亩，目前正进行区内道路建设及土地平整，2021 年实施生态种植区、生态养殖区等项目建设。

浮山，会风光无限。

目录

浮山行

蒋国保

2011年10月19日，我有浮山行。这是我第三次浮山行。我第一次浮山行，是在20世纪80年代中期，那时我正在写《方以智哲学思想研究》，为增加对桐城桂林方氏的感性知识，我特意到桐城、枞阳两县调查方氏文献与遗存。这次浮山行的感受，我在发表于《安徽日报》上的《半生辛苦一个勤》一文中有描述。那次到桐城、枞阳两县调查方氏文献与遗存回到合肥后，我还写有游记，比较详细地记载了我了解到的有关桐城桂林方氏的传说、文献与遗存，可惜因几次搬家，草稿已不知藏在哪个角落，也许它已经丢失。我第二次浮山行，是在90年代中期，那时我同同仁在安庆师范学院举办了一个小型方以智学术研讨会，与会代表中有编上海古籍出版社版《方以智全书》的冒怀辛先生。会后，我们组织与会代表到浮山谒方以智墓。与前两次浮山行的感受相比，这次浮山行的感受，与其说重温旧景，不如说欣赏新奇。

在去浮山之前，我就听与会的当地朋友说，有位老板出生于浮山，在外地闯荡多年事业有成，回家乡决心投巨资开发浮山，准备用几年时间将浮山建成江北甚至全中国著名的旅游度假胜地。我以为这只是计划或理想中的事，实在没有料到浮山的开发建设已初具规模。由赵朴初先生题名的浮山博物馆已建成，内中的陈列已布置完毕。连接浮山博物馆的徽派建筑风格长廊已发挥功能，将上浮山的入口区域区分为两个场地：长廊的前方，沿上山小道两旁，数幢徽派建筑风格小楼已建成，即将装修；长廊的后方，建成了一个运动场。运动场的后面建成了一个山泉小潭，小潭沿山谷走势而建，可以想象：当蓄满山泉，一汪碧潭，定为浮山添几许秀色。站在山泉小潭之小桥上向前望，只见竖立着几幅巨大的广告牌，上面“国家森林公园”“国家地质公园”字样十分醒目，向我们显示着浮山独特的价值。

上山的通道已修好，我们顺沿通道参观浮山摩崖石刻（方以智墓在山麓，上山之前，我们已先行拜谒）及正在修复的佛道两教之寺庙、道观。浮山的寺庙、道观都是依崖凿洞而建，虽不太大，但就南方说，有它的特点。相比较而言，我对浮山摩崖石刻更感兴趣。前两次浮山行，我因没有相机，没有拍石刻，这次我特意带了相机，尽可能多地拍下浮山摩崖石刻。

饭后，地方领导和景区管理方与我们座谈，征求我们对浮山旅游广告词的意见。他们想用这样的广告词：天下第一文山，中国第二名门。第一句是就浮山摩崖石刻说的，第二句是就方以智家族说的。他们认为孔子家族之外，就要数方以智家族对中国文化贡献最大，应高度重视，大力宣传。因为毕竟只是广告，是从商业角度考虑问题，所以对他们定下的广告，我们虽然谈了一点看法（例如我自己就提出：改为江南第一文山比较好一点，但实际上在江北，只是离长江很近而已），但都没坚持自己意见，最后都同意他们用那样的广告词宣传浮山。

在参观浮山摩崖石刻时，与会的代表和浮山当地的同志，让我谈一谈浮山行的感想。我除了代表大家感谢他们大力开发浮山外，重点谈我为什么要到浮山来。我说我到浮山，一是冲着摩崖石刻来，更是冲着方以智墓来。我将我的感想拟成一联：浮山有幸埋忠骨，后学敬仰祭哲魂。这应该是学人游浮山的真正动机。

我衷心祝愿浮山开发成功，浮山从此走向全中国、走向全世界！

十年一浮山

黄复彩

第一次去浮山是 1986 年 5 月，全省报纸副刊年会在那里召开。那时候中国人的旅游大潮刚刚开始，一百来号人，大车小车，通往浮山的山路烟尘漫漫，扰得当地的百姓以为浮山发生了什么事情。等明白了，他们说："这些公家人吃饱了撑的，花钱买罪受，上山看石头。"

偏偏遇上了黄梅雨，3 天会议结束，湿漉漉地离开枞阳，除了连天的阴雨，哪里还看到什么石头？

10 年后，我第二次前往浮山。忘了当时遇到什么不快了，心情极其灰暗，于是，我就像历史上那些失意的文人士大夫，独自跳上一辆中巴车来到枞阳，却找不到一辆车去浮山。不得已，找到枞阳交通局一位姓杨的朋友，他将一辆违章扣压的中巴车临时挪用了，一路辗转，直到下午才到达浮山。站在金谷岩寺的山门口，我不禁发出"浮山好远"的感叹，尽管浮山离安庆只有不到 100 公里的路程。

2006 年 3 月 9 日，我再次造访浮山，是应一家报纸所派给的任务，要写一篇山水方面的稿子，仍然是独自一人，算起来，正好是 10 年一浮山了。接待我的是浮山风景区管委会的小陶，30出头年纪，穿一件厚厚的羽绒衣，里面却只有一件衬衫。发现我对他的穿着很好奇，小陶说，山上的气温太低，这样的季节，坐在办公室里寒冷彻骨，带着客人爬山时又大汗淋漓，不得不备有两套行头。

二月将尽，春寒料峭，天阴郁着，有随时要下雨的征兆。这并不是一个宜于旅游的日子，整个山路上只有小陶和我。钻过天生桥，攀上金谷岩，一路上古人的摩崖石刻随处可见，“别有洞天”“进一步”“华严佛刹”“棋声历耳”以及会圣岩处的“因棋说法”“九带遗踪”等。浮山的石刻漫山遍布，随处可见，就像是一个富有而奢侈的人家，将自家的宝藏就那么随意地扔在一些地方，让人去领略什么是洋洋洒洒，什么是大家风范。

这是一座火山地貌的石灰岩山，史前的那次惊天裂变造就了浮山奇特的山势，植被丰厚，枝繁叶茂，自古就是一处天然的风景名胜。然而，说起浮山的名扬在外，还该归功于佛教在浮山的兴起。

浮山佛教的历史，可追溯到两晋南北朝时期，相传陈隋间（557—618）佛教天台宗智者大师曾在此开辟道场。然而，真正让浮山成为佛教名山的是一段“因棋说法”的公案，而公案中的两位主人公，一个是在当时名不见经传的和尚法远圆鉴，另一位则是被后人称为“唐宋八大家”之一的文豪欧阳修。

北宋庆历年间，一场失败的“变法”成就了中国文学史上一篇不朽的文章《醉翁亭记》。就像历史上无数处在政治低潮中的文人士大夫一样，失意的欧阳修开始寄情于山水。他在“环滁皆山”的滁州以与民同乐的姿态极力冲淡失意后的颓唐，浮山的幽深洞窟又正好接纳和吻合了欧阳修此时的心境。这一年夏天，欧阳修带着一帮人来到浮山。欧阳修一生好棋，每下棋时“太山在前而不见，疾雷破柱而不惊”。会圣岩前，早有人为他摆好棋子。一棋终了，欧阳修注意到在一旁侍候茶水的和尚。欧阳修说，和尚，听说你懂得禅理，请你说说，这下棋一事，也有禅理吗？法远说，禅是不立文字的，那是禅者一颗如如不动之心对外界境相的直白与面对。禅者以不变之心看世间无常，以欢喜之情赏清风明月，何等自在，何等悠闲。而太守身陷官场，薪火相交，纵性不停，就如这一方棋枰，弈者既是知音，又是当仁不让的对手，大家都在这一方棋枰上缀三绕五，走的却又是同一条熟悉的道路，既要防备着不被对方吃掉，又要生着法子去吃掉别人，自古以来，这十九路棋盘不知迷了多少人，也不知悟了多少人啊。见欧阳修不语，法远又说，迷者迷于棋，悟者见智慧。

欧阳修表面平静，却难以掩饰其内心的脆弱，法远的因棋说棋，真正是“棋声历耳”。欧阳修后来说，一个和尚，久住深山，如果不是禅机圆熟，又怎能谈得出这些玄妙禅理？欧阳修又说，像这样的和尚，“天得一以清，地得一以宁，君王得一以治天下”。欧阳修对法远的评价虽然不乏文人的夸张，但也看出他对这位看上去其貌不扬的和尚是何等推崇。名声大振的山野僧人不久开始在浮山登坛说法，又作《九带集》阐明佛法人生，浮山终又成为曹洞宗的一处重要道场。

很长一段时间，我因一部佛教史写作的需要，一直在寻找传说中的《九带集》，以至我像欧阳修一样，开始对这个法远和尚有着奇特的迷恋。直到很多年后，我在一座寺庙的斋堂里读到一首禅偈：“今日示尔修道法，即在吃饭穿衣间。一言说破无别事，饥来吃食困来眠。”便又想起很多年前的浮山一遇，想着那次去浮山前所遇到的不快，真正是不值一提。长久以来，我与欧阳修一样，迷于名，迷于利，迷于一切之所喜所好，却忘了穿衣吃饭这一人之本分，忘了一个人立于世间的根本。

山以景名，更以人兴，丽山秀水，再加上一个“因棋说法”的和尚，浮山开始成为士大夫们逃避官场险恶的避风港，成了文人墨客们唱酬应和的诗坛。写过《岳阳楼记》的范仲淹早在欧阳修来之前就是浮山的常客。范仲淹再来浮山时，法远也老了，范仲淹觉得年迈的法远实在不能再在浮山潮湿的山洞里居住，便将法远接到了苏州天平山天平寺。

法远在那里住了一阵，不久又回到了浮山。

同样是因为一场变法，王安石被贬做舒州（今潜山）通判。他在皖公山（今天柱山）写了“水泠泠而北出”的诗句后又来到浮山。看过浮山，王安石说“朱门试问幽人价，翡翠鲛绡不直钱”，可见他对浮山的推崇。

黄庭坚也来了，黄庭坚一辈子都不得志，曾发誓要终老舒州皖公山。浮山的山水给了他写诗的灵感，也让善画的黄庭坚欲罢不能。更早些时候，唐代写过“慈母手中线，游子身上衣”的大诗人孟郊也来过、被人们称作“苦吟诗人”的孟郊本来就有厌世的情绪，孟郊在见到浮山后就更不想再去浮生若梦的名利场去拼杀搏击了，他在诗中写道：“山中信是神仙宅，不羡繁华浪得名。”白居易是在被贬做江州司马时骑着他的毛驴走着一条弯弯曲曲的山道来到浮山的，他在诗中写道：“登临一望水滔滔，还被蓬莱压巨鳌。细认江流分笠泽，界寻烟树辨毫毛。”文人多好冲动，当然不必太在意这些处在政治低潮时期的文人士大夫的信誓旦旦，他们不可能退出名利角逐，改变自己执着而多变的人生，但有一点可以肯定，浮山如诗如画的山水的确曾在一刹那间抚慰了他们受伤的灵魂，影响了他们后来的人生。

由于他们的到来，浮山也的确增加了许多的文人气息，从而成为一座诗山，一座文山。唐宋以后，赵孟頫、左光斗、方大镇、吴应宾、阮大铖、张英、戴名世、方苞、姚鼐……这些排列在我们面前的名字，哪一个在中国文化史上不是响当当?！哪一个不是铸就中国文化宏伟大厦的能工巨匠?！

10 年前我曾独自沿着一条山路来到一个叫作白沙岭的小山坡上，这里长眠着一位 17 世纪杰出的科学家、哲学家和智者方以智大师。他最后的归宿是一位僧人，法名弘智。他的墓地依山傍水，他躺在这里，可以听到从浮山中学传来的清朗的读书声，可以看到东南方向一大片开阔的丽山秀水，可以静静地思考他的又一个新的哲学命题。

方以智早年即有政治抱负，年轻时曾“接武东林”，“主盟复社”。他是明崇祯时的进士，与侯方域等人被称为“明季四公子”。他当过翰林院检讨，清顺治三年（1646），桂王在肇庆建立南明永历小朝廷，他被封为左中允，充当经筵讲官。然而，在政治极不清明的社会里，方以智一家屡遭迫害。崇祯十三年（1640），方以智的父亲被人诬陷入狱。为了营救父亲，他在太和殿长跪诉冤，接着写血书跪在长安门外达两年之久。崇祯皇帝被他的孝行感动，感叹说：“求忠臣必于孝子之门”，终于释放了他父亲。这是方以智“孝”的一面，再说他“忠”的一面。吴三桂引清兵入关后，方以智拒不合作，携妻儿移居广西平乐县一个深山里，结果仍被清将马蛟麟所俘。马蛟麟用刀架在他的脖子上说：“官服在左，刀剑在右，你自己选择吧。”方以智宁可选死。马蛟麟被他所感动，亲自为他松绑。得释后的方以智削发为僧，来到他的故乡枞阳浮山，从此于青灯黄卷中打发余下的人生。

会圣岩下的象鼻山，是浮山摩崖石刻最集中的所在。“因棋说法”“九带遗踪”“非人间”“一足可尊”等就在此处。读着这石刻上的诗文，徜徉在这些或行云流水，或端庄大气的中国书法面前，不能不令我肃然起敬。小陶向我介绍着这每一幅石刻所记录的历史，阐述着每一条诗文中所蕴含的智慧与禅机。他给我分析浮山旅游开发的大势以及目前尚存的问题，看着小陶徜徉在对浮山未来的遐想里，我似乎看到了浮山的未来。浮山有山有水，有历史有文化，更有值得人们参悟一生的禅机，浮山不会这么远，也不会这么冷。

我就要离开浮山了，一阵山风掠过，野樱花的香味扑面而来。这时，从回龙峰方向传来阵阵松涛之声，像是古人所发出的声声叹息。站在青龙涧上，遥望远处“海岛雪浪”上亿万年前岩浆喷涌的醒目痕迹，我忽然感觉，史前的那一次惊天大裂变就发生在10年之前。

寂寞浮山

钱红丽

清晨推窗，秋雨漠漠，想去外面走走。

说走就走。

去浮山。

自京台高速，一小时有余，飞驰至浮山脚下。

买好票，恍觉此山杳无人迹，唯余秋风一阵凉似一阵，仨人瑟瑟然，将衣领紧了又紧。

拾级而上，一路原始风貌——山径依石凿出排纹，青苔历历。沿途遍布白色小花，大约是野菊了。溪水淙淙，时而白亮，时而黛绿。孩子一路走，一路啜饮，入骨沁凉。

路口一株枫树，红黄相间，衬着远方雾霭，遍布旧意，值得一看再看。

慢慢地，奇峰、怪石、巉岩、幽洞，逐一浮现。巨大岩洞如同宇宙星体，凸显眼前，劈面而来的摩崖石刻，草书、隶书、行楷……叹为观止。

多少文人骚客来过这里？一幅幅，仔细辨认过去……

孟郊、欧阳修、白居易、范仲淹、王安石、黄庭坚、左光斗、张英、方苞……陆游父亲也来过。

至会圣岩。此地坐落一座古寺，始建于晋梁。门前大树两株，各为银杏、冬青，三四百岁模样。后者结了繁星一样密的果实，披垂而下，椭圆，一颗颗，似泪滴，将坠欲坠。寺院背依会圣岩，主殿背面，水流潺潺，被两口石缸接住，复溢出，顺着山岩沟壑，日夜流淌。眼前一切，被黛绿填满，岩体、地上、石墩、木柱。太老，太旧了。寺右侧，有小洞穴，黑漆漆一片，仔细辨认，一副碑刻，为明代高僧释本智主持重修远禄祖师塔时所撰：

千里瓢囊归叶省，一屏棋局付欧公。

说的是，住持曾于此处为欧阳修讲棋悟道。

欧阳修大约于滁州太守任上，来过这里。滁枞两地，相距可不近。

见我们一家盘桓不去，年轻住持自偏房出，踱至主殿前，象征性拨了拨烛火，轻言告知我们：这寺有千年历史……

实则，我们都一一领略到了。

由于离家仓促，未带果腹之物，登上此寺，已然午餐时间。饿得心慌，怂恿家人向住持提出不情之请，可否用顿素斋……

到底被婉言谢绝。他说，用餐要预约的。可以理解，这座寺太小，大约只住三位师父。

站在厨房门口，聚精会神看师父炒毛豆，小青豆子们在锅里一跳一跳，不禁咽了咽唾液。正欲离开，又有四位客人光临。言谈举止间，猜测其中一位大约与住持是朋友关系，寒暄一番，他带的另三位来客自金陵来。住持说：就你们四位吧，刚好饭菜够了，你们就吃个简餐吧。

我孤独坐在冬青树下，听闻五人喧哗不休。忽然，那位熟客提到黄复彩老师，然后又向金陵来的客人介绍住持学富五车书法了得云云……我无意识撇撇嘴角，无视汹涌而来的饿意，凭借意志力登山而去。

寺院门亭上“会圣寺”三字，为赵朴初先生所撰，行楷，涵容幽凉的秋致、绵延的雅意。寺旁万壑峡谷，翠竹幽篁，流泄清郁之气……

这座山，太让人惊叹了，沿途遍布巨石阶台，宽而坦，窄而峭，后者仅容单人侧身而过。抱月石旁，一棵巨大无匹的无患子树，生于巨石巉岩间，不见一点泥土，依然枝繁叶茂。侧身回首，将这棵树赏了又赏，不小心将右脚踝扭伤。可能是冥冥中的惩戒吧，离开会圣寺时，冒失妄语：我与这座寺无缘啊。

古语云：海枯石烂。原来，石头真的可以烂掉。

这浮山无数岩洞，若干石刻，早已风化，字迹杳然。这山，为火山，火山岩质地坚硬，历几千年风雨吹打，到底将之一点点磨灭。

沿会圣寺拾级而上，路旁有古塔，沁黄外观为风雨所剥蚀，浑然一派，幽古苍灰，旧画一样矗立，秋风自松栎树枝间穿过，呜呜咽咽的。看介绍，由一位日本和尚所立。古塔咫尺处，一块青石残碑，镌刻四字：和尚之墓。刻有这位师父名字的上半截残碑不知去向，也不知是哪一个朝代的师父了。松软的土里铺着明黄色松针，着火一样热烈。往上再走一截，向东眺望，透亮的一个大湖屹立眼前。山顶一亭，取名望湖亭，这望的便是白荡湖了吧。

童年的我，一出外婆家门，便能眺望浩浩渺渺的白荡湖——尤其春天，湖上白帆点点，湖水为阳光所映照，出炉银一般闪亮。三十年过往，我才得以来到滨湖这一座浮山。

山路旁，长满野茶树，开着月白色茶花，黄蕊似金丝桃，有迷离风味。实在饿极，掐几片嫩茶叶嚼嚼，微苦过后，大面积回甘。山顶上秋风，更猛些，回首而望，烟墟远树，历历如画。

我们选择自山北面百步云梯下山，山南大约三分之二景点未曾光顾，实在太饿了。

正低头急急赶路，心无旁骛中，黄豆窠里突然飞起一只野鸡，扑腾腾冲出两丈远。这只锦鸡太炫目了，拖着紫檀色尾羽凌空而起，让人既惊且喜。

到了山脚下唯一一家酒馆，点了生腐烧肉、茭白炒肉丝、青菜豆腐汤。生腐是湿生腐，不甚可口，茭白里肉丝勉强四五根。米饭难以下咽，硬而柴。一百一十元。我们给这两菜一汤打了六十分的人道主义分数。值得表扬的，一样样菜，均明码标价，生熟不欺。

这家店主热爱与名人合影，并将照片张贴于显眼处。韩再芬老师来过，相声演员赵炎来过，其余著名影星、歌星名字，恕我孤陋寡闻，从未听闻。

饭罢，临时起兴，既然来了枞阳，何不拐去桐城看一看——自古桐枞一家。

两地间不通高速，尘土飞扬的二级公路旁，竖立若干“国家扶贫点”牌子，触目惊心。姚鼐墓也在这一路，正是所谓“枞阳出人，桐城出名”，姚鼐正是枞阳人。

临近桐城地界，拐至孔城古镇，停车场大约七八辆车，一样的秋风萧瑟。待到古镇门前，竟要买票方可参观。

作罢，不进了。

一座千年死城。李鸿章当年将钱庄开至此地——中国近代史上，除了梁任公擅长理财，李鸿章当仁不让。

桐城文庙前，秋风依旧萧瑟，老人们在文庙旁，依着石阶打扑克。偶尔一个孩子，在玩滑板车。游人寥寥可数，有几只汉白玉小狮子蹲在原地，异常可爱；一座汉白玉牌坊后，对称长着两株柑橘树，青果郁郁累累。

眼前一切，仿佛都是簇新的，处处有油漆味道。孔子像，塑造得依然那么胖，我不太信——他前半生忧患民生，辗转异国舍命推销自己，辛苦飘蓬，后半生收徒立学，何胖之有？这文庙里，唯独孔子主殿前悬挂的那块匾，是旧的，意味深长四个字：与天地参。

去冬受邀来过一次，当时人众，走马观花，记忆模糊。

直接去大殿左侧偏僻角落平房，再看看姚鼐两幅书法：庾信《枯树赋》，李邕《缙云三帖》：

平鳞铲甲，落角摧牙。重重碎锦，片片真花。纷披草树，散乱烟霞……

昨夜大雨，所料道计不堪矣，已使侄行，托即百方，使通缙云城，去得永康探秋……

是行楷，一粒一粒，疏朗有致，于光阴的更迭间静置，而发散微光，令人爱惜。横撇竖捺里，遍布一个文人的内涵与风骨。

于尘土迷蒙的公路飞奔而来，只为看看姚鼐这两幅字帖，还是复刻的，可谓痴心不死啊。

是黄昏了，天光晦暗，秋风徐徐，天井里无数飞蜢，两位守门妇女正在热烈聊天，桌上停着一只暖水瓶。

孩子忽然发问：曾国藩为什么是方苞的膺服弟子？我们耐心为他解释，所谓膺服，是指精神上的师徒关系，两人并非认识……

回庐途中，不禁替浮山惋惜——绝无仅有的一座奇山文山，却少有游客。

再想，也符合当下环境。让它一直寂寞下去吧。

游向浮山 ｜苍　耳

人们都这么说，这座山四面抱水，望之若浮。

其实，它在水上已漂浮了多少万年，也浪迹了多少万年，直到这个秋天也未停下来。这都是真的。山为什么就不能像船或野鸭那样浮行水上？甚至比它自身的枫叶还要轻？当然，我不是山中的道者，体味不透山水禅境。我只是个俗人，从熙熙攘攘的市井而来，一身尘土，满脑袋杂念，如同一个浮游的小生物。

傍晚时分的浮山是清静的，空的。背光的山阴部分布满了松树、银杏树的斑驳的影子，植被和腐叶层的强烈气息扑鼻而来；一会儿这里窸窸嗦嗦，一会儿那里嘁嘁嚓嚓；偶尔有一只鸟在啁啾，类似一粒石子落入深幽的静潭。只有黄芩们满山遍野地撒欢，每一株都举着它自己的紫花儿；而羊齿类植物则循着衰残的蝉声，一路咬啮着石阶从山脚涌上山巅。除了禅寺的僧人，这儿只有鸟叫，只有虫鸣，游客们想必都下山了，连卖门票的都了无影踪——山门大开。一阵松风流过后，浮山才浮出它自己。

汪是我和小徐的导游，随时随地介绍着山中的景物和掌故。在金谷禅寺的院门前，他透过门缝，很柔和地朝里面叫着老僧“师父”。一个老僧慢慢地从山门里出来了，有点倦怠，哗啦一声开了锁，也没说话，就独自回禅房去了。此时，我注意到了这把锁。在这净界，一把带锈迹的锁向我暗示了什么呢？

这个禅寺真的很奇特：它依傍山体的穹窿而构建，气象峻然，灵氛袅袅，佛在此想必也特别心安。邻壁有一深洞，黑咕隆咚的，寒气袭人，据说可通至山顶。这该不是佛陀为自己升天留的“后门”吧？我心里直打鼓，竟胡乱猜起来，却不敢说出来，这可是大不敬呵，阿弥陀佛。我们连一根火柴都没带，只好放弃钻洞的念头。

后来，我们又去了“一线天”“仙人床”“雪浪岩”。比较奇特的是“滴水洞”，其大可容百来人，且不规则地垂现出三层，宛若置身于三重檐的塔内，引逗你想象亿万年前熔岩喷发时的壮观图景。汪说，火山灰是很轻的，放在水里也不会下沉，“浮山”之名来源于此。说着，他左瞧右瞅，想找一把火山灰玩玩，却发觉周围岩石皆为包公的黑青脸，再过亿万斯年也开不出笑脸。不过，看着洞壁上那“雨花天”岩刻，真令我感到一阵凉意的围浸。佛陀之于松风溪月，佛理之于道家山水，它们原可以如此相融相和，绽开一片自灿自亮的“雨花天”！

然而，在浮山的摩崖石刻中，同样有一部分俗不可耐：一些达官贵人大腹便便，珠光宝气，还想借此青史留名，但那红袍，那一品顶戴，那赫赫威风，早已烟灭灰飞，化作几坨狗屎。时间卷走了所有朝代留下的盛名之泡沫，岩石也拯救不了他们的灵魂。

在上山途中，汪还特别提到方以智和她母亲的墓冢，最近竟被盗墓者残忍炸开。于是我们又绕着山走了很远的路，去拜谒那一隅凄清的墓地……归途中，我们试图在草甸子上稍息一会儿，却遭到成群草蚊子的疯狂袭击。它们太饿了，浑身都发绿了，这些嗡嗡不绝的草蚊子！它们不像山上四处散落的发黄的干牛屎，尚可肥田，当柴烧。草蚊子实在可恶。

牛们早下山了。没有牛，只有无意义的牛屎。据汪说，一千年前，这儿僧众数千，寺院林立，浮山的香火进入了鼎盛期。我猜想此山命名为“浮山”，大约与“浮屠”也有一定关系罢？只是不知道高僧们怕不怕虫叮蚊咬，以及能否从牛屎里悟出禅意来。

记得登临山巅一亭时，我眼里的浮山似乎“浮”到了最高点。四下鸟瞰，湖水耀亮，如同岩石般发出铬蓝的光。脚下的山坡反倒如水摇荡，在夕光中战栗、起伏，仿佛成了通向另一世界的码头。在这一瞬间，我被反衬这一“浮”的景象惊呆了：一轮惨红惨红的夕阳在缓缓沉没，它滚过地平线上不规则的齿状物，沉下去了……

我想起博尔赫斯《余晖》中的诗句：“日落总是令人不安/无论它浮华富丽还是一贫如洗/但尚且更加令人不安的/是最后那绝望的闪耀/它使原野生锈。”此刻被我触摸的一切，虽然尚未“生锈”，但却带来一种时光中的凹陷感、陌生感。它好像你站立的地方慢慢有了裂纹，洼下去一小块，没过多久又洼了一小块，但你并不一定感觉到。凹陷其实是一种微妙的加速度。有许多好东西你失去了，找不到了，或者你再也认不出它来。人只在偶忆时，才猛地感知一种迅疾推进的、比黄昏沉落还要快的凹陷速度，如同车窗外的树影激烈地向后倒去。

刘大櫆在《浮山记》里写道：“山中有青鸟，其声百啭，独时时往来于白云、金谷之间，他山未之见也。”我不太相信这些“灵鸟”之说，因此也没必要刻意寻觅。大凡在白云岩遇不见青鸟的人，必为凡夫俗子，包括那些归山的僧者和隐者，很难说不带着人间的伤痕、幻灭和烟火味。那是一种唯自己才能直感的重，以及涌向每个孤独者的阴影与波纹的重。

那么，隐在浮山上的另一个浮山是否也在凹陷？在佛光氤氲之中，浮山沉没的一小部分，黑不见底的一小部分，在众多白鹭归巢的翅影里咕噜咕噜向我浮现。我想听放牛娃唱一曲山歌，看那千年的荣辱和浮沉，化作一抹烟岚在幽谷里飘……可牛们都下山了，那浑圆的一轮夕阳也下山了。

还是捡一堆金黄的牛粪去烧吧，秋风！那一年又一年让荒草和王朝相互缠绕着长出的，还有牛粪自己，它们原本就同属一种事物。

夕暮的火焰快要熄灭了，最后一线余晖射向脚底。在青豇色的薄暗的光中，我惊讶地瞅见山边石道上，有两个村伢滚铁环而来。我指给同伴看，他们也像我一样疑惑：这儿的路如此崎岖不平，荆棘横生，怎么能滚起小小的铁环？事实上，滚铁环在世间已消失很久，城里的孩子早就不玩了，因此这两个村伢滚铁环，在我的眼里类似奇迹，尽管仅幻影似的浮现了一会儿。

回到浮山中学，天完全黑下来。晚上竟找不到一家旅馆。汪只得在一户民宅为我找到过夜处。女主人说，楼上没个蚊子，但还是点蚊香吧。躺下之后，听见屋外四野的秋虫鸣叫得密如骤雨，又似大雾浮升，几乎要把整个房子抬起，欲将这个异乡客顺势漂走……我猜想此刻的浮山，一定在星光和万籁之中打坐，不像我光着身子躺着，还一个劲地胡思乱想。果然没有蚊子。只有虫鸣，只有老鼠，在瓦顶上扔它的瓦，练它的功课。第二天凌晨就听见益生在下面喊我。见到我后，他说，昨夜我和小徐被蚊子咬死了。

哦，这浮山的草蚊子，血总吸不够，可真够馋（“禅”）的。

上浮山 | 胡竹峰

山前有庙，中有僧人，不谈佛祖老庄，只言拜神烧香，讪讪而退。过庙右侧，见一深洞，入内前行，不出十米，漆黑一片，伸手不见五指，悚然生惧而返。洞口碑文介绍，此洞深远直达山之背面。

偌大的山岗，只有同游者与我二人。松涛腾浪，山风萧萧，恍有隔世感。拾级上行，来到仙人床，几块突兀而立的石头伸出山外。小心翼翼走上去，山下树木隔远了，微如草芥。临石独立，俯瞰山底，秋风吹来，森森然毛孔一收，不敢久待，遂退步还身。

最喜欢首楞岩内石桌，凿石为几，棋盘纵横其上，两旁石墙，雕刻无数，可饮可弈，可闲望山下诸峰。须臾上得山顶，几株残荷插于天池泥中随风摇摆。坐立在此，极目四顾，罡风滚滚，鼓荡衣袂飘摇。山下景色尽入眼帘，白湖浩渺，一木船在湖上划行，渔人在船头撒网，双臂在空中挥洒出刚强的弧线。但觉翩翩欲浮，在白湖的浪花中。

天晚下山，踩着龟裂石，穿行竹林。身旁秋风吹树，落叶沙沙。身后石屋、天池、碑刻，在秋雨中默立。

方以智的这个中秋节之夜 | 陶渡庵

（一）

一阵山风哗然吹过。

你的思绪被风吹断了，瞬间从云外回到了现实。你独自坐这个山冈上，已不知坐了多久。

几枚刺桐叶子如轻盈的蝴蝶，随风飘下。有一枚正好落到你的身边，你心中一动，顺手捡了起来。

“觉人间，万事到秋来，都摇落。”你想起辛弃疾的词，端详着这枚叶子，仿佛是在读一封来自万里之外的家书。而它那一条条清晰的脉络，又仿佛家乡那些纵横的山脉和河流。中间那条就是龙眠河了，如今日夜奔腾在你的思念里。

视线越过手中的叶子，层层叠叠的山峦在你眼里跳跃。你选择坐在这里，不仅是因为这里视野开阔，更因为这一带有一些刺桐树。刺桐别名苍梧，去年你就曾逗留在刺桐树特别多的苍梧县。这个县名，让你想起家乡因青桐和油桐多而得名桐城。

小时候，你听过九世叔祖方克的故事。方克曾任桐乡知县，也任过泉州知府，泉州别名就是刺桐城。方克叔祖于是自号为“三桐寄主”。

从方克叔祖的故事，你想到了大明开国以来，家族诸多先辈们，在朝廷尽为直臣，在地方皆为循吏，在民间多有义举，事迹被广为传扬，也激励着世世代代的方氏子孙忠君报国、诗礼传家。

可是，如今究竟何以报国、何以报君？在流寇与清兵的疯狂夹击下，大明王朝已于甲申年（1644）三月天崩地坼了！而你也流离到了万里之外。

今天，是个特殊的日子——永历元年（1647）的中秋节。

再过两个月就要过三十七岁生日的你，一大早就竹杖芒鞋，爬上了这座山冈。爬山时，一阕《江城子》词，从你的心头涌出：

麻鞋认得一峰孤。
杖头呼，耳呜呜。
滚出乱云堆里、药葫芦。
甘露海中才一滴，
人醉了，有天扶。

这里离沅州县城有一百多里远，溪水在万山之中奔突，杂草灌木丛生，人迹罕至。你孤零零地坐在这座山冈上，抓着一壶浊酒，一直没有挪动，仿佛坐在时间之外，看见另一个你从童年走来，直到刺桐落叶打断你的思绪。

（二）

一抬头，那轮圆月不知何时已到了天中央，正孤独地看着你。

明月如水的清辉，让你感觉是母亲的手抚摸着你的脸。哦，又多么像满头鹤发的仲姑方维仪，正慈祥地望着你。母亲离世后，是仲姑把你们兄弟姊妹五人一手带大。

仲姑还未出嫁时，就已“才名早著”。可她的命运真苦，年十七而寡，遗腹女九个月时又不幸夭折。不得已，回娘家守志“清芬阁”。在孝养老亲、抚教侄幼的同时，仲姑以诗画遣怀，写下了许多感伤之作。此刻，仲姑一定也在遥望着明月，如同遥望远在天涯的侄儿吗？你想起了杜子美的诗：“片云天共远，永夜月同孤。”

还有已经佝偻了的父亲方孔炤。曾几何时，文武双全的父亲，是何等的意气风发！曾几何时，在父亲的勉励下，你立志传承家学，发誓著书藏之名山，也曾渴盼能如父亲一样立身朝堂，建立功勋。可是，那时的形势瞬息万变，父亲居然被冤下狱！当时还是新科进士的你，濡血上书申冤。一年半后，崇祯才有感于“求忠臣必出孝子之门”，而免了父亲死罪。

可是，大明王朝的气数已尽，如同那西边的落日，加速下坠，直至坠下了地平线。似乎转瞬之间就衰老了的父亲，无限伤心地携全家老小归隐桐城。而你只得改名变姓，流离到了万里之外的岭南，流落到这蛮荒偏僻之地。

此刻，是这几枚飘落的刺桐叶子，让你仿佛瞬间从三十七年的岁月中跋涉归来。你拿起了脚边的一壶酒——那是从苗民那里用草药换来的。你站了起来，晃了几晃，站稳，双手执壶，遥向东北，遥向曾经的大明京城，拜了三拜，将酒泼在了这棵刺桐树下的草地上。

风一阵阵哗然而过，刺桐叶随风起舞。你望着那轮明月，泪流满面，口中喃喃：

一片钟山月，那从岭外看。
昔尝临北阙，今独照南冠。
万里天难问，三更影易寒。
梦中儿女路，莫忆旧长安。

（三）

记得刚到岭南时，刺桐花一簇簇灿若火炬，让颠沛流离中的你顿时振作起来，仿佛看到了恢复明室的希望之火。

当初，父亲出狱不久，你就曾勇上《请缨疏》，表达要招募豪杰、“父子枕戈，以报国恩”的强烈愿望。可惜的是，朝廷没来得及给你这个机会。

你曾暗夜里独自一人去煤山恸哭，为崇祯帝吊孝。设法逃脱后，你曾想一死以报先帝，“生死一昼夜，昼夜一古今”而已。却被友人拦下，相携投奔南京弘光朝廷。

把持弘光朝廷的阮大铖、马士英，却疯狂追捕包括你在内的复社人士。在父亲的指示下，你诀别妻孥，变服更名南奔。

“一时投袂起，逐鹿竟纷纭。”你暗中联络着各种抗清力量。他们既有你父亲巡抚湖广时的旧部，也有父亲的挚友瞿式耜、黄道周以及抗清的中坚人物陈子龙、夏允彝、王夫之、魏禧等人，还有龙眠同学故旧钱澄之、周岐以及妹婿孙克咸、表弟姚文燮，甚至还有曾为明朝旧吏而任职清廷的官方人物，以及联明抗清的农民军。

“枕戈报国，谁不同心！”你与同伴们相互激励。

然而，形势是复杂而又残酷的。南京的弘光朝廷很快被清廷扑灭，继起的福州隆武朝廷和绍兴的鲁王政权也相继兵败，父执黄道周、同年进士姚奇胤先后死难。当听说妹婿孙克咸、挚友杨龙友等人也已战死，你悲恸不已。

你不得不与万里来寻夫、相聚不久的妻子潘翟和幼子中履，再一次忍痛分手。跋涉在刀山剑树之间，你做好了赴死的准备：

同伴都分手，麻鞋独入林。

一年三变姓，十字九椎心。

听惯干戈信，愁因风雨深。
死生容易事，所痛为知音。

刺桐花落，又花开。

去年十月，你协助父执瞿式耜，拥立桂王朱由榔在肇庆监国；十一月十八日，桂王正式称帝，改元永历，你代拟了诏书。

没想到的是，永历帝毫无主见，新朝的当权者依旧内衅萧墙、外起门户，不为祖宗雪仇耻，不为生民援涂炭！因与当权者意见不合，你受到了排挤，遂弃官滞留在苍梧县。感慨悲哀之余，你矢志不废笔墨，偷朝不及夕之光阴，随笔杂记作学问。

（四）

清兵大举南下。

你随从永历帝经梧州到桂林时，一路上刺桐花开得正热烈，桂林的奇峰秀水更让你沉醉。可是清兵正在疯狂进攻，永历朝廷却内讧不止，瞿式耜执意留守桂林，永历帝则被当权者刘承胤挟持到武冈（今属湖南）。你冤愤入骨，病得“仅存人形”。

“愁是三更风雨夜，梦回九死乱离人。”兵荒马乱，朝局纷然。你只得又一次与妻子及幼子中履诀别。

谁料永历帝竟诏拜你为东阁大学士，也就是拜相了。对永历朝有些心灰意懒的你，只能婉言谢绝，避入新宁县夫夷山（今属湖南）养病。但永历帝不断派人寻找你，你一躲再躲、一辞再辞，直到八月，已经上了《四辞请罪疏》。

你曾徘徊在洪江之畔，想起少时读过无数遍的《离骚》，仲姑给你详解过，塾师白瑜先生也给你详解过，惟身临楚地，才真切感受到屈子之痛。你想起五世祖方法，也曾沉江以酬大明建文帝，他不就是异代的屈子吗？你不禁挥泪为诗二章，其中首章诗曰：

日夕刀头恩，文章皆再持。
死生一片血，天地百年悲。
遗稿无多句，将书寄二师。
孤心从此别，莫问今何时。

永历帝派人访你不得，得诗以为你已投洪江自尽，一时舆论哗然。但是，你又岂能轻易去死？

“卜居才诵先流泪，游子今朝是楚人。”你的行囊中，始终珍藏着前不久的家信，一有空就拿出来反复地读，直读得涕泗交加。每读老父的信，你总是“得书头抢地，不孝罪通天。未敢攀行在，何时拜席前”。仲姑的信最长，叮咛关切备至，让你充满感激和思念：“更苦清芬阁，长篇远慰予。”中德、中通两个儿子也同时附字其中，却不见弟弟方其义的信，不到三十岁的他竟然病得很重，让你忧心不已。“两儿初见字，一弟病无书。”

对万里之外的家人来说，你活着，就是他们活着的希望啊！而他们身在江南沦陷区，生死都掌握在清兵手里，你岂敢轻易答应在永历朝廷拜相？

然而，你仍心存“三户亦亡秦”的决心，经常以术数推算时势。就在上“二辞”疏后不久，你还给永历帝上过《刍荛妄言》。今天来看，“妄言不妄”，这是一篇极有见地的复明大计，是你对全部形势的深刻洞察，对当时和此后策略的准确把握。可惜的是，永历朝廷并未真正采纳。你唯有悲叹：如此朝局，岂能轻易拜相？

（五）

“飘蓬欲比青青柳，折寄湘江水北流。”这段日子，你独来独往，结茅沅州天雷山中，与苗民杂处，卜卦、卖药，养病、著书。

让你欣慰的是，这里的苗民仍然心系明室，同情并照顾你，“蛮地尚怜我，送我牵我襟。”有时，听到苗民唱着汉家的旧曲，你恍惚以为是豪放的边塞歌曲，不禁热血沸腾、气冲霄汉。“惊闻汉家曲，留得汉家春”，仿佛自己就是那随着汉将霍去病出征匈奴的战士，金戈铁马直捣清兵老巢！

而此刻，山风在呜咽，刺桐树在摇曳。

你想起不久前，从东南又传来了陈子龙牺牲的消息，止不住泪流满面。这位你最好的挚友，曾经与你在金陵缔结“云龙诗社”。云，即云间，是陈子龙家乡松江府（今上海市）的别称；龙，即龙眠，是桐城的别称。两地士子往来酬唱，相互砥砺。

“却忆云间别，悲歌有哭声。”陈子龙与你的妹婿孙克咸，在松江府联合抗清时，被清兵冲散而分手。如今，他们都已经战死。云龙诗社的其他士子，不是战死，就是天各一方。想到这，你的心一阵阵巨痛，只能一口接一口地抿着酒，力求麻醉自己。

呼啸的山风，似乎在问你：你怎么变成这样了？

从前，你自诩“龙眠山下狂生”，往往酒酣，夜入龙眠山深处，或歌市中，旁若无人。后来流连秦淮河畔，你与复社士子评时论事，纵酒放歌，狎妓选美，弹琴击剑，挥毫刻烛，是著名的“四公子”之一，被时人目为“江左狂生”。

而今，那个放怀天下的狂生在哪里？就是这位坐在刺桐树下，身着破布衲衣，脚踏芒鞋，满脸胡子拉碴，一副穷困潦倒样子的中年人吗？以至中秋之夜，却不能拜席老亲前，而孤身一人举火荒村、与鬼为邻？

“父亲，不肖敬您酒了！仲姑，不肖敬您酒了！”你站了起来，踉跄着，双手捧壶，面对着东北方向，遥遥致意。

那轮圆月依旧静静地悬在半天，无比关切地看着你。

你一手捧壶，一手挥舞。“孙克咸，来喝酒！陈子龙，来喝酒！杨龙友，你也来喝酒！大明的天、大明的地，定能重回我辈手！”

刺桐树也随风而舞，刺桐叶又随风飘落。再过几个月，刺桐花又将热烈地开放了。

你泪流满面地吼出一首七言诗：

刺桐叶落坐山阿，贳得村醪洒薜萝。
仰问月知今夜苦，从来秋入楚声多。
流人自恤衣冠影，蛮地偏能边塞歌。
江左狂生乱中老，那堪搔首短婆娑。

“有请方阁老！有请方阁老！”就在这时，有声音突然自远而近急切地呼唤。

你明白，永历帝又派人找来了。

浮山的一片银杏叶

钱立青

我的寓所迁至城南，房屋的起居格局有了新变化，最值得高兴的是自己拥有了独立的书房。

二楼的书房不算大，但其空间布局基本上符合我的意愿。北面是宽宽的阳台，卷起淡青色的竹篾窗帘，入目便是一片丛林，高耸入云的乌桕，排列整齐的银杏，给窗外蒙上层层绿意。

心理学上强调阅读效果取决于环境的舒适度。真正读书，需营造一份恬适的氛围。我把书房内墙涂成浅浅的煤灰色，低调而质朴，淡雅中越显静谧。而我最得意的是西墙整体立起一排与房顶平齐的骨白色书架，橱格里高高低低地摆满图书。每每回到家里，惬意地在窗户边的那张明式圈椅上靠一会，捧一册书，仰首舒展筋骨，感受页页墨韵书香。

我平时喜欢自己打理这间书房，基本上不让他人碰我的书。从天花板到地面，我都细心地去除尘、擦拭。上个周末照例清扫，一不小心，碰倒橱格里的几本书，滑跌到地板上。我低头一看，注意到从书页里飘出一枚泛黄的树叶，忙俯下身子拾起。这是一枚类似书签的银杏叶，在书中被压得相当平整，如同一柄精致的小扇子，条条经络清晰可辨。跌落下来的是几本旧书，而从中飘出银杏叶的是一本诗册，从其封面包装看来此属多年前流行的版式，记得那是一位校园诗人毕业时馈赠于我的纪念品。掂起这本曾经十分熟悉的诗册，愧疚的是十多年来都不曾用心翻阅了。若要细究最后一次看它，恐怕就要追溯到20世纪90年代。

我就读的浮山中学远离市区，依山而建，山是名山，校是名校。名校伴名山，名山拥名校，这似乎成为办学的规律了，古时一些著名书院也一样。我曾拜谒过的湖南岳麓书院、江西白鹿洞书院、河南嵩阳书院，无一不是凭借灵山的神韵将琅琅书声传颂久远。

创建于1924年的浮山中学，的确是读书求学的好地方。学生时代的我有些不安现状，总觉得学校背后的山上更是风光无限，尤为喜欢课外时间独自登山，携一壶水，抱一卷书，岩前林间悠闲自在地诵读。浮山不高，却以精巧而形胜，又间立香火繁盛的寺庙，自然是胜迹处处。山谷间深藏一风景胜地，人称“会圣岩”，岩前两株银杏树，参天的树冠和多人合围的树干，让人揣度树龄已逾千年。树下散布着几块光滑平整的石头，每次我都早早地占领，借倚灵动的银杏好读书。

山上风景俱佳，拥有此段生活的时光确实幸福，真切地享受了四时美景：炎炎夏日，骄阳当空，而山岩前松涛阵阵，凉风习习；清明多阴雨，山上云雾生起，笼罩整个山体，半仙半道，胜似瑶台；晴好的冬天，盘腿坐在南向的岩洞里，迎着和煦的冬阳，积蓄暖色温染心扉。而我最钟爱的还是落叶缤纷的秋天。

说秋天最引人注目并不是一望无际的田野，也不是硕果累累的庄园，却是平凡的枝头秋叶，借此秋风展现出自己生命最后的美丽，给秋季烙下了记忆的符号。

我喜欢在秋风荡涤过后，沿着铺满落叶的小径步行至山中，多重景色一览，赛似火焰的红枫，常绿永青的女贞，尽染透黄的白桦……而万木丛中颇为耀眼的要算是银杏了。远眺，满树的银杏叶在阳光下炫发金光；举目细看，精巧玲珑的叶子像无数面小扇子，飘曳不定。一阵清爽的秋风吹过，枝头沙沙作响，叶子仿佛是与树干恋恋不舍地告别，飘忽悠悠地落下，还不时打着旋儿，如同扭着秧歌，投入大地的怀抱。

我时常顺手拈起几片银杏叶，夹进随身携带的书本里，待压平整光洁后，就着那股叶脉清香，轻轻地用钢笔在上面工整地书写几句格言警句，勉赠予同学或寄赠外地的朋友。而回想这次诗册中飘出的那一枚，却丝毫没有印象。也许是某一天我坐在银杏树下，举目尽心赏慕秋光，一片叶子悄然而深情地飘落，不偏不斜地落在我手中摊开的诗册上，旋又被我无意地夹进书中。这是一片多么富有诗意的树叶，随风飘舞而下，在生命的最后时刻，还将自己的归宿选择在诗意流淌的地方。

凝视这枚银杏叶，金黄的叶面里映照着往日浮中读书求学的时光，回想起昔日的书生意气与青春勃发，一时有太多感慨……

又是秋风四起时，户外秋意已浓，窗前那一排银杏树，透黄的叶子在风中飘摆，映着夕阳的余晖，泛闪着金色的光亮。我走出书房，园子里的小路上落叶满地，犹如一条奢华的地毯，一直铺到视野的尽头。我小心地踮着脚尖，尽量不踩踏地上落叶。弯下腰拾起一枚银杏叶子，放在掌心细瞅，叶子不染一点杂色，通体金黄。我注意到，所有落在地上的银杏叶子，片片平整、干洁、静美，几乎都保持着原来的姿态，显得雅致而细腻。同样生长在一起的梧桐，落下的树叶却像被抽干了水分似的蜷曲着，一碰便支离破碎。我把银杏叶摊在手中，发现这种透彻的金黄背后，闪烁着脱俗的高贵气质。

抬头看看尽显挺拔的银杏树，枝头的叶子都泛着黄灿灿的光晕，哗哗声响于凛凛的秋风里，像畅舞的精灵，尽情地摇曳于生命终结的时光，每一片叶子都燃尽最后一丝生命的绿色，才悄然作别枝头，飘然地划出一道优美的弧线，成就了一地闪亮的金黄。如此绝美的谢幕，也正是向无情的岁月展示其生存的辉煌。

小小的叶片，将唯美的色泽与舞姿，以生命的代价展现给世间，是何等令人怜爱。不经意里，心儿沉醉于其金黄的美丽，感动于其对生命的执着，仿佛心底那根温暖的弦被劲风陡然地拨动一下。树下临风，我舒心地笑了。回想起了母校山后两株千年的银杏，看着那本泛黄的诗册里不知如何夹进的那片叶子……所有的都融入一片温暖而怀旧的回忆。

在浮山中学复读的日子

王孝武

“大，高考没考好……”1993 年 7 月 9 日午后，我一下客车，来到镇上家里的摊铺前，看见父亲，忐忑地说道。“没考好不奇怪，我知道每年能考上的也就很少的几个人。”父亲大声地说着，仿佛要让街坊的熟人们都能听到。今天回想，父亲真是个了不起的心理学大师。当然，父亲说的也是实话，那一年，我就读的县城中学文科班，只考上了一位大专生。

“你看他被子都没带回来，分明是要复读的。”母亲叹着气对父亲说。“那就让他复读一年吧，家里反正穷，也不在意多点债再供他读一年书。”父亲应着母亲说。那个夏日的午后，父母在堂屋的对话，恰巧被我在屋外听见，心中五味杂陈……

虽然我读的枞阳中学是县城的一所名校，但处在深山掩映中的浮山中学更是远近闻名，是莘莘学子向往的读书圣地。于是，我的复读日子就与浮山中学结缘了。

当时学校的住宿条件有限，我就和江光华同学每月花十元钱在学校附近合租一间房子。光华比我年长，性格外向，朋友多，姜发根、胡田等同学就成了租房里的常客，我们的交往多了，感情也就深了。复读枯燥辛苦的日子，有了这些青春同学的相伴，就有了许多笑声和趣事！

1993 年 12 月 26 日是毛主席诞辰 100 周年的日子，校团委早早策划了一个演讲比赛来搞个纪念活动。我们几个人一商量，江光华、姜发根、胡田三人负责写文稿，我报名参加比赛。原定比赛是当天晚上 7 点在二楼的一个会议室举行。浮中一贯学风好，大家都奔着考大学去的，难得有校园文化活动，所以那天傍晚会议室早早地就挤满了同学，连走廊都站满了人，还有同学往里挤、爬窗台甚至起了冲突。团委老师见状怕引发安全问题，就宣布临时取消比赛，让同学们都回教室上晚自习。许多同学虽很失望，也只好悻悻地回教室去了。

我到教室刚坐下一会儿，班主任汪学勤老师让我出来说找我有事。原来，几十个参赛选手还是被悄悄叫出来继续进行比赛。那是个神奇的夜晚，也许是文稿的激情澎湃、文采飞扬，也许是我的全心投入、声情并茂，我一举夺得演讲比赛的第一名。

第二天早读刚刚开始一会儿，汪老师就来到班级让大家暂停读书。他说："我们 305 班是个藏龙卧虎的地方，昨晚举行的演讲比赛，我们班的王孝武同学沉着冷静，表现突出，一举获得全校第一名，为我们班争光了！"汪老师满脸喜悦，兴奋地宣布这个好消息，班上顿时响起雷鸣般的掌声，我一下子在全班 150 个同学中变得小有名气了。

为了庆祝这次获奖，我们四个人决定周日加个餐。恰好有一个山民吆喝着卖刚刚捉到的野兔子，我们几个人一合计决定买下，晚上请房东阿姨帮着烧火锅。长期吃食堂的年轻人肚子里太缺油水了，兔子肉很快吃完了，就不断催阿姨加猪油烫蔬菜，加了三四回，阿姨没有怨言，总是微笑着添加。现在回想，给她那点加工费，根本就不够。而我们几个年轻人就着获奖的意气劲，就着难得的加餐美食，让那个冬夜充满了青春飞扬的气息。

我们租房的楼下有一间理发店，理发师是一位漂亮的大姐，同学们都喜欢在她这儿理发，她带着可爱的四五岁的女儿总是笑呵呵地经营着这个小店。她丈夫在别的乡镇教书，周末就回来。农村有自己创作、手写春联的习惯，记得春节后回到租住的宿舍，就看到理发店两侧贴了手写的大红对联，“进来乌头宰相，出去白面书生”，横批“金榜题名”，毛笔字遒劲有力，有书法大家的味道。想一想，浮山中学对周边的文化影响，就从这副应景的对联里便可管中窥豹了。

浮山中学面朝宽阔的白荡湖，背靠巍峨的浮山，山上有金谷禅寺。一个周末的上午，天气晴朗，我独自一人沿着便道上山，一览山下迤逦的乡村风光。躺在山石上听松涛阵阵，十分惬意。也许是游客撞响禅寺的钟声，引发我的好奇，循声来到了寺庙中。一位慈眉善目的长者和尚笑着问我：你是浮山中学的学生吧？我说是的。他说你抽个功名签吧，我有些紧张地抽出一签。他看了看找出对应的签条，原来是个上上签，写着“独占鳌头”云云，和尚说：小伙子加油干，一定能考上理想的大学……

读书的日子虽枯燥，但时间过得飞快，人也十分充实。汪老师的语文课十分精彩，他常常信手拈来许多诗词名句，让我十分羡慕。教我们地理学科的是即将要退休的特级教师陈日新老师，汪老师不喊他陈老师，总是叫他陈老总。而快言快语的胡尔明老师总是笑呵呵的，她上课大多时候都拎着一个录音机，好在课前训练下我们的英语听力。也许因为她比我们大不了多少，在课间她会放些流行歌曲给我们听，有时还带我们一起学唱，印象很深的就是当时非常流行的周华健的《花心》，我们班同学一起唱得如痴如醉，开心无比。

浮山中学的校名是枞阳籍著名的将军大使、外交家、艺术家黄镇题写的，在校园里老师们会说起黄镇将军为国建功、情系家乡、造福桑梓的许多佳话，让我们这些青年学子的内心深处时常升腾起对这位素昧平生将军的崇拜和敬意。

很快就到了要高考的日子，考前有几天假，同学们都知道，考完一别再见面的机会就不会太频繁了。大家相互送些小礼物，写着毕业留言册什么的。到了离校的日子，告别完许多同学，我拿着行李，走出校门正准备坐车，许根宏同学大声喊着我的名字朝我跑过来，他拿着一张自己的彩色签名照片，送我留存，和我热烈地握手，又久久地向已开动的三轮车挥手，不愿离去，那个校门送别的场景温暖难忘。后来我们在不同的城市上大学，彼此还经常写信，我总是被他的书法体钢笔字所折服，正如他的人一样——帅气十足！

高考的前夜，在县城莲花湖宾馆，汪老师一个房间地一个房间看望同学们，见到我时就当众说：“王孝武，你是我们班的种子选手，你正常发挥就可以了。”然后又挨个夸了其他几个同学。其实我知道，我的成绩只能是中上等，但带着这份信赖与鼓励，我和许多同学都考上了心仪的大学，开启了丰富多彩的人生。

后来，我的两个堂妹、两个侄女、两个侄儿都在浮山中学读过书，他们都是从这片神奇的土地出发，走向了全国各地……

在浮山中学复读一年的过往，全是温馨美好的回忆。一座依山而建的美丽校园，一群甘于寂寞、甘为人梯的老师们，一个个被厚重文化滋润着的乡里乡亲，一群立志奋发图强、友善互助的青年学子，让浮中及周边的场域充满了生机、真诚和善意。在这里，你遇到的人、经历的事都让你的心底充满温暖和柔软，青年学子在人生成长的关键时期，有了这份温暖和柔软的人生底色，就一定会充满了力量来创造未来，也就一定会带着感恩回馈这片热土和整个世界……

诗词浮山 | 章宪法

唐诗浮山

以声律证实富足的，是唐朝。以穷僻对抗豪估的，是浮山。

很多人狂顶浮山的诗情画意，但这类动作相当坑爹。坐在浮山的岩洞里，检字工一样地排字成诗，然后刻画到崖壁上，大唐文人似乎不太擅长这类采风表演。文人闲逛至浮山，基本就一个“玩”字，且玩后不累——轻舟一摇即到，百十米高的山峰，体力进化成智力的书生，多能对付。以一山孤岛的方式漂泊水面，岩洞众多，品种齐全，读书，作诗，下棋，哪找这么便利的水景房。所以有白居易，所以有孟郊。

孟郊是以这样的诗句，讲述浮山观音岩的：

“岩洞分明是普陀，和风甘雨向来多。空山寂寞香灯少，莲座春云长绿箩。”

大唐孟郊，算得上一个才子。他死的时候，韩愈连文章绝种的想法都急出来了。好在贾岛还活着，让韩大师这类担忧很快过去。但孟郊这种苦心孤诣的诗人，不时拉轰，罕见那是一定的。

孟郊的《观音岩》，“标签”绝对不是山水、田园，无非很地道地写真了浮山，“到此一游”的缘由也交待得相当清楚：浮山是一个宗教场所，梁、隋之间，或释或道，香火都是顶级红火。诗中的“绿箩”，完全像植物，其实是“绿箩庵”。

文学，是以君子异乎众庶。如果一个人在《文学史》上中毒不深，就能感受大唐文人书念得很多，骨子很酸很不腐——《兔园策》背得不利索，DNA 没有发育成艺术细胞的包工头，大唐文人宁可饿着肚子“落花流水”，也不肖作陪“天上人间”。那个时候的文化人，大部分在机关做公务员，少部分便在寺庙看经书。孟郊的浮山行，约等于宗教界粉丝见面会，顺手微博上面晒心情。

都以为孟郊孤僻寡合，跟谁都聊不上三分钟。实际上孟郊是文化太多，废话太少。真是聊到唐诗上，碰到文化这根筋，书生顿时就是意气。曾经的孟郊，那是何等的万丈豪情——

昔日龌龊不足夸，今朝放荡思无涯。
春风得意马蹄疾，一日看尽长安花。

那一年，孟郊长安高中，欣喜得意之情，溢于言表。46 岁考中进士，今人多有得志、失意之类的不平与联想。但是，“三十老明经，五十少进士”，对一个闷声读书的唐人来说，这正是一种惬意的正果。从草根起步，四五十岁混个处级干部，自是相当的成就感。孟郊后来有些牢骚，主要是一种“不如意”——四年之后，分配工作时被派作县尉，做了溧阳主管社会治安的副县级干部。白天与鸡鸣狗盗的事搅和一起，晚上捉管狼毫也上不来雅兴。专业不对口，是孟郊的忌讳。

孟郊到浮山，应该与缉拿逃犯的公务活动没有关系。因为他平时上班，多以作诗为乐。弄不出一首诗，外面打死人，谁在那卧槽，他也不肯探头门外。虽说是个“诗囚”，但够不上“诗歌控”。孟郊很突出的另一面，就是当驴友，自费背包游。路近骑毛驴，一玩一整天。一叶轻舟摇到了浮山，回去就是一两个月。

孟郊为何在浮山很住了些时日，因为这山着实特别：一半是净土，一半是红尘。山中一处石刻，写的就是“仙凡此隔”。明白告示，有钱那边物质文明去，这边只管精神文明。山的脾气，见着固执。孟郊的《滴珠岩》道：“飞瀑潺潺峰顶来，珠玑错落下瑶台。已分清响消烦障，还有余甘润木莱。”浮山的石头扔在水里是漂的，但水扔在石头上竟又作金属之声。文人关于情趣的定位，近乎俗语中的“穷得叮当响”。

在浮山，孟郊共留下诗四首。一首《金鸡洞》，又从佛陀写到道观，诗云：“绝壁天开一镜圆，圣中空翠异云烟。金鸡啼处人难到，尚有桃源避世仙。”

孟郊将浮山当作“桃源”，并非抽身隐退的意思，无非是物质世界面前的精神坚忍。谁硬是那么想，纯属拿陶渊明当大爷。道家，是唐朝很专业的科技工作者。什么叫“异云烟”？本质是一个环保问题，形式上则是与别处不一样。孟郊平日看的，多是烧柴做饭的烟，所谓“日之夕兮，羊牛下来”。浮山道观经营的是炼丹炉，冶炼水平很有些国际水准，只是节能减排一时达不到欧盟标准。而浮山旧志上，明确记载有人在这个岗位上干成了神仙——估计就是职称上得超快，挤进了“两院院士”吧！

孟郊在这里游山玩水，见识比书本上更热闹的东西，比在办公室“苦吟”有滋味，《金鸡洞》写的就是“快活”两个字。但孟郊总不能老是事假、旷工，当再回到单位去上班，工作自然是一塌糊涂。单位主要负责同志很生气，年终公务员考核时，给他画了个“不称职”，奖金、福利全没了，基本工资也扣除一半。

那时孟郊已把老母亲接来溧阳，减薪后生活愈加贫寒，同事关系比较紧张，加之幼子夭折，郁闷的表情符都不用加了。浮山归去，他真苦吟了一首名诗，至少是一首顶四首，就是那首脍炙人口的《游子吟》。

在孟郊来浮山的若干年前，金乔觉恋恋不舍地徘徊在浮山，一度思想在此开场布道。这位极具智商与学识的大唐留学生，最终带着神犬谛听，抵达江南，卓锡九华。金乔觉的离去，究竟是对浮山的坚忍心存疑虑，还是另有一个不可揣度的天机？凡夫俗子无从企及。但孟郊的离去，留下了唐诗，同样留下了谜。央视解读浮山之谜时，开篇便是孟郊的《金谷岩》：

鬼斧何年开石室，人行此地作金声。
山中信是神仙宅，不羡繁华浪得名。

宋词浮山

秋天的浮山，是黏在大宋朝额头的一片黄叶。

其实浮山有无数片黄叶，秋天让它们离开银杏，重重叠叠，坠落于张公岩下的山道。很多人在那个季节踩着黄叶涌向道观，对于最脆弱的生灵，企图无非是假一纸神符，让病灾望而却步。也有一些人，试图在神符上读出清晰的国家兴亡。但在一个少女刻意踩响这些黄叶的时刻，山涧充满了宋词的味道。

一叶凌波，十里御风，烟鬟雾鬓萧萧。认得江皋玉佩，水馆冰绡。秋静明霞乍吐，夜凉宿雾初消。恨微颦不语，少进还休，伫立迢遥。

神交冉冉，愁思盈盈，断魂欲遣谁招？犹似待，青鸾传信，乌鹊成桥。怅望胎仙琴叠，忍看翡翠兰苕。梦回人远，红云一片，天际笙箫。

少女分明是李庄的李姬。那个秋天，宋词的味道准确地从浮山张公岩透出，而后西散，顺岩而下，漫浸李庄。李姬总是如期而至，步出李庄，浣纱岩下。这首《雨中花慢》，恰似一片潮湿的黄叶，落在二十多年后的李姬额头。

宋朝因伤感的文学创新而获不朽，宋词总是这个王朝的忧伤密码。金兵南下，大宋朝的悠闲与富足，一页一页斑驳。但李姬的笑颜是绽开的，“小乱避城，大乱避乡”，那个叫张孝祥的少年投亲而来。江左浮山，有着传说中的安宁与静寂，这个尊始祖为“圣祖天尊大帝”的王朝，催化了浮山的道教复兴。道教与浮山，让这个烙上浮山印记的文学少年，从此一辈子想象着神仙与仙境，并在仙境中构筑着不着边际的爱情。只是国事比神符更具玄机，金兵对江北的袭扰日见频繁，战乱让他们在浮山、芜湖间颠沛流离。但时事最终还是成就了少男少女的情怀，也几乎让宋词的婉约坚守到底。这对少年情侣，很快同居，生下一子。

宋词自始至终都在淡化宋朝的症状，战事总是在宋词的掩盖下悄然进行。在外族劲敌面前，朝廷始终无奈而诡谲，最终退守，偏安一隅。在高宗与秦桧心照不宣而又心怀各异的幕后，张孝祥越是小心谨慎，越是尴尬陡生。

绍兴二十四年（1154）的科举，张孝祥得益高宗的上帝之手，击败秦桧之孙秦埙，爆出了罕有的“三元及第”。但这份过于耀眼的光环，让张家不能再回避理教，也不得不小心隐私人肉后的政治漩涡。而老于官场门道的张家，应对之策，便是送出李姬，让张孝祥正娶仲舅之女时氏。

这同样是一个秋天，李姬如一片飘零的叶子，携子回归浮山。江畔风起，秋水无边。李姬似乎看到了黄叶满道的浮山，但眼前分明是失去敢做敢当勇气的南宋男人，还有一纸似曾相识的《念奴娇》：

风帆更起，望一天秋色，离愁无数。明日重阳樽酒里，谁与黄花为主？别岸风烟，孤舟灯火，今夕知何处？不如江月，照伊清夜同去。

船过采石江边，望夫山下，酌水应怀古。德耀归来，虽富贵，忍弃平生荆布！默想音容，遥怜儿女，独立衡皋暮。桐乡君子，念予憔悴如许！

宋词囊括了宋朝的意境——秋天总是和秋天重叠，风帆势必扯破这两块秋天。绍兴二十六年（1156）的九月，消失在风烟与灯火之中。而曾经朝夕相伴的音容，即将萎缩成一片浮山黄叶的憔悴。这一年，李姬在张公岩做了道姑，儿子张同之成为道童。家道维艰，现实世界早满含无奈，张公岩的道观，以一枚创可贴的方式，为她的爱情伤痛打上补丁。国运不济，山河破碎，李姬那里，张孝祥的音讯开始时有时无，但见无边落木，满目黄叶萧萧，伴随四季交替枝头。好歹儿子日渐长大，不时传递在二人之间，浮山道观中的李姬，孤灯下总有情韵幽馨绵邈的《木兰花慢》：

送归云去雁，淡寒采满溪楼。正佩解湘腰，钗孤楚鬓，鸾鉴分收。凝情望行处路，但疏烟远树织离忧。只有楼前流水，伴人清泪长流。

霜华夜永逼衾裯，唤谁护衣篝？今粉馆重来，芳尘未扫，争见嬉游！情知闷来殢酒，奈回肠不醉只添愁。脉脉无言竟日，断魂双鹜南州。

道教并不讲求来世与彼岸，最优秀的道观，此时就是拯救垂死的爱情起死回生，或让纠结的长藤遮严心灵的悲摧——但一切终归太长太久，活生生的人世免不了成为纸上疏烟。当年生离之际，他们也许心存希冀，将来总有一日重新团圆。但时间总是渐渐将记忆漂白，让人越来越明白已不可能。这时的张孝祥与李姬，家族恩怨之外，又隔了道俗之分，维系两人关系的，只剩他不能公开承认的儿子同之而已。每每父子相见，张孝祥回忆前情，形诸梦寐。然而，梦中仙境替代不了现实的虚无缥缈，人间的情缘也是转瞬即逝，纵使是豪情千丈手腕果决的张孝祥，也无法抗拒无情的命运。

乾道三年（1167），张同之再次从父亲的官署回到浮山，带给母亲的，依然只是一纸《转调二郎神》：

闷来无那，暗数尽、残更不寐。念楚馆香车，吴溪兰棹，多少愁云恨水。阵阵回风吹雪霰，更旅雁、一声沙际。想静拥孤衾，频挑寒灺，数行珠泪。

凝睇。傍人笑我，终朝如醉。便锦织回鸾，素传双鲤，难写衷肠密意。绿鬓点霜，玉肌消雪，两处十分憔悴。争忍见，旧时娟娟素月，照人千里。

在浮山，这是李姬读到的最后一首宋词。两年之后，张孝祥英年早逝。而后，宋朝的挣扎也在宋词中继续淡漠。“道可道，非常道”，读一句岳飞的宋词提神也好，唱一句张孝祥的宋词销魂也罢，生动的宋词就这样在浮山永生——民间传说，张同之在浮山张公岩升仙而去。而真实版本，则是张在葬母之后，远去无声……

浮山摩崖石刻的珍贵与光华

钱叶全

中华文明的怀抱里，有一座坚韧的浮山。

说其“坚韧”，是因为浮山曾是一座年代久远的火山。据考证，浮山的古火山地貌成形于1.4亿年前，其后数度喷发，多次岩浆侵入，才有众多奇岩幽洞。

国家地质博物馆里，有一尺多厚关于浮山的地质资料，誉称浮山：“国内极其稀少的古火山标本，其火山形态、熔岩流向、龟裂纹路和断层裂隙，均为全国罕见。”

浮山，从亿万年前一直稳健地走到今天。用什么样的语言，我们人类才能感受出这时光流逝中浮山的品质呢？

我想，起码用“坚韧”二字。

时间维度的无限性与人生过程的有限性，是一对难以把握的哲学命题。

面临浮山，默默行走的每个生命都显得那么短促。在人类不断地追寻中，有缘智慧的生命赋予了浮山一种特殊的承载形式——摩崖石刻。

在浮山摩崖石刻中，表达“天”字的石刻就有几十处之多，如“雨花天”“天河坠玉”“一线天”“壶天别业”“天台幻境”“天地枢机”“天生月窟”等。可以想象，亲临浮山的古人，面对这样的奇壑幽洞，无不对神秘的自然、自身的生命做过一番思考。哪怕是驻足式的停顿歇息，他们都会寻问：大自然到底是怎么回事？生命究竟从哪里来，又往哪里去？

在滴水洞抬头看天的时候，雨花玉瓣，从天而降，溅湿脸庞，身心沁凉，他们或许会真切地感受到自然的沐浴、生命的庄严。

在一缕天光的照耀下，“洗心处”三字，显得隐秘而神圣。心何以洗？心为何洗？心洗若何？

古人的目光，从“天河坠玉”中回归到自己脚下，他或许会想：是什么遮蔽了或赋予了我们生命的灵光和真谛……

在这些寻思中，朗目和尚拿起了凿头，朱作鼎拿起了凿头，黄琰拿起了凿头，黎道熠也拿起了凿头……面壁凿石，也许是数月，也许是数年。

浮山的灵魂深处，于是响起了一阵阵叮当叮当的叩石声。经年累月，他们用生命与石头对话，用有限向无限皈依，在浮山的石头上留下了他们的智慧和汗水。尽管汗水容易挥发，但智慧却生根。

是石刻吗？不只是石刻，是生命，是智慧，是文化。

石刻，属于原始描述性的文化。“文化”一词，信息时代的解释可谓千姿百态。打开电脑搜索，注释的“文化”词条就达百余种之多。

复旦大学一位教授，对“文化”做了自己的解释。他说，一块自然石，许多人从石头旁边走来走去，这块自然石不产生文化意义。一天，突然有个人在石头上划下一道痕，或者刻了一个字。后来的人就好奇了，研究的人就多了。好奇和研究，就产生了“文化”。

当然，这是一个形象的比拟，真正的文化也不会只在一块石头上。从古老的陶罐到今天的芯片，人类文明、文化载体已层出不穷，可石头仍是古文化的一个主要载体。

摩崖石刻，不仅承载了古文明丰富的信息，而且传递着古文明精深的文化。中国的丘壑存在着大量的石刻，泰山有，黄山有，嵩山有，浮山亦有。

摩崖石刻作为一种语言，折射出不同的文化内涵。泰山石刻，彰显的是帝王封禅文化；黄山石刻，彰显的是山水奇秀文化；嵩山石刻，显现的是博大交融文化。

而浮山石刻，恰恰不在于文化的彰显和宣扬，而在于“隐而秘”的丘壑思想。

钟惺诗有“古人负奇情，题岩必幽独”，林古度诗有“片语若不磨，知必具岩气”，程胤兆诗有“不信有此石，未尝宣此义”，雷鲤诗有“金鸡解鸣石龙舞，一啸空谷生云烟”，等等。这些智者都藏慧于石。他们用自己的诗句表达了特定历史境况的思想情怀。

他们思想情感与浮山的特殊地理相对应，与浮山的奇幽山体相适应。在悬崖峭壁，在幽洞深处，浮山构建了一部以思想藏壑为内容的“石史”。从林古度的“明烛备梯”到姚鼐的“明烛天南”，与浮山结缘的文人似乎都置身在一个“漫漫夜色”的背景下。尽管烛光如豆，尽管步履维艰，但他们用生命用才情用智慧，把天地照得异常明亮，给人一种豁然开朗的快慰和希望。

来到浮山，在沉睡了亿万年的火山前，让我们虔诚地瞻仰这摩崖石壁上的生命珍贵与光华吧。

因棋说法，说什么“法”？

欧阳修，是个有过糊涂的大智者。滁州的山水并没有帮他清醒，帮他真正醒悟的还是有着远禄公的浮山。禅师手中的“棋子”，于无声处献灵心。“妙子怎么落？当落何处妙？”……远禄公并没有直白解释文豪的困惑。但欧阳修也就此破解了人生的难题，心智大开。浮山，无私地恩惠了他。

“因棋说法”，传为故事，展现了佛教和儒学一次友情的碰撞，灵光四射，辉映着人类文明一段高远的时空。

欧阳修作为封建社会里的一个高级文人，在当时体制的桎梏下，他的灵魂仍然难得最好的皈依。他在浮山，有幸获得高明的感化，帮着他成就了精彩辉煌的人生。

那年，他上了浮山，他遇到了远禄大师。

“行窝”二字，明代方以智所刻。

石刻位处雪浪岩洞口，长二尺一寸，宽一尺，楷书，旁注“方潜夫氏命子智书”。

浮山有了“行窝”，是浮山之幸；世界有了方以智，是世界之幸。

明朝灭亡，崇祯自缢，众多大臣顾命南逃，唯有他抱帝痛哭。他不是愚忠，他哭的是一个泱泱大国，又有了一个封建朝代的腐朽没落。他无力回天。

在一代文化转承的节点上，新思想的光芒往往就会喷薄而出。

世代以《易经》传家的他，在大变大痛中找到了“义随世变而改”的智慧薪火，他的目光从一个朝代的痛惜转向对人类普遍真理的探求。二十载的“行窝”面壁，他先后完成了《通雅》《物理小识》《医学会通》《药地炮庄》等科学著作，完成了《易馀》《东西均》等哲学巨著。

他已然成为中国明清时代贯通中西、打通儒释道的“第一人”。《物理小识》，揭示的物理真相比牛顿早 20 多年。在日本江户时代，他的科学思想被广泛传播和引用；而在中国，却沉睡了两百年。

“大地处处有行窝”，作为一个伟大的思想家，他不可能决定一个国家未来的命运。他能做到的，就是以思想与天地相接，用自己的学术体系实践《中庸》的宣示：惟天下至诚，为能尽其性；能尽其性，则能尽人之性；能尽人之性，则能尽物之性；能尽物之性，则可以赞天地之化育；可以赞天地之化育，则可以与天地参矣。

方以智，参天地矣！

"洗墨池"，石刻在枞阳有两处：浮山一处，枞阳老城一处。县城的为陶侃洗墨池，浮山的为释超仁洗墨池。同一个县有两处"洗墨池"，恐怕全国少见。

"洗墨池"，是枞阳人人格自我完善的一种象征。

一是把人文之"墨"与山水之"池"联系起来，"天人合一"；二是怎样做"人"，成就人的一生。一方面，浮山"岩洞天开，石溪地涌，海潮乍惊，浮空光荡"（方学渐语），为"天人合一"创造了自然条件；一方面，什么样的人才真正是浮山"天人合一"中的人。

"真正的人，是真人、至人、完人、圣人，是摄取宇宙的智慧来充实自我生命的人，是宇宙和人生和谐共进直指无穷止于至善的人"（方东美语）。浮山正好承载了这两种使命，一是以"鬼斧石室"承载了人的自然人格，一是以"洗墨池"为象征承载了人的文化人格。由浮山发端的枞阳文化，从一池之墨涌成江河之墨。

因此，唐宋以来，孟郊、白居易、范仲淹、欧阳修、王安石、陆元钧、赵孟頫、王阳明、袁宗道、袁宏道等，他们都与浮山结缘亲善。而至明清以降，本邑的方以智、左光斗、钱澄之、方苞、戴名世、刘大櫆、姚鼐等，终于形成了浩然壮观的"诗人之窟、文章之府、气节之乡"的枞阳文化大气象。从钱方文化滥觞导引，到方戴刘姚形成文化高峰，由浮山发端的"桐城派"，影响了中国文学二百余年。吴汝纶、李光炯、光明甫、房秩五、朱光潜、方东美等，其文化教育思想自成一脉，主导了本邑乃至国人的灵魂。

枞阳教育成果，多年稳居安庆市之冠，向国内外输送了数以万计的人才。今天，浮山脚下依然书声琅琅。浮山教育，仍为源大势广。

"三侯继美"，明代无名氏刻。

历史上碑刻不署名的多，而这块无名氏石刻所记载的是三位县令的名字。他们是桐城的先后三任县令。"三侯"，即南昌进贤的樊仿，顺天遵化的陈于阶和直隶曲周的陈于阶。樊仿，在浮山建有石龙亭、泛槎亭、洗心亭、橹山双塔和樊公书院；曲周陈于阶，在浮山建祠立碑，彰德扬善；遵化陈于阶修筑陈家洲江堤，保护了枞阳家园。

有史以来，侯者众多，而“继美”甚难。当官的为老百姓做点事，老百姓是记在心里的。“三侯继美”“陶母还酢”，枞阳有不少的典故与县令有关。老百姓把当官的政德刻在石头上，“三侯继美”是个先例。

“三侯继美”，在今天看来，其时代意义超越了他本身的文化意义。

德政之美，是百姓心中的太阳，也是中国百姓永恒的期盼。

一个“继”字，包含了当代科学发展观的时代内容，即当官的要为百姓多做好事，而且要一届接着一届干，千万不能乱折腾。

庆幸，枞阳当今水在变清，山在变秀，城在变靓。浮山又逢盛世开发，可谓“政通人和”。

“继美”，善哉，善哉，“继美”！

浮山石刻，气象万千。

石头上的每一道痕迹，都是浮山之美。然而，“天地有大美而不言”。石刻不但是石刻，更是历史，我们不能期望用现代的声音完全代替石刻本身的信息。

浮山的石刻，许多已在风雨中消失。在文化的深处，浮山或许深藏着更加宏大的声音，更加壮阔的辉煌。

在字迹模糊的石刻前，我们能做的，不只是仰望和沉默，更应对历史保持一种肃敬和反思。对于保存尚好的石刻，我们应该想到“责任”，献出“良知”，做到“爱护”。

浮山，是枞阳文化的慈善母亲，也是人类文化的美好源泉。

生命的奇迹，在于不朽。但不是每一块石头都能成就不朽的奇迹。真正不朽的应当是人类的精神。浮山的先贤不朽，枞阳的来者也一定会有。

翻阅这部《浮山摩崖石刻》时，我们应该真切地感受到先贤的生命和光华。我们不应该把我们的目光只流连在他们的石刻表象上，而应该在他们面壁追求精神的感召下，永远面向未来，勇敢创新，成就日出东方的新文明。

明媚大好的阳光下，浮山石刻焕发出生命的熠熠光辉。

享有浮山的枞阳，必将因浮山石刻文化而魅力大增，生机勃发。

能不忆浮山 | 钱龙宁

屈指算来，我离开浮山已经 30 年了。在遥远的边疆，我常常回忆起那里美丽的风景，回忆在那里求学度过的一个个难忘的日子，回忆那里的老师和同学，回忆那里的山山水水、一草一木。

记得我上小学时，有一天，在浮山中学上高中的二哥从学校带回来一块奇石。石头不大，灰褐色，可以托于掌中。与别的石头最大的不同之处是它非常轻，拿在手上，就像一团棉絮，感觉不到一点分量。那天，二哥笑吟吟地从帆布书包里掏出这块石头，拿给全家人看。我们都围拢在他的周围，用好奇的目光打量着这块石头。我觉得光看不过瘾，还一把把石头抢了过来，拿在手里把玩，把它托于掌上，仔细观赏。“这石头还能浮在水上呢。”二哥说，“小弟，快去打一盆水来。”我一听，更加觉得好奇，急忙奔向厨房，打来了一脸盆凉水。二哥把石头放进脸盆里，石头立即浮在水面上。“哎呀，它真的浮在水上呢。”我从没见过石头能浮在水上，觉得不可思议，大声呼叫着。我问二哥这石头是如何得来的，二哥说是从浮山中学后面山上的岩洞里捡到的。我央求二哥给我也捡一块。二哥说："这是浮石，哪那么容易捡得到？那天我和同学去岩洞里游玩，是运气好，恰巧碰上了。你要想捡到浮石，从现在开始就必须努力学习，将来考上浮山中学，就到山上的岩洞里去寻吧，也许像我一样运气好，能寻得到呢。"我说："好吧，我一定要好好学习，将来一定要去那里找到一块我喜欢的浮石。"后来，二哥把这块浮石放在哪里，又是怎么处理的，我就不得而知了。但这块浮石给我留下了深刻印象，它使我见证了浮山的神奇和魅力。

几年后，我初中毕业，以优异成绩考入浮山中学，如愿以偿地在那里上高中，实现了对二哥的承诺。怀揣录取通知书，挑着简单的行李，我高兴地离开了家，前往学校报到。走出家门，离开群山环抱的小山村，走完五六公里崎岖的山路，又走了几公里的田畈路，到乡政府附近乘坐三轮车。经过十几公里由沙石铺就的简易公路的颠簸之后，三轮车停在了一座大桥旁，下了车，担着行李，在河堤上步行三四公里，到了碧波荡漾的湖畔，在一个简易的渡口，搭乘一艘小木船，摆渡过河，就到了浮山中学。

浮山，位于长江北岸的白荡湖滨，昔日因其"东西南北皆水汇"形成"山浮水面水浮山"的独特奇观而得名。它是长江边上一颗璀璨的明珠，是安徽省五大名山之一，与黄山、九华山、天柱山、琅琊山齐名。远望浮山，仿若是一艘泊在水边的巨舟。浮山脚下就是风光秀丽的白荡湖。站在浮山之巅，眺望白荡湖，湖光山色，船来舟往，白帆点点，甚为壮观。

浮山，又名浮渡山。一亿多年前，大约白垩纪早期，浮山先后几次发生火山爆发，形成丰富的火山地貌。在远古历久的自然气候、风力、水力等冲击溶蚀作用下，火山的遗迹渐次形成了浮山峰石岩洞，琳琅满目，蔚为壮观。形成秀峰、怪石、峻巉、幽洞，有 72 峰、72 洞、36 岩，峰中有岩，岩中有洞，相得生辉，形成独特仙境。

浮山面积约 15 平方公里，最高峰海拔 165 米。它是一座沉睡亿年的古火山，遗存下来的火山口、火山钟、火山渣（浮石）及熔岩流向、龟裂纹路和断层裂隙，均为全国罕见。奇峰、怪石、巉岩、幽洞，为浮山之奇观，均系火山爆发后残留的遗迹。浮山又是一座佛教名山。早在晋梁时期，浮山就建有寺庙。晋梁以后，经过开发，吸引了孟郊、白居易、范仲淹、王安石、黄庭坚、左光斗、张英、方苞等大量的文人墨客前来观光游玩。因为景色峻秀，他们或挥毫题诗，或作文记事，留下大量摩崖石刻，形成了如今独特的人文景观。

浮山的摩崖石刻堪称“皖中一绝”。这些摩崖石刻有的凿于峭壁，有的刻于幽岩，目前尚可辨认的就多达 480 余块。其中字体最大者一米见方，字体最小者宽和高都不及 3 厘米。书法流派纷呈，风格各异，可以说是一座天然的书法博物馆。其中位于会圣岩下的“因棋说法”，记载的是法远禅师与欧阳修“因棋说法”的故事。2013 年，浮山摩崖石刻入选全国重点文物保护单位。

浮山中学就在风景秀丽的浮山脚下。这是一所历史悠久的学校，创办于 1924 年，至今已有近百年的历史。我第一次去浮山，不是专门去游玩，而是考上了那里的高中，去那里上学。由于学校离家路远，我只能住校，周末才能回家一趟。那时，学校食宿条件都很差，根本没有现在的好。那时，我和同学们住在一间大宿舍里，床是由木板铺就的一个大通铺，通铺分上下两层，我睡在下铺。同学们都自带被褥。其他季节尚可，一到冬季，宿舍里非常寒冷，手脚都冻得红肿，甚至起了冻包。下了课，快快地吃了饭，我就坐在床铺上，将脚和腿都伸进被褥里取暖。吃饭都在学校的大食堂。每天上下午最后一堂课的下课铃声一响，同学们就从课桌兜里拿出碗筷，像离弦的箭，拔腿就向食堂飞奔。慌乱之中，有的同学把鞋子跑丢了，有的不小心摔倒了。因为要去排队，去晚了，要等很长时间才能打上饭。有时，饭卖完了，就得挨饿。所以，每一次我都像战场上的战士冲锋陷阵，拼命地奔向食堂，气喘吁吁地赶到食堂排队。那时，由于家贫，除了给学校食堂交大米，基本不给菜钱，吃菜都是从家里自带的咸菜，有时是腌豆角，有时是腌白菜，有时是腌萝卜。学校食堂附近，有不少村民自发在家里做好各种菜肴，装在脸盆里或是钵子里，再用担子挑到学校叫卖。他们做小本生意，挣些钱花。但我是吃不起好菜的，甚至连差菜也吃不起，每顿饭只吃从家里自带的咸菜。记得大姨那年来我家做客，小住了几日，知道我在浮山中学上高中，那个周末我回家，返校时，大姨从口袋里掏出五角钱的硬币，硬要塞给我，说是给我在学校买一个好菜吃。多年之后，我仍记得大姨给我的五角钱硬币。一到夏天，学校的风景很美，绿树成荫，花红柳绿，如在画中。天气特别闷热的时候，有的同学偷偷跑到离学校不远的一处山脚下的水塘里洗澡。因为当时学校没有澡堂，洗澡成了大问题。我天生胆子小，不会游泳，所以从未去过那里的水塘洗澡。每次洗澡，都是从学校的水井里打水，用塑料桶提到宿舍里抹澡。那些胆子大的、会游泳的同学几乎每天傍晚都拿上换洗的衣裳，去水塘洗澡。由于水塘很深，最深处有十几米。有一天，一个男生在水塘里出了事。后来，学校下了决心，修建澡堂，才解决了学生洗澡的难题。此后，学校严禁学生去校外水塘里洗澡。

在校期间，学习都很紧张。大家对自己的管理都非常严，都很自觉用功，很少自由散漫。学生都是来自全县各乡镇初中，都是各地的佼佼者，但也有来自外县的，甚至有来自省府合肥的学生，他们是通过各种关系进来的。虽然学校就在风景秀丽的风景区里，但学生很少去山上游玩。但也有例外，记得某班有两个学生在谈恋爱，那天晚上他们夜不归宿，都没回宿舍，就在风景区的山洞里过了一夜。这个情况被宿管阿姨知道了。第二天，学校在全校大会上对这两个学生点名批评，并作出了严肃处理。经过这件事后，学生更不会轻易上山游玩了。我比较完整地游了一趟浮山，是班上搞了一次春游活动。学校组织了这次春游，我才真正地上了一次浮山，玩了个痛快。20 世纪 80 年代初，浮山风景区刚开始开发，由于历史久远，以前湮灭于岩洞、石壁上的字迹绝大多数已经不能辨认，好多都不能清楚地辨认出来。但都知道那是古人、名人的手迹，十分宝贵。我们沿着蜿蜒曲折的山上小径，实际上当时根本没有路，不像现在路都修建得非常好，非常漂亮，无论去哪个景点都能顺利到达，非常方便。由于没有路，我们拿着棍棒，拨开杂草、灌木丛，由熟悉浮山地理情况的同学在前面当向导，我跟着队伍一处处踏勘，观望，或疲于奔波，或暂时停下，听向导作简单的介绍，便对浮山有了大致了解。印象最深的是在滴水洞、一线天、飞来峰等景点，看了景致，听了介绍，觉得浮山不愧为一座风景奇特的名山，也是一座声名远播的文山。那么多的文人墨客都到过浮山，在岩洞里，或是石壁上留下了珍贵的手迹。

每天下午放学后，一吃过晚饭，我和宿舍里关系较好的几个同学就带上课本，结伴来到浮山脚下风景秀丽的地方学习。我们背诵语文、英语、政治、历史、地理，有时也看些课外书。在幽静处，找一个地方坐下来，或是在平坦的草地上来回缓缓走动，手里捧着书，嘴里念念有词，眼睛看着远处的风景。这里空气清新，环境优美，又非常幽静，是读书学习的好地方。在野外学习一个小时左右，再进教室上晚自习，这成了我的一个良好的学习习惯，后来，一直坚持着，直至毕业。

最近，我翻看家谱，得知我的先祖曾到浮山游玩，在岩洞或石壁上留下了珍贵的手迹。但当时我在学校上学，根本不知道还有这么一档子事。现在想来，真的要为浮山大加喝彩，摇旗呐喊了。先祖、明代钱元善在龙虎关内石壁上留下了“浩笑廊”三个大字，长 0.93 米，宽 0.3 米，字体行书，题书于嘉靖三十年（1551）。元善，礼七公长房纯公曾孙，如京公子，字仁夫，号存庵，以父荫，仕鲁府左长史，进阶中宪大夫，以能诗名，工八分书，所著有《存庵遗稿》，并留《游浮山》一诗，诗曰：

（一）

老亦耽游赏，闲堪召友生。
一岩真会圣，八座更题名。
月到松浮影，风来竹有声。
酒酣念去路，犹订后来盟。

（二）

披蓁穿鸟径，次第得奇观。
地僻尘心远，山浮水气寒。
石龙千载伏，玉滴几时干。
浩笑苍茫里，千峰月未栏。

先祖、明代钱元鼎在马蹄洞内石壁上刻有“龙虎关”三个大字，长1米，宽0.4米，字体草书。题书于嘉靖丁巳年（1557）。此外，他在陆子岩内，刻了“风云际会”四个大字，长1.67米，宽0.4米，字体楷书，刻于明代嘉靖丁巳年（1557）。时钱元鼎与一群友人聚会于此。元鼎，字实夫，号慎安，别号风仪山人，礼七公长房纯公曾孙，浙江布政司都事如畿公子，嘉靖年间监生，充鸿胪寺丞。工诗学，精书画，著有《白云篇》《考终达言》等书，并留下《游浮山》一诗。诗曰：

（一）

到处林岩佳气浮，望中新水绕芳舟。
烟霞拥护仙游地，丹碧参差海市楼。
胜赏每便吾独往，幽栖只合此生留。
欲将彩笔模真境，安得当年顾虎头？
听瀑疑闻仙乐声，忽超天界不胜惊。

苍碑苔隐先朝字，粉壁纱龙近代名。
空洞受风终夜冷，行云将雨半山晴。
留连分卧禅房榻，赢得诗怀似水清。

（二）

云卷波涛山若浮，游人仿佛在瀛洲。
穿心石上千年药，会圣岩虚百尺楼。
藉草为茵聊憩息，采薇共饮小淹留。
尘缨好濯天池水，努力还须到上头。
傍石依岩待小菴，山人见客语喃喃。
海洲福地曾闻十，蓬岛石山漫说三。
何必求仙远雩荡，未应宋茉入终南。
玄谈已觉怀安梦，回首菴中蚁正酣。

如今，“浩笑廊”“龙虎关”和“风云际会”都成了浮山最具有代表性的摩崖石刻之一，成为游人游览浮山、了解浮山必看的景点。

现在，能找到我最早拍的相片就是在浮山中学读书时，在学校前面的一个小山坡上，一座四角形的木质结构的亭子前拍的照。我上身穿白色的仿公安制服，下身穿深蓝色的裤子，站在亭子前拍的一张彩照。此外，还有一张黑白照，是坐在书桌前，右手握着笔，左手按在一张纸上，好像是在搞创作。这张黑白照是在浮山中学附近的一家照相馆里拍的。这两张照片是目前我能找到的拍的时间最早的相片了。通过相片，能够看到二十岁的我在浮山中学读书时的模样。那时，头发比较凌乱，脸色有些蜡黄，精神状态不是很好。因为我上高二时因身体原因休学了一年。我在浮山中学上学虽说有 4 年时光，即 1986 年 9 月至 1990 年 7 月，但实际上在校时间只有三年，其中有一年我在家里休息。

学校附近除了设有照相馆，还有几家小书店。我经常去书店转悠，看到了不少自己喜欢的书，看得心里直痒痒，但就是买不起。有一次，在求知书店，看见了《红楼梦》，我爱不释手，便咬咬牙，把母亲给我赶路搭车积攒下的费用全部掏出来，买了它。那是我平生第一次，也是在学校唯一一次慷慨解囊买下的书。说来遗憾的是，那书买下后，却至今都没有好好去读，上中下三册，我连上册都未读完，就把它束之高阁，甚至将它渐渐遗忘了。后来，我的上了高中、后来辍学的三哥不知怎么知道我买了《红楼梦》，没有经过我同意，就擅自拿去看了。但他看完之后，我又很快从他手里要了回来，并且此后我一直把它带在身边，须臾不离。即使高中毕业后，我去了遥远的新疆，也没舍得把它丢弃。后来，在乌鲁木齐上完大学，到遥远的且末参加工作，之后又几次调动工作，我都一直没舍得丢掉它。现在，它仍旧立在我的书柜里，但却少了下册。我至今还记得 1992 年 7 月，我在乌鲁木齐上完大学，到且末参加工作。那时，县二中的一位年轻教师也非常喜欢文学，我们平时互相借阅彼此的藏书，我借了他的《三国演义》，他借了我的《红楼梦》下册。但后来，他的《三国演义》上下册还在我这里，而我的《红楼梦》下册仍在他那里。依稀记得那位年轻教师借了书后，就被县教育局安排到遥远的乡下去任教。他们夫妻俩在农村一所偏僻的村小学教书，说是借调，实际上应该是正式调动。他那次走后再也没来找过我，而我也无从知晓他的住处，无法和他取得联系。后来，我们彻底失联了，再无交往，还书的事就再无下文了。

由于身体原因，我休学了一年，但返校后，体质仍然很弱，学习跟不上，直接导致高考失败。记得毕业离校那天，我一边伤心地流泪，一边收拾行李，一路上哭着回家的。我知道，我的大学梦已在这里彻底破灭了，再也寻不回来了。浮山是我的希望之地，也是我理想破灭之地，因为能够踏进浮山中学校门的都是佼佼者，都有很大希望考上理想的大学。我当初不就是怀揣着这个梦想而踏进浮山中学校门的吗？那时候，父母、家人都为我感到无比的高兴，都对我寄予了厚望，热切期待着将来有一天高考能金榜题名，光宗耀祖。但高考名落孙山，浮山就成了我的伤心之地。这怎能不叫我潸然泪下，伤心欲绝呢？

1990 年 7 月，我哭着离开了浮山中学。这年 8 月下旬，我与一个同乡，前往遥远的新疆，到乌鲁木齐上自费大学。毕业后，我留在新疆，参加工作。浮山啊，我怎能忘记你呢？我经常在睡梦中梦见你。安徽与新疆相距很远，高中同学几次聚会都邀请我回去，但由于工作、路远等种种原因，我至今也未回去参加过一次同学聚会。虽说留下了许多遗憾，但在浮山求学的那些日子，我怎能忘记呢？我怎能忘记母校——浮山中学呢？我怎能忘记那里的山山水水、一草一木呢？无论我走到哪里，无论什么时候，浮山都铭刻在我的心里。如今，浮山又发展得这么好，已建成国家森林公园、国家地质公园、4A 级景区，是“全球网民心目中安徽最美的地方”。浮山中学更是今非昔比，由以前的地区重点中学升格为省重点中学。学校硬件设施有了很大的改善，面貌焕然一新。学校的老师和同学是那么的奋发有为，又是那么的重情重义，那么的仁义厚道。当年，二哥上学乘坐的渡船早已不见了踪影，代之而起的是在原来的渡口，在碧波荡漾的白荡湖上架起了一座漂亮的大桥，再也不用担心乘船过渡掉进水里了。但四年前，二哥因患绝症离开了人世。他的在天之灵如果感知，应该为之深感欣慰。而我在浮山中学上学期间，从未去山上找寻浮石，想必那时浮石已很难觅寻。

自从浮山高中毕业后，我离开了浮山，一晃在新疆已经 30 年了，其间仅仅回过一趟母校。虽然已离开浮山那么久，但那里的山山水水、一草一木都铭刻在我的心上。当年上学时老师和同学的音容笑貌依旧印在我的脑海里。我怎能忘记呢？

浮山，是我希望的诞生地，更是我扬帆远航的起始地。我从这里走出了县境，走出了安徽，走向了遥远的边疆。

浮山，我魂牵梦绕的地方。

能不忆浮山？

浮　山　行

疏延祥

“我本枞阳人，笑阅天下雄。沟通大世界，康乐喜无穷。”这是我的同宗疏利民先生写的一首小诗。我和他不仅同宗，而且同乡，但我却没有他那样的豪情和雅兴。我 18 岁时就离开枞阳，其间也经常回去，但对故乡也只停留在家乡人口耳传诵、颇感自豪的感性认识上。枞阳是鱼米之乡，桐城派那些大师多出在枞阳，辛亥革命志士吴樾是枞阳人，黄镇将军是枞阳人，美学大师朱光潜和我同为枞阳麒麟人，等等。对浮山，我了解很肤浅，20 世纪 70 年代初我读初中时，教我的语文老师曾在浮山上过学，课余和我们谈起浮山，说那里有三十六岩、七十二洞，他曾经流连忘返。他这么说，引起我们的好奇。80 年代中期，我二弟考上浮山高中，那时我虽然学的是文学，对山水并无多少兴趣，直到 1999 年国庆，我才举家上过一次浮山，山上的摩崖石刻、一线天等景观和卜卦的算命人的确给我留下了印象，本来那次也想拜谒方以智墓，只是那时通向方以智墓地的是一条为荒草掩藏的小路，带着两个年幼的孩子不太方便，因此放弃了。我第一次上浮山，没有灵魂的触动，后来我反思浮山不能时常见到淙淙流动的溪水，未免是一件憾事。其实，那时的我真的没有走进浮山，读懂浮山。浮山，是枞阳游子灵魂的一处栖息地，但它只对有内涵和深爱着她的人开放，我在这个时候，显然还没有获取那张入场券。

2012 年 11 月 18 日，皖江文化研究会合肥分会举办省城文化媒体精英团“拜谒先贤方以智、黄镇故里浮山行暨《魅力浮山》首发式”活动，我很荣幸地作为合肥地区高校代表受邀参加了这次盛会。那日天气晴朗，车行路上偶有雾，基本是阳光彻照，令人倍感精神振奋，同车 40 多位安徽文化界人士一路欢歌笑语，一个多小时后就到了浮山。

首先，我们在先贤方以智的墓下举行了祭拜仪式，墓地已修葺一新，公路已修到墓边。这位我国 17 世纪伟大的思想家、哲学家、科学家的墓碑上有一副对联：博学清操垂百世，名山胜水共千秋。以此来概括“古今第一奇男子”的文化地位，以及和浮山乃至枞阳山水相得益彰的缘分，非常恰当。

我们一行人在三鞠躬后簇拥着卞国福、方无、汪军等人，向方以智敬献了花篮，很是庄重。作为枞阳人，这一刻，我心中升腾起不可言说的骄傲。

仪式结束后，我们来到浮山地质博物馆，《魅力浮山》首发式开始。会议由新安晚报新闻中心主任、皖江文化研究会合肥分会会长章玉政主持，安徽省原文化厅厅长卞国福即兴抒怀：

枞阳美，浮山好，绿水环山抱。摩崖石刻千古秀，一览醉人倒。抚今追昔，人杰地灵真荣耀。细品味，梦中也自豪。

诗很短，朗朗上口，凸显出这位诗人兼音乐家的功底，引得大家一阵热烈的掌声。会上，枞阳县县委宣传部副部长钱叶全、吴银明向各位来宾介绍了浮山开发情况和未来浮山发展的蓝图，作为浮山的周边景区、朱光潜的故乡岱鳌山即将引资，将白荡湖水引至浮山脚下的设想也在进行中，届时，游人在饱览浮山的风光后，还可以泛舟湖上，“山浮水面水浮山”的胜景便成为现实。那天由于时间关系，我和钱副部长没有什么交谈。回来后，我读了他和王建生主编的《枞阳历史文化名人》，我觉得他和一班挚爱枞阳的人士真的做了一件让枞阳人扬眉的大好事。他为此书作的后记《浩荡求变》写得激情澎湃：

枞阳县有个得天独厚的优势——濒临浩荡的长江。在经年不息的涛声中，枞阳人孕育了一种特有的“江河情怀”。“德愈盛，心愈下，万顷汪洋。”（顾宪成评方学渐）

因为有了长江，枞阳有了高远流变的视野；

因为有了长江，枞阳有了海纳百川的胸襟；

因为有了长江，枞阳有了披荆斩棘的剑胆；

因为有了长江，枞阳有了弱水至善的琴心。

这就是我心中的枞阳。长江赋予了枞阳人天地大美的人格。

钱副部长是县文联主席，也是诗人，他把枞阳文化概括得好。

在枞阳文化中，浮山是一大亮点，她赋予了枞阳人玲珑剔透的慧心，庶几以“枞阳魂”当之。读书人的偶像、明代大儒王守仁也把浮山认作故乡：“见说浮山麓，深林绕石溪。何时拂衣去，三十六岩栖。”明代书法家雷鲤《浮山记游》写得好：“已从浮山来，更觉浮山好。万壑染秋云，乾坤怪未了。游人无古今，天风醉花鸟。我欲煮烟霞，呼童拾瑶草。”戴名世有生此邦，终焉浮山之意。大学士张英远在京华，浮山的岚烟时常出现在梦中。张正顺先生说：“浮山作为枞阳山水的精华，如一幕精彩纷呈的压轴大戏，值得我们深情拜读。”在首发式上，张正顺先生告诉我们，为了写《魅力浮山》一书，在繁忙的中学语文教学之余，他时常抽出时间，从县城来到浮山，一瓶矿泉水，一部数码相机，在浮山一待就是几小时。他把对浮山的深情化为一篇篇锦绣文字，结集为《魅力浮山》一书，他的文学和文化的解读，提升了浮山的品位。观鸟人总是要带《观鸟图册》来确认自己未见过的鸟，欣赏其美妙。上浮山的人想要阅读浮山，带一本《魅力浮山》，细细品味，将实景与张正顺的鉴赏对照起来，一定会加深对浮山的认识。

首发式结束后，大家走进双瞻阁用餐。双瞻阁内的四季桂吐放着白色的花朵，令人眼睛一亮。院内的一棵香橼大约有些年头了，树干如紫薇，像被剥去树皮一样，它的有些部分是空心的。香橼是常绿树木，到了严寒的冬天仍是绿装，它的枝干上有短刺。这棵香橼的果实大约被人摘去了，只有一个藏在绿叶之中。吴银明说，香橼的果实不是用来食用，乡下老太太喜欢用来练手，据说越捏越香。其实它颇有药用价值，中医用来理气化痰。我在香橼树下转来转去，只能大约确定它和柑橘同属，如果不是吴副部长介绍，我还得请教植物学专业方面的人士。看来，吴兄也是雅人（他从军时就喜好爬格子），喜欢探究，就如县作协的谢思球，风景区新种的一株花木开花了，他不认识，就查资料，问绿化的工人，不弄清学名决不罢休。或许，这种科学精神也是枞阳精神的一个方面吧！要不枞阳怎会古有科学家方以智，今有中国计算机之父慈云桂呢？

香橼应该是浮山的本土植物，方以智的《浮山游记》里就提到“香橼”。他们四人游览浮山从滴珠岩下山后，还在香橼树下小憩。

双瞻阁是浮山的景点之一，它是有来头的。它是“愤世事不可为，思以教育植国本”的房秩五建造的，为的是方便管理他创办的浮山中学。“双瞻”之意竟然来自《诗经·魏风·陟岵》：“陟彼岵兮，瞻望父兮……陟彼屺兮，瞻望母兮。”意思是“登临葱茏山岗上，远远把我爹爹望……登临荒芜山岗上，远远把我妈妈望。”这是思亲之作，正如张正顺所言，百善孝为先，亲亲然后爱国。每一个来到双瞻阁的人，都应该感念父母的恩情，激发为父母争光的壮志，如果父母不在身边，自然也要时常抽出时间，回去看望父母。

餐毕，在导游小姐的带领下，我们上浮山观赏景致。初冬的浮山，树叶或黄或红或绿，美不胜收。到了金谷禅寺边，我们看到它的大门上的楹联是用篆文写的："万法皆空归性海，一尘不染证禅心"，横批应该是"自性即禅"。这是对禅宗的一种归纳，浮山作为"佛教祖庭"，智𫖮在创立天台宗之前，就在浮山创立了"浮山寺"，欧阳修来浮山问法，远禄祖师"因棋说法"，成就了中国佛教史和中国文化史上的一段佳话。投子义青、憨山德清、觉浪道盛，他们或为浮山一代住持，或在浮山开坛弘法，浮山佛教文化因他们而添增光彩。还有明代朗目禅师中兴浮山华严寺，方以智逃禅为僧，在浮山"法谱"的正宗住持中，方以智是十六代禅师，他小时就在浮山长大，丹丘岩就是他小时读书处。他父亲命其刻"行窝"二字，以纪念梦见邵雍种松。冥冥之中，暗合了方以智后来的命运，只是遭逢乱世，方以智想在浮山隐居都不可得。

1668年，方以智以年老体衰推辞不就浮山华严住持，他的弟子山足先为监院，后为华严住持，"十坐处"是他的参禅之所，却为后人指示出十个风景绝佳之处，也成就了他的《一茎草诗》。"接力自有后来人，华严谱写新篇章"，张正顺说，山足翻开了华严的新篇章，可惜的是古华严寺已废，但浮山中学正是在其遗址上建成。对佛教文化有兴趣的人，真该好好看看浮山，感受佛教在浮山留下的点点滴滴。

浮山有许多古树，吸引着游人的目光。金谷禅寺前的白玉兰有100多年历史，那棵常绿乔木罗汉松有400多年历史，会圣寺前有一棵银杏已有880年历史，铁冬青也有300年历史。我们一行中的一人看到了古银杏后说，过八年再来浮山，适逢银杏888年，一定能沾点祥瑞之气。这株银杏，得天地之灵气，见证近千年历史，它比已经走过的古人，也应该比将要走进历史的我们都幸运得多。

金谷禅寺门前有一棵樗树（臭椿），我们经过的时候，我随口和身边的《安徽文学》编辑部主任何冰凌说，文人应该拜这棵树。庄子因野外臃肿不堪的樗树生发出无用而保身的感叹，成就了他的逍遥人生哲学，给后世文人退隐或者不得志时以精神的支持。何冰凌对此颇有兴趣，一再问我“樗”字怎么写。

金谷禅寺的不远处有一块巨石，它叫“天珠石”，意思是一粒宝珠落在了这里，它又名“撑腰石”。撑腰石下聚集了成千上万的细小的树枝，都是游人所为。好多游客都相信这样一个传说，只要在此折一根树枝，撑于石下，此生可保腰不痛。这自然是人们的一种幻想，只是天珠石上密生着石韦，石韦可治肾炎，腰痛很多时候和肾炎有关，在西医未普及之前，浮山附近的中医未必不以此物医治十乡八里的肾炎患者，在此石上采一点石韦或许也有可能。当然，更有可能只是巧合。即此，更能证明浮山的奇特。

在浮山山路上行走，可以看到路边成片的构树幼苗和散见的活血丹幼苗，青翠欲滴，还有嫩黄的艾蒿小苗，它们将熬过今年冬季的严寒，将绿色保持到明年春天，在明年绽放生命的美好。作为花鸟的欣赏者，我游浮山，必然关注动植物。我读《魅力浮山》，对张正顺将浮山的竹子分为毛竹、刚竹、水竹、箬竹，注意到黄连木秋天的叶子为黄红色，并以王安石的“树老根弥壮，阳骄叶更荫”来形容浮山的古树十分感兴趣，我觉得他真是浮山的有心人。我老家梅花村在菜子湖边，菜子湖秋冬多野鸭活动，张先生说野鸭中多斑嘴鸭、绿头鸭，应该还有黄鸭（赤麻鸭）。把张先生笔下的浮山和枞阳的生态景观和眼前景对应起来，你会增添更多对浮山、对枞阳的挚爱之情。

近几年，我游览过合肥附近的大蜀山、紫蓬山、银屏山、冶父山、浮槎山，也到过岳西县城和鹞落坪、多枝尖以及黄山的浮溪。在鹞落坪和浮槎山、银屏山看到结果或者炸果的野鸦椿，我不知道这是浮山的寻常景物，在浮溪第一次认识古人称为“绿背有黄毛，柔韧如韦者”的石韦，我不知道生长它的一块石头在浮山成就了撑腰石的传奇。还有楤木、竹叶花椒（这个季节可以见到它裂开的黑亮的果实）、青花椒、藿香蓟这些我在异乡结识的植物，尤其是革命草，我只在海拔 500 米左右的山坡见过，想不到在浮山 100 米左右的山谷溪流旁，随处可见它的身影（不过，后来我在故乡麒麟梅花村也见到它，它应该是故乡常见的植物），它们都自然地生长在浮山，看来我原本不需要走出故乡，到异乡的山林中寻觅，就能目睹它们的芳容。还有浮山的金樱子，我是第一次见到这种植物的果实，果实上密生细刺，很有特点，此果能治尿床。我在浮山见到的金樱子是和无刺枸骨长在一起的，后者，我以前只见过它的园林状态。芒萁这种植物，我也是在浮山第一次见到。浮山的草木中能做中草药的很多，我想有过在岭南、两广卖药为生的浮山子民方以智一定认识不少。

撑腰石的神话令大家兴致盎然。大家在导游小姐的带领下过撑腰石，跨小桥，沿石壁而入，来到“滴水洞”。滴水洞又叫“滴珠岩”“一线天”“水濂洞”，春天悬瀑轰鸣，被人们誉为“天河坠玉”，有意思的是石刻上为“天河队王”四个字。“坠”字本该以“土”为底，像是刻者大意而丢了，但是“石者，土之母也”，而这块石刻“坠”的上半部就落笔在石头之上，而且这个洞底的土早被这“天河”之水冲光了，“坠”的下半部不见“土”字，真是“无土胜有土”啊！再细看“王”字，那中间的一横最长，是由两笔构成的，即一短横的右边有一点，只是点得不太明显，好像点错了位置。玉珠自高处掉在石上，落得越深弹得越高。那么，“玉”自“天河”而下呢？由此看来，这“天河队王”四个字，确实有其独特的意境和审美情趣。这个季节的滴水洞不断有一滴滴水落下来，导游小姐说洞内接水的凹石是聚宝盆，在聚宝盆里洗手，可沾财气。安徽作协副主席裴章传赶紧在此洗手，边洗边说，他不贪财，但爱财。章传同志很喜欢枞阳和浮山，这天早上他刚从珠海飞到合肥，顾不得休息便赶过来了。

浮山的妙高峰原有望江亭，是浮山的文人和乡绅为了纪念陆游和其妻唐琬的浮山盟誓而修建的纪念亭，修于明代。望江亭在后来屡遭战乱，屡毁屡修，依然破烂不堪，2003 年被风吹塌。2009 年，浮山人施忠民先生心系桑梓，从京城回乡开发浮山，在望江亭阁的旧址上扩建，改名“文昌阁”。“文昌”本星名，亦称文曲星或文星，古时认为是主持文运功名的星宿，文昌帝君为民间和道教尊奉的掌管士人功名禄位之神。浮山是“中国文山”，这里孕育了明清时期“方氏学派”，世界级科学家、哲学家方以智，铁骨诤臣左光斗，以方苞、刘大櫆、姚鼐为代表的桐城文派，近代教育家吴汝纶、房秩五，现代美学大师朱光潜，将军外交家黄镇等一批历史文化名人。阁名“文昌”还因为妙高峰南麓为安徽重点名校浮山中学，国之栋梁辈出，名山名校同辉。以“文昌”为名，不管于古于今，都很恰当。

听了导游小姐的介绍，眺望远处的浮山中学，对“人杰地灵”一词有了实实在在的体会。

下了文昌阁，有天池一方，这是浮山远古地质变化的遗存，它默默地存在，向世人宣示造化的伟大和浮山的风姿。路两旁有不少油茶树，盛开着洁白的花朵。我 20 多年前在家乡的塘埂上见过，浮山的油茶花比我记忆中的油茶花要大，每一朵都尽情地向游人展露她的娇羞和万种风情。

到了会圣岩景区，这里是摩崖石刻的海洋。我们同来的好多人都惊叹它保持得如此完整。我想，这与枞阳人的文化、文物意识强烈有关吧！这些林立的石刻中，大家最先感兴趣的是“壹足可尊”，它为篆书，刻在极像马蹄的岩石之上，张正顺解释“一”是道教的一个重要概念，老子曰：“天得一以清，地得一以宁，神得一以灵，谷得一以盈，万物得一以生，侯王得一而以为贞。”一者，道也。如此解读，此石刻的文化意义立即呈现出来。而“江南会胜”中的江南指江南省，在明清之际，安徽、江苏同为江南省，说江南之胜萃于浮山，可见对浮山赞美是多么推崇。石刻“枕流岩”的枕流全称是“枕石漱流”，出自曹操的《秋湖行》：“名山历观，遨游八极，枕石漱流饮泉”，以此指高人雅士的隐居生活，说白了就是惬意地躺在石头上，用清泉漱口洗脸。“枕石漱流”到了刘义庆的《世说新语》中衍变成一个故事，某书生将“枕石漱流”口误成“枕流漱石”，被人纠正，他干脆歪解，枕流可醒脑，漱石可磨牙，使人伶牙俐齿，“枕流”因此传之后世，流水不腐，上善若水，“枕流”乃人生快事。读者诸君看我在这里滔滔不绝，可能以为我多有学问，实际上我是现炒现卖，《魅力浮山》对这些石刻多有妙解。如果我们上浮山没听导游小姐的说道，不看《魅力浮山》，事前事后不做点功课，浮山之游的兴味一定大打折扣，“中国文山”不是吹的，它的境界不是随意就能感受到的。

游览完毕后，我和疏利民巧遇一群下山的浮山中学高一班的学生，疏利民和他们亲切交谈，鼓励他们好好学习。我对他们说，你们要从浮山走向世界，将浮山文化传遍天下。一个男孩说，这正是他的理想。看他们稚嫩而青春的脸，我知道他们是浮山文化的未来。

回到大巴，我们启程归去，归途中还将礼拜桐城派三祖之一的姚鼐墓。桐城派三祖都是枞阳人，他们与浮山皆有不解之缘。方苞、刘大櫆都不止一次到浮山登临览胜，留下美文。姚鼐对浮山也怀有深情。他的亲戚和朋友左仲郛游浮山回来写了许多诗，结集时请姚鼐作序，姚鼐欣然命笔。在序中，姚鼐说浮山“奇势异态，水石摩荡，烟云林谷之相变灭”，在江淮之间大片区域地势平坦，无景可观，仅有的几座山中唯浮山“濒江倚原，登陟者无险峻之阻，而幽深奥曲，览之不穷”。爱浮山，爱乡邦是大师至死不变的精神。

这天，我们到姚鼐墓的导游换成枞川旅行社总经理童复猷先生，他一边介绍即将到访的姚鼐墓，一边回顾浮山的风景。他真心地为张正顺写了本好书而高兴。《魅力浮山》中记载，1985 年 11 月黄梅戏电影《香魂》在浮山取景拍摄，浮山首次走进银幕。《香魂》这部动人的神话电影，由著名黄梅戏女演员韩再芬主演。在《香魂》中，观众领略到了浮山的奇异风光。演《香魂》时，韩再芬出道不久。童复猷把《魅力浮山》送给韩再芬，激起了韩再芬对浮山的美好回忆，以及重游浮山的愿望。童复猷说，随着中央电视台《远方的家》栏目制作的大型纪实特别节目《北纬 30°中国行》的播出，浮山旅游开始火爆，作为旅游人，他看好浮山。

快到姚鼐墓（枞阳县义津镇阮畈村铁门口），大家下车，走了一段乡间的土路，一座青草萋萋（墓上的草为马尼拉草，这表明政府也略微修整过）的坟墓出现在我们的眼前，上面还放着村民晒的草把，没有水泥砌成的豪华装饰，也没有汉白玉的围栏，如果不是两座石碑耸然立其前，一书 1961 年县级文保，一书 1986 年省级重点文保，大家真的不敢相信姚鼐——桐城派散文之集大成者、桐城派三祖之一的墓就在此。墓主人落款为“惜抱姚公”，“惜抱”源于姚鼐在钟山书院内所设轩名“惜抱轩”，后来人们以此为先生名，世称“惜抱先生”。姚鼐的墓朴素原始，出乎所有第一次来的人的预料，有人现场就批评，太寒碜了，怎么不修一修，也花不了几个钱。不过原样保持，作为文人也不必伤怀。如果你理解姚鼐，你就知道，这样未必违反大师的本意。他在 44 岁的人生盛年就辞官回归故里，绝意仕进，后半生献身教育，专心文学和文章，死后回到生养他的土地，在墓制上与民同格，他不会抱怨。读读他的《山行》：“布谷飞飞劝早耕，舂锄（意为‘白鹭’，白鹭取食，如舂如锄，非常辛苦。根据从事鸟类学的学者解释，更准确的说法，‘舂锄’应为‘中白鹭’）扑扑趁初晴。千层石树通行路，一路山田放水声。”你就知道，在田园风光中安息，那是他的愿望。

枞阳浮山行，我的人生中值得纪念的一件事。

几回梦里回浮山

何玉明

人生总多牵挂，有时是对一个人、一件物，有时是对一座山、一条河，有时是对一处场景、一所学校……因为有了距离，所以常存念想。那种念想，既温暖又笃定！

对于十六七岁就匆匆离别母校的学子来说，浮山便是这样的一个存在。

无论你身在天涯海角，无论你离开母校怀里多久，只要一提及浮山、浮中、校友，那些牵挂、那种念想就这样不由分说地扑上心头……

（一）

浮山很小，方圆 15 平方千米，小到只有几个小村庄环绕。

浮山很矮，海拔仅 165 米，矮到不及都市里的一幢高楼。

浮山很平，顶部平坦，徜徉如履平地……

对于喜欢游山玩水、访幽探险的驴友来说，浮山太令人失望了，如此不显山不露水，爬个来回，不到两小时……

朋友，且住！您实在是“不识浮山真面目”了。吾乡前清先贤、高甸吴翅卿先生曾赋诗赞曰：

浮山都比诸山小，
浮山总比诸山好。
一岩一壑复一洞，
怪怪奇奇数不了。
人言五岳归来不看山，
未到浮山岩壑间；
若从浮山岩壑去，
五岳图画一齐删。

有点偏爱，有点夸饰，但并不矫情！

浮山很古老。在距今一亿多年前的侏罗纪、白垩纪，她就从地心深处喷涌而出，直到今天，还能看出她最初炽热奔放的风采——浮山古火山的陡崖、叠嶂、岩洞、龟裂纹、柱状节理、喷气孔、浮石、火山灰等景观举世罕见。比意大利维苏威火山、美国黄石公园火山保存的地质风貌还要完整，典型。她吸引着世界各地的地质考古专家与爱好者纷至沓来。

笔者 20 世纪 80 年代初，在浮中求学，常看到南京大学、武汉大学等名校的地质考古专业的师生，长期在此驻营扎寨，常与浮中师生进行篮球、棋类友谊赛，来来往往，打得火热。

浮山很幽美。她“岩洞天开，石溪地涌，海潮乍惊，浮空光荡”(方学渐语)，用“海上蓬莱”形容最为贴切。登浮山之巅，层峰嵯峨，群水回环，白荡湖尽收眼底，烟波浩渺，水光接天，泛舟湖上，远望浮山，山浮水面水浮山，湖光荡漾欲漂天，故浮山又有“江上绿叶”之美誉。

登山，高下三十六岩，大小七十二洞，有惟妙惟肖的二十八怪石，有云影天光的十二名池，有清洌甘甜的八大古泉……浮山以奇峰、巉岩、怪石、幽洞称绝；且有“无岩不树、无径不竹、无涧不花、无石不苔”之美景，恍若仙境，令人目不暇接、流连忘返。

浮山很神圣。早在东汉，枞阳东乡得道隐者——左慈一度隐居浮山，如今摘星岩内还留存他炼丹的石臼。唐代八仙之一的吕洞宾曾在浮山的铁笛岩修炼，因此，铁笛岩又被后人称作“洞宾岩”。浮山佛教比道教兴盛稍晚，却后来居上，远在晋梁时代，浮山就建立了“浮山寺”。陈隋年间，浮山成为佛教天台宗智𫖮大师的道场。赵宋以后，这里是佛教洞宗第七代祖师远禄弘扬佛法的圣地，经宋仁宗、神宗两帝诏赐，坐落在今浮山中学校园里的“大华严寺”一度成为皖江著名的十方丛林，令浮山声誉隆极一时。

步入现代，浮山已成为国内革命战争的根据地之一。大革命失败后，上海、安庆、芜湖等地的共产党人和进步人士，如王步文、柯庆施、周新民、朱蕴山、房师亮、任锐等，都纷纷转战浮山，成立农运讲习所，建立县委机关，领导桐、庐、舒各地风起云涌的革命运动。1968年5月，周恩来总理在接见浮中校友、原二十军副军长朱铁骨时，深情地说：“浮山中学不同于一般的学校，她是当时那个地区革命活动的中心。”浮山三教合一，胜景名山成就一方古刹，千年圣地传扬一片山水。

浮山很风雅。从浮山发端，枞阳文化走向江河湖海，登上大雅奥堂。晋梁以降，众多名流雅士云集于此，孟郊、白居易、王安石、欧阳修、范仲淹、陆元钧、赵孟頫、王阳明、袁宗道、袁宏道、钟惺等都与浮山结缘，他们或探奇访胜，或赏湖光山色，或慕高僧之名，或图古刹清净，或寻修身栖所……他们慕名而来，印证了浮山无穷的魅力；他们依依而去，留给浮山浩然壮美的“文气”！

至明清以降，本邑的钱澄之、方以智、左光斗、方苞、戴名世、刘大櫆、姚鼐等则形成了枞阳“诗人之窟、文章之府、气节之乡”盛大的文化气象。从钱、方文化滥觞导引，至方戴刘姚形成文化高峰，浮山发端的“桐城派”浸淫中国文学近三百年。及至吴汝纶、李光炯、光明甫、房秩五、朱光潜、方东美，其教化美育自成一脉，深深澡雪着近现代国人的灵魂。千百年来，多少文人墨客在浮山吟诗作赋、题词刻石。在浮山，摩崖石刻随处可见：现存483块，上至唐宋，下至民国，文体各异，书法万千，正楷行草，篆隶八分，无不尽有，数量之多，分布之密，全国罕见。在浮山，只要你随手拍响一块石头，就有可能唤醒一段鲜活的故事。每一方石刻，都是天人合一的立体画卷，石头上的每一道痕迹，都是浮山的大美！

如果说黄山是大自然的精妙杰作，泰山是历史文化的丰富宝藏，那么浮山则是两山精华兼而有之的微缩版。浮山以其卓然绝伦的美景，厚重风雅的人文气象，已成为一位具备精致耐读层面的真正隐者。

浮山不“浮”！

浮山需要您仔细地品读！

怪不得惜墨如金的“苦吟”大师孟郊，到了浮山都能纵情放歌；怪不得赏鉴山水目光高远的欧阳修、苏轼面对浮山都是会意欣然；枞阳先哲、桐城三祖都曾为浮山作记分咏。其中姚鼐《左仲郛浮渡诗序》一文说：“浮山距余家不百里”“使余恍惚若有遇也。”同时又道：“而其西自寿春、合肥以傅淮阴，地皆平原旷野，与江淮极望，无有瑰伟幽邃之奇观。独吾郡潜霍、司空、龙眠、浮渡各以其胜出名于三楚。浮渡濒江倚原，登陟者无险峻之阻，而幽深奥曲，览之不穷。是以四方来而往游者，视他山为尤众。”这是说在合肥、淮阴等江淮之间广大区域，地势平坦没有山景可观，只有家乡安庆府浮渡山，风景名传大江南北，岩洞丘壑曲折幽奇，游客很多。其自豪之情溢于笔端。

最令人感动的是大清名相张英，他在《山足和尚〈一茎草〉诗序》中称：“予在京华时，浮渡烟峦结于梦想。”当他告老还乡时，仍以67岁高龄的体疾力衰之躯畅游浮山，并写下《癸未秋游浮山记》，畅叙“浮山十坐处”之胜景，让人读来如临其境。

枞阳恢复县名前属桐城，有清一朝，桐城文风播及宇内，近三百年濡染，影响概深。要问“桐城派”之源脉，可不可以这样说，桐城文脉在枞阳，枞阳文脉在浮山！如若不然，试问：桐枞大地，有哪一方水土、哪一处遗存，能有浮山如此丰厚的文化积淀、昂藏宏大的精神气骨？

浮山称为“文山”，当之无愧！

（二）

在枞阳本土，如果有人说：到浮山去。听者第一反应，一定是到浮山中学，而不是上浮山。

曾多次遭遇朋友们追问：“你说，是浮山出名，还是浮中出名，还是浮山校友出名？”常常，我无言以对。

是的，坐落在浮山南麓、妙高峰下的省级示范中学——浮山中学，闻名遐迩，90多年的兴教办学，硕果累累；化育桃李的优良校风，代代绵延。尤其是新世纪以来，高考升学率年年攀升，名校录取榜岁岁飘红。甚至英才辈出，诞生了1999年省文科状元、2011年省理科状元……引大江南北，瞩目伫望，啧啧称叹！

是的，浮山中学，90余年辉煌历程，十数万株浓艳桃李。众校友，俊彩星驰，青蓝更胜，挥斥文章，薪火相传。众校友中，有著名将军、外交家、艺术家黄镇，有红军高级将领孙炳文烈士的夫人任锐，有周总理的养女孙维世；有两院院士，有饮誉海内外的学者，有声震海外的企业名流，有领军科技的风云精英，有考学卓异的青年才俊……就此打住吧，再列下去，有为母校自炫的嫌疑了。

但浮山校友中，更多的是像你我这样的普通人，士农工商，忙碌辛勤；衣食住行，风雨兼程……成不了将才帅才，也成不了精英大贾。这难道也是浮中的办学成就，也是母校期盼的结果？

常回浮山，常陷思索，常在寻找；答案在风中飘扬，答案在浮中凸现！

踏进浮中大门，古朴庄严的中大楼前，入眼就是由八二届校友捐资敬立的浮中创始人——房秩五先生全身塑像，先生深邃坚毅的目光，穿透了近百年的风尘岁月，仿若正向我们叮嘱些什么……1924 年，先生受同邑师长、我国近代教育先驱吴汝纶创办皖省第一所新式学堂——桐城学堂（桐城中学前身）之启发，“愤时事不可为，思以教育植国本”，挂冠回乡，携同乡学人李光炯、光明甫等，倾所有家财并募集亲友钱物，本着“筚路蓝缕，以启山林”之精神，慷慨发誓要“为农村学子奠百年大计”，艰辛备尝，呕心沥血，始有现代枞阳教育基地——浮山小学、浮山中学之诞生。

嗣后，李光炯办宏实小学，吴芝瑛办鞠隐小学，周潭办周氏鹞石中学……枞川大地，崇文重教，文风炽盛，得教育之先。先生之劳，居功甚伟；先生之德，山高水长。

多年以后，回顾浮中办学经历，先生有感校事，以蚕自喻，自剖心迹，读来感人肺腑。《饲蚕吟》诗云：

一叶复一叶，叶叶恣汝啮。
叶稀汝身肥，缠绵心不绝。
一枝复一枝，枝枝疗汝饥。
枝折汝身老，辛勤只自知。
谓汝能利人，汝胡先自缚。
谓汝善藏身，汝胡不解脱。
牵缘汝自累，苦恼汝自寻。
抵死汝无悔，羌谁鉴汝心？

1941 年，日寇轰炸浮山，校舍被毁，先生得知忧心如焚，无比悲痛，但紧接着又在上海募捐，奔走呼号，重建校舍，几乎重建了一所浮中。

为聘名师来浮中延教，先生访遍大江南北，亲自登门，恭礼有加，往返辗转，不厌其烦。请到后，总是亲办酒席，嘘寒问暖，其忠勤树人的风范美德，至今乡人有口皆碑。

先生曾在同邑安庆一中校长孙闻园处得曾国藩手书拓印——“为国抡才”，竟欣喜若狂，连夜捎回，想刻制成匾，悬于浮中大门，可惜事难未竟！我常想，浮中门匾“为国抡才”若能制成，恰与桐城中学门匾“勉成国器”，成一绝配！吾乡先贤，吴汝纶，房秩五，一样的报国胸襟！一样的教育情怀！一样的远大追求！

房公早年为了便于管理学校，在浮中东南侧特造一阁楼，名“双瞻阁”，房公家住白湖，与浮山一河之隔，故以《诗经·魏风·陟岵》的句意作为阁楼的名称，含有登临此楼可以眺望石溪河对岸父母坟墓之意。父母在时，愧悔尽孝不够；双亲逝去，礼孝绵绵不绝。孝义千秋，感天动地！百善孝为先，亲亲然后爱国。“双瞻阁”是先生给所有来到浮山的人们上了一堂直观生动的孝亲人生课！

新中国成立后，先生不仅主动向政府捐出了“双瞻阁”，而且将浮山中学全盘移交公办。为了不影响校事，先生推辞所有校职，举家迁往安庆定居。直到逝后，才归葬浮中，魂伴他心爱的浮山……

答案终于找到了，答案就是房公用他平凡而又伟大的一生启悟给我们的：人类因梦想而伟大，梦想因教育而成真。教育的光辉正普照着人类修远的来程和去路。从苏格拉底、柏拉图、奥古斯丁，到杜威、罗素、马卡连柯、苏霍姆林斯基；从孔孟、韩柳、程朱，到蔡元培、陶行知、吴汝纶、房秩五……中外贤哲，都在用心血浇灌人类文明与智慧之花，都在孜孜矻矻地求索逐梦！

就有限生命的个人来说，接受教育，升华品格，锤炼心智，锻造技能，也是每个人毕生追求的梦想。富贵梦、功名梦、报国梦、成才梦、飞天梦……每一个梦，都那么迷离惝恍，都那么令人意醉神迷。但从美梦中醒来，许多梦想无法亦无由实现，又是那么令人黯然神伤，心慌意乱……

朋友，你还在为自己平凡的生活懊恼吗？请向房公看齐：仁爱尽孝，正直善良，忠勤公义，敬业慎独，百折不挠，健康充实……这些你我能够做到！“成为你自己！”——这就是教育的真谛，这就是房公、母校给我们人生的厚重大礼！

（三）

母校浮中已走过 90 多个春秋光荣的荆棘路，她的步履依然坚实稳健，她的风采依然英气勃勃！饮水思源，高山仰止。朝圣浮山，回访母校已化成涓涓感恩的细流，源源不断……每逢周年校庆、年关节假，校友们行走的身姿已成为浮中一道道亮丽的风景，这是校友的节日，是浮中的节日，也是浮山的节日！

黄镇将军回来了，无论是戎马倥偬的战争岁月，还是身处异域的外交战线，他总是心怀故土，惦念浮中。1980 年深秋，他刚到安庆，不顾风寒和劳累，就立即驱车回到浮中，将军走遍了校园里每一间教室，走遍了浮中的每一个角落，一步一思一腔情，泪光闪烁，即兴吟唱：

故园秋正好，万里访亲朋。
入院花迎面，凭栏泪有痕。
风涛半世纪，云水五洲踪。
笑约离休日，还来倚旧松。

赴台老兵王赔亭先生回来了，一踏进母校校园，就热泪潸潸，手脚震颤。整整 42 年了，胸海激荡意难平，万岁乡土，千秋乡心！王先生说，在台湾，他们这些同乡老兵，最牵挂、最念想的除了故乡、亲人，就是母校浮中了。每逢聚会，最爱唱的就是浮中校歌：

蔚蔚的名山，
汤汤的湖水，

我们日处其间怎样？
感觉不易，
感觉不易！
仁者乐山，
智者乐水，
在这竞存的潮流，
还要具备勇毅，
勇毅，勇毅！
德的修养，
知的获取……

常常是唱完以后，抱成一团，放声大哭。

七二届校友回来了，抚摸校牌，白发丹心，“四十五载再聚首，韶光浮中永眷留！”

八二届校友回来了，歌声飞扬，奔腾中年，多少激越，多少慨叹！

刚出浮中没几年的年轻校友也回来了，英姿飒爽，笑影璀璨……

此刻，朋友的追问，我也有了答案：浮山、浮中、校友，谁更出名？无需比较。但三者之间的关系必须捋清，是浮山这方风水宝地，赋予了浮山中学丰盈的底蕴；是母校浮中给她万千学子立格铸魂，才能焕发耀眼的人生光芒！

诚如著名作家、新华社原社长穆青先生在游览浮山、参观浮中后，激动地挥毫：“名山名校。”一语千钧！是啊，浮山、浮中、校友，一脉相承，苦乐与共，情义交融，天人辉映！浮山，就是我们校友的情感名片，无论在北京、南京，还是在西安、深圳；无论在巴黎、悉尼，还是在加州、东京；无论你是达官贵人，还是一介平民：浮山孕我精气神，天下浮山一家亲！

（四）

曾看到一则浮山中学校友奖学、助学捐赠表，一串串长长的数字记录，吸引了我：

2010 年 1 月，合肥家家宜工贸有限公司 60000 元；

2010 年 5 月，北京颐和银丰科技有限公司 80000 元；

2011 年 3 月，合肥家家宜工贸有限公司 20000 元；

2011 年 5 月，北京颐和银丰科技有限公司 80000 元；

2011 年 5 月，八二届校友 200000 元；

2011 年 10 月，八一届校友 150000 元；

2011 年 12 月，合肥家家宜 40000 元；

…………

2012 年 3 月，合肥家家宜 20000 元；

2012 年 5 月，北京颐和银丰 80000 元；

2012 年 7 月，北京颐和银丰 1000000 元；

2012 年 10 月，八二届校友 200000 元；

…………

2013 年 1 月，银杉创富国际投资管理有限公司 200000 元；

2013 年 1 月，上海迪旻建筑装饰工程有限公司 50000 元；

2013 年 1 月，北京颐和银丰 400000 元；

2013 年 11 月，合肥家家宜 40000 元；

2013 年 11 月，广州明美光电技术有限公司 50000 元；

…………

2010 年 12 月，张浩生、叶友礼，各 5000 元；

2011 年 10 月，张浩生、叶友礼，各 5000 元；

2011 年 10 月，汪祥胜 30000 元；

2011 年 12 月，丁满祥 200000 元；

2012 年 3 月，章新甫 200000 元；

2012 年 9 月，章泽达 110000 元；

2012 年 10 月，汤爱民、吴云飞 240000 元；

2012 年 11 月，张浩生、叶友礼各 7500 元；

2013 年 1 月，黄满虎 200000 元；

2013 年 12 月，刘发高 200000 元；

2013 年 12 月，张浩生、叶友礼各 7500 元；

…………

2017 年 4 月，上海美晨集团，捐资 100 余万建浮中智慧教室。

…………

够了，要列举下去，没完没了。

一串串看似平淡、枯燥的数字背后，我看到了：

是一颗颗滚烫的拳拳之心！

是一波波潮涌的大爱之情！

是一页页跃动的孝义华章！

…………

在当下，要有何等的情怀，何等的魄力，才得划破物质暗夜的遮翳，跃上精神星空的高度，放射出如此夺目的人性之光！

仅是三年的捐赠数字，我看到：像合肥家家宜工贸有限公司，像北京颐和银丰科技有限公司，像张浩生、叶友礼们，已不是简单地用“捐资”称之了，他们年年，甚至一年数次，一而再，再而三，频频向母校致意。

我知道，他们这些金钱得来很不容易，这是他们风里雨里、摸爬滚打拼来的血汗钱！这不仅仅是绿叶对根的依恋，这已化成了人间儿女对父母双亲神圣的孝义使命……

亲爱的校友，我敬你！

母亲浮中，我爱您！

（五）

离别浮中已整整35年了，多少个月明星稀的静夜，只要张开梦翼，我就能轻易地飞抵浮山，回到充满花香、草香、书香的校园……

在梦中，我来到尘土飞扬的南操场，每天，天还未大亮，徐志彬校长领跑，全校学生分列，班长压阵，围着操场一圈又一圈，铿锵有力的脚步声伴着声震天宇的口号声，在古老的浮山山谷久久回荡……

在梦中，我来到后小楼里教室，班主任李维恺先生慈父般的叮嘱还言犹在耳；方不圆先生“立几”题中，那条神秘的虚线，我还在苦苦寻找；陈日新先生随手画出的精妙地图，我总是难以玩转；王仁良先生细致演绎的“排列与组合”，暂时算是弄明白了，可一走出校门，面对纷繁复杂的世事万象，我可是经常头晕目眩；王文祥先生交给我的那把“哲学”利剑，常常为我助威壮胆，我真是珍爱无比，时时擦拭哟……

在梦中，我来到就寝的二十四间房，男宿与女宿仅一墙之隔，而且是芦席夹壁。夜夜，荷尔蒙饱胀，难以入睡，于是男女对唱、笑骂……其中，唱得最响亮的要数邹高了，唱得最动听的是张斌的《采茶调》、王文彬的黄梅腔，还有黄文祥的口哨、王叙乐的口琴在悠扬地伴奏……

在梦中，我来到一日三餐的食堂，每当下课，我们就以百米冲刺的速度，狂奔过去。跑慢了，对不起，饭桶已被刮得干干净净，只好干饿一顿了。每天最喜欢在三号窗口——老师专享的窗口前逗留，看着诱人的红烧肉、粉蒸肉，眼馋；买不起，闻一闻，多香……

在梦中，我来到校园东围墙后静影沉璧的清水塘。塘堰上，清晨或黄昏，我们三三两两，结伴放读；每当周末，男生女生，来塘边，洗衣浆衫；炎夏暑热，我们追波踏浪，嬉戏游泳，顿觉彻骨清凉，上岸后，在女生的笑骂声中，转过身去，就能脱得光溜溜地换上衣裳；有了心事，也喜欢来塘边坐坐，遍山针叶林冷冷的目光，戳疼了少年多少希望和忧伤，漫坡阔叶林温厚的手掌，就会送来多少浆果和安慰！静坐一会儿，心气抚平了，拍打一下屁股上的泥土，又回到了校园……

在梦中，伴随同学志超、家明，伴随乐胜、杨柳……我们挑着被子、脸盆、水瓶、饭缸、书籍等全部家当，乘着雪光星光，又踏进了1980年寒假那条漫漫的风雪归途……

烟月浮山正漫渺，美梦终究有醒时。亲爱的校友，我分散在天南海北的兄弟姐妹，此刻，我真想幻变成一只故园的白云青鸟，在浮山绕山三匝、在为母校感恩鸣唱之后，也捎去对你殷勤的问候！此刻，你可能正从浮山归来，也可能梦回浮山醒来；你可能离浮山很近，也可能离浮山很远，甚至远得来不及回望一下，这些都不要紧。重要的是我们不能渐行渐远，忘记了自己从哪里出发！重要的是我们必须奋力奔赴在自己的大路上：

在路上
我们不在乎拥有过什么
失去过什么
更不在乎别人说些什么
道阻且长
我们渴望多经历些什么
多感受些什么
道路就是生活
行走就是最美的生命姿态
在路上
在母亲浮山
深情的凝望里
我们永远年少
永远热泪盈眶

清水塘散记

钱永祥

（一）

浮山，海拔不高，方圆不过三四里，自山外望之，若无奇，然入得山中，岩岩壑壑，各有幽奇。

清水塘，浮山风景区内有名的十二池之一，古名“明镜池”。其僻静清幽，无与伦比。可惜“养在深闺人未识”。历代游记几无点墨，至今也游人罕至。

清水塘地处浮山中学校园之东，两者之间相距不过 300 米。游人沿浮中东围墙上山，塘为村舍丛林遮掩，难睹玉容。待上得首楞岩，俯览九曲涧时，才见涧口一亩方塘，澄碧如镜，亮人眼目。然远远观之，你又会觉不出有甚特异，不过是良田青山密林环抱中的清塘而已。非久居浮山，身临其境，皆不能得其佳妙。

清水之面九千八百多平方米，四季澄碧如玉，终年不涸。旱灌农田，涝不盈漫；冬水微温，夏水清润，饮浣游四时皆宜；水面无浮藻漂萍，水底有银鱼戏石；碧顷无碍，波光粼粼。偶或，有学子于晨光诵读，有师生在薄暮徘徊，一派自在悠然的境界。

“问渠那得清如许？为有源头活水来。”清水之清，源自山，出于林；源自岩，出于泉；源自仙，出于心。心清，源清，流亦清也。

清水塘之东为状如卧虎的虎形山，之北为狮子山。朝暮或月夜，光线晦暗，由清水之滨北望，山如雄狮半卧，昂首啸天——那昂起的“狮头”即抱龙峰。塘之西望，有峭崚险拔的回龙峰、闻虚峰、如来峰、凌霄峰；再远望，可见翠微翠盖诸峰，苍苍翠翠，郁郁蓊蓊。山峰之间，沟涧纵横，总汇于九曲、狮虎二涧。两涧幽深，苍松翠竹，丛丛密密；林间藏有洗心泉、垂虹泉、抱龙泉，泉水涓细清澈，漫流石上，涔涔淙淙，听之悦耳清心。两涧之水，交汇于清水塘，泻出山口，入石溪河，经白荡湖，注入长江。

据《浮山志》载，清水塘之西，回龙峰顶，原有一亭，名“泛槎亭”，相传为河东石溪小镇束秀才所建。秀才酷爱浮山，常常游辄忘返。嘉祐三年八月十五，秀才随兴游至玉兔东升，才想起归路。下回龙峰，至九曲涧，寻船渡河。然野渡无人，舟自浮泊，于是上船坐等。不觉中，小船离岸，直向上游。秀才惊恐之中，见明月皎洁，涟漪荡漾，湖光粼粼，又心旷神怡起来。恍惚间到了一个去处：岸上楼台栉比，宫阙嵯峨；灯火煌煌，钟鼓悠悠。秀才正惊疑不定，忽见岸边一人，穿蓑戴笠，牵一老牛饮水，忙拱手相问。牵牛者笑而答曰：“回头问圆鉴便知。”语音未落，二武士径奔而来，也不答话，拨转船头，推向河心。小船如箭，沿来路飘飘荡荡，一忽又回到了九曲涧边。此时天色微明，秀才上岸回首之际，小船已不知去向。慌忙拜过圆鉴大师，秀才乃知：原来，昨夜误上大师派往天宫汇报下界佛事的神槎，泛游了天河，窥视了天宫，还与牵牛仙星相与问答。大师说，不知几世造化，方能得此仙缘。秀才遂于回龙峰筑亭纪念。可惜，此亭早已毁而无迹也。

此说，将九曲涧与天河相沟通，清水塘之源，即源自天矣。实在神乎神乎！

课余，独自一人或两三人，任山风轻拂衣襟，闲踱于清水之畔。楼塔佛阁隐于山林，天光云影倒映水面，鸟语泉韵万籁有声，真个使人如入仙幻之境，身心皆如清风流泉般的轻灵。

（二）

浮山幽奇清静，自古即为隐者之山。

清水塘西望，峭壁万仞。那凌霄峰顶有一巨石，名曰“飞来石”。远望之如“蓝天耸玉葱”，又如“海螺钉礁上”，时常青烟薄雾缭绕，奇幻异常。传说此石大有来头，在女娲补天选用之列。然顽石古怪，不愿随仙上天，却偷偷飞往杭州，又嫌杭州喧嚣不宁，于是趁夜飞至此处，算是得了清静之地，即隐居下来，万古不移。

隐者皆有道，唯隐于佛为最高。隐于佛者，一心向佛，四大皆空。

浮山兴佛，自南朝梁陈始。智𫖮大师创佛教天台宗之前，曾久住浮山，并创建“浮山寺”。故此，隋唐以下皆以浮山为“佛教祖庭”。

佛教曹洞第七代祖师圆鉴大师，年轻时即远离功名利禄，隐身于佛，世称“远禄公”。北宋天禧元年，远公秉承太阳玄禅师衣钵，定居浮山寺，续传曹洞宗。后与义青禅师共同创建“华严寺”，由此浮山香火鼎盛，佛法播扬四海。

浮山佛教根基厚积千载，高僧名宿，迁客骚人，荟萃云集。陶侃、孟郊、白居易、范仲淹、欧阳修、王安石、黄庭坚、陆元钧、赵孟頫、袁宏道、袁宗道、戴名世、方以智、方苞等历代大家文人，仕途失意时，他们都曾来过此山，或寻奇探幽，或参佛问法，留下了大量的诗文石刻和传说典故，散布在石壁之上，洞府之中，沟壑丛林，移步可见。

大凡隐者，皆有隐情。然明太史吴应宾，归隐浮山四十余载，只为“眼疾”，实在令人难解难信。

吴应宾，桐城麻溪（今枞阳姚王）人，万历进士，授翰林院编修，以眼疾告归，居乡四十载，从事著作；天启中，以理学召其入京，不赴；后加其左春坊之职，门人私谥宗一先生；晚年皈依佛教，自号“观我居士”“三一老人”，法号广铨，卒葬于金谷岩下九曲溪旁。略览其一生，知太史与唐王维同属“官隐”，且皆隐身于佛。算其归隐之年，不过三十岁耳。人至三十，如日中天。太史怎能仅因“眼疾”归乡，竟至于再召不赴，直至终老呢?

由清水塘逆九曲涧，可至狮子山南麓太史墓地。密林之下，杂草丛生，不见墓碑，空余坟冢。偶或见有香灰纸烬，拿不准是游者，是其后人，还是寺僧。静坐其墓石之旁，常能进入“明月松间照，清泉石上流”“人闲桂花落，夜静春山空”之妙境，不觉想入非非，思接千古。“自顾无长策，空知返旧林。”诗人归隐之心，昭然若揭。想及封建时代的仕途官场凶险，我觉得吴太史“以眼疾告归”，那“眼疾”二字当别有意味。因此，极想得其《宗一圣论》《学易斋集》一览，以探太史“告归”之心。

（三）

“古寺青围松万树，清池碧漾月千年。”正是浮山清水塘一带传神写照。幽静，而又不失空阔明朗。入得此境，既能心清如水，又感胸襟开阔，神清气爽。我居浮山不算太久，山中丘壑游遍，然独爱此一隅。朝来暮往，或拜吴太史之墓，或瞻房秩五先生故居，或临清池沐风看山听泉，常能自得其乐。

历古想来，隐者芸芸，不可胜数。遁迹尘世，隐踪山水，无欲无求，无为无功：这不过是隐者通常的心念罢了。然而那些大智大慧的隐者，尽管他们心如止水，而不经意中往往留下传世之业。

静息于抱龙峰下的太史吴应宾，归隐乡里，见远公道场因元末兵燹荒废百余年，即起兴复之心。他广募钱财，留住云游僧朗目本智禅师，先后请得京中沈王护法，慈圣李太后颁《藏》，铸造“迎接佛”，建成大雄宝殿，使逐渐沉寂下来的浮山佛教再度盛极一时。直延至清末，因太平天国战火，才再度荒寂下去。

如今寻佛浮山，我们只能从历史的残迹和传说中想象当年的盛况了。昔日的“江南会胜”之地，而今只剩有“会圣”“金谷”二寺，寂寞荒凉，木鱼闲敲。清静之地终归之于清静。或许，这未尝不是一件幸事。

曾几度兴盛的大华严寺废址上，今已崛起了一所驰名九州的现代化中学。其创始者房秩五先生，当属浮山现代隐士。

房先生出生于清光绪三年，桐城东乡（枞阳白湖）人，早年设馆教学，29 岁留学日本；辛亥革命后，应邀于国民党政府断续为官十余年；因厌恶官场，于 1924 年辞官归乡，择址浮山南麓，创办学校；1966 年病逝于宜城，遗嘱归葬于浮山中学校园。房先生早年即有“发展乡村教育，以启迪民智，振兴国本”之志，他辞官归乡，并非遁世，当是续其本有之志。浮山能有此学校，是浮山有幸；枞阳能有此先生，当是枞阳人民有幸。

清水塘正北狮子山南麓“双瞻阁”，即房先生故居。1929 年，先生为便于管理学校，筑阁于此定居。阁名初为上海知名人士沈尹默题写，曾匾悬于阁正檐。今大门楣三字，乃房先生墨迹。据说阁名由来于《诗经》“陟彼岵兮，瞻望父兮；陟彼屺兮，瞻望母兮”之意，因在阁楼可瞻望石溪河对岸房先生双亲之墓。我常疑此说失之偏颇。先生平生既孝重双亲，又矢志于教育，且自号“陟园老人”。“双瞻”之意，若为“一瞻父母，二瞻校园”，岂不更能合先生之心？可惜，先生早已长逝，我意无可印证，只能暗自痴想而已。

清水塘之畔，值得一提的还有一人，那就是安息于双瞻阁后坡上的房先生之子房师亮。1923 年，房师亮留学德国，经朱德、孙炳文介绍加入中国共产党，后受党指派赴莫斯科接受军事训练，1926 年回国参加北伐战争，大革命失败后，他回浮山任教并从事地下革命工作，是我国早期革命者。1984 年逝世前，任安徽政协副主席。临终遗嘱：归葬浮山，将其部分骨灰撒在浮山中学至清水塘一带，及双瞻阁内四季桂和银杏树根部。其墓联“生赴他乡觅真谛，终归故里伴名山”当是其一生精当的概括。

静立清水塘，环顾这虎卧龙眠狮啸的地理山形，油然想起房先生那胸襟丘壑、情怀古今的《浮山隐士长联》：“游历浮峰，望不尽湖水湖山，帆来帆去，喜枝头好友，岭上梅妻，这般景色唯新，留与英雄消世虑；登临幻境，看许多石壁石崖，泉滴泉流，爱幽洞棋盘，仙人枕榻，都是古今胜迹，俱为贤哲脱凡尘。”

然而，这明明是自撰的长联，为何要弄出“梦中隐士授与”的玄虚来呢？或许，先生不愿让世人误解他以“英雄”“贤哲”自比吧，先生一生为人处事总是那么谦逊。

“穷则独善其身”这是中国历代文人的通病，然若果真能使“其身”臻于“善境”，则于人于世于史都必有深远的影响。中国文化史及散落于山水之间的胜迹，处处皆有印证。

薄暮或者清晨，金谷寺钟声轻扬，寂寥，幽远；校园钟声紧促，激越，高昂。两种节奏迥异的钟声，在这片宁静的山野交融，竟然如此谐合，真乃“悠然心会，妙处难与君说”啊！

你若不信，请来清水塘听听！

浮渡山浮石记

张正顺

某年初秋中元节后，暑气未散，有客吕某自三清山来，自谓吕祖后裔，习道养生。闻浮山有洞宾岩及《雪浪岩》题咏，甚是奇异，欲同前往。便轻装简行，自枞阳小城包一辆的士，径至浮山东南麓，开始登山。是日，历诸岩，攀诸峰，坐诸石，隅中至会圣岩小憩，得访释空大师，请茶，叙谈。

我与释空结交已久，因早年撰写《魅力浮山》，隔三差五即往山中采风，常于会圣岩僧厨内享用斋食，遇释空吃茶问法。

会圣寺依岩穴而建，岩即寺，寺即岩，有诗形容："远观不见寺，入寺不知山。屋在石之里，树在檐之间。"宋天禧年间有法远禅师，人称"远禄公"，往于浮山，住会圣岩。此间陆续有名流雅士来访，如欧阳修、范仲淹等，一时会聚如云，因以"会圣"为名。

法远得太阳警玄禅师衣钵，乃佛教曹洞宗第七代祖师，在会圣岩著有《浮山九带》。据《传灯录》记载，法远禅师于会圣岩与欧阳修"因棋说法"，成为禅林佳话，并为后世铭记。会圣岩旁有"远公塔院"，内供“远禄祖师塔”，据传塔铭为范仲淹撰写。

浮山以奇巧为胜，山势不高，突地不过一百余米，半日可游。濒临湖畔，三面汇水，望若浮舟，故又称浮渡山。其峰峦峭拔，“山石嵽嵲空虚，几欲乘风而去”（刘大櫆）。然浮山最为奇异处，首推浮石。此石色赤如丹，中空作蚁穴蜂窝状，于水中漂浮，叩击之，则泠泠有声。科普工作者介绍，浮山乃一座沉睡亿年古火山，浮石乃火山渣而已。

我与吕君、释空叙谈山水，天马行空，话题自然落到“浮石”上。释空大师笑曰：浮石不只是肉眼所见之浮，是空，乃佛教之“空”。缘起无自性，因缘而生，因缘而灭。浮石因何而来？是土，是水，是气？又如何灭去？为土，为水，为气？生与灭莫非六道轮回，永无超越时空之解脱。众生因为有苦，方须解脱。解脱无须借助于外力，要靠自身心性觉悟，智慧之要在于空观。万事万物无永恒，莫非假象幻觉，且有限。唯有放下，放下了有限，你才会拥有无限。因此，浮石见空，自有禅机。

吕君啜茶，若悟，曰：浮石之浮，当为虚无，而后乃浮，一如《道德经》所言“埏埴以为器，当其无，有器之用；凿户牖以为室，当其无，有室之用”。有中有无，无中生有，其“无”为道，而后又生“一”，即“炁”（qì，古同“气”）。此先天生发之元炁，乃生命之源，即养生所讲“气聚则生，气散则死”，非物质能量转化而来之后天之气。

此滋养万物之炁，无处不在，非但包含空气，还包含诸多宇宙自然界之精微物质，即“磁、波、场、电、气”以及“金、木、水、火、土”。如何获取元炁？佛教以止观坐禅，道教以内丹修行，多多益善。由是观之，浮石见无，又因“无”而生“炁”。

良久，我曰：如儒见浮石若无视？若无动于衷？浮石之浮，之于儒者，是“仁”，是石与水之和谐、协调及圆满。释道儒，三教汇通，儒中自有佛道。《四念处经》之“行者须观身如身，观受如受，观心如心，观法如法”，以及《阿含经》之“此有故彼有，彼有故此有”，此于老庄，是“大道归一”“守一所以用万”“上善若水”等，而之于儒，则是孔子之“克己复礼”“合天之至亲”，孟子之“仁者爱人”“仁者如射”，以及曾文正公之“求仁则人悦”等。

相反，《菜根谭》所言“热闹中着一冷眼”“冷落处存一热心”，岂不是禅之“眼冷似灰，心热如火”、道之“大智若愚”“用晦而明”“以屈求伸?”浮石因“仁”，而生五德，“恭、宽、信、敏、惠”，与水相处，不怨他而“皆反求诸己”，故修得圆满，而浮。

茶余斋毕，我与吕君辞别释空，再往连云峡。枫叶犹绿，蝉鸣断续。礼佛母岩，访野同岩，觅止泓。因望洞宾岩，陡峭未近，即诵纯阳子《雪浪岩》诗句：“月在碧潭风在松，何必洞天三十六。”吕君仰面叹曰“好诗”。而后，于岩下之峡谷中，觅得三两枚浮石。又探访棋盘石，觅烂柯石，甄辨徘徊，诵诗乃去。

浮山杂忆

于 言

合肥工业大学出版社资深编辑疏利民先生打来电话，问我有没有写过有关浮山的文字，说，你是浮山人，当写浮山文。又说，如果没有，你应当写一篇，不然交代不过去。

挂完电话，沉默良久。是的，我出生在这里，成长在这里，上学也在这里，这些年居然没有写过关于浮山的文字，我不知道原因，或许过于亲近吧。

浮山，海拔不高，方圆不大，是一亿多年前的火山活动造就了这么一个奇观。它与皖中南的几座名山，如黄山、九华山、天柱山相比，并不突出。它之所以有名，主要归功于其人文鼎盛。现在的浮山，在资本的加持下，已成长为国家 4A 级旅游景区，并号称“中国第一文山”。

浮山虽小，自然景观却很好，尤其是还没有被开发之前。印象中，畅游浮山的次数得以百计，这得益于浮山中学，我就在这里完整地读了三年书。那时候，读书需要住校，周末才能回家一次，提两罐咸菜几斤大米，作为一周的口粮，剩下的时间，除了上课，基本上交给了浮山，要么迎着初升的朝阳晨读，要么趁着夕阳的余晖登山。春看百花，秋尝百果，顺便把浮山叫得上名字或叫不上名字的景点一览无余。

浮山的美，在于岩奇洞幽。最喜欢去的，当有两处，一名雪浪岩，一名滴水洞。

雪浪岩，顾名思义，如海岛雪浪，百尺巉岩，刀削而下，水流其上，累月经年，便生出累累斑痕，如饱经沧桑的老人脸。逢雨来时，万流奔涌，沿峭壁倾泻，响声震天，多年后，去黄果树瀑布游览，觉其壮观程度不过如此。

雪浪岩，藏身浮山西麓，谷深林茂，不好抵近观看，也无从下脚。学校在浮山东边，要来这里得抄近路，上飞来峰，过妙高峰，沿茶林小径，一路迤逦而下，全程需要半个小时。有一次，几个同学沿这条路线去雪浪岩游玩，返程时，从飞来峰处下，路过于险峻，一女同学不慎脚滑，差点跌倒，还是我一把抓住，险酿大祸。

滴水洞，常年滴水，倒也名副其实。洞顶高数丈，能看到天，从底下看上去，天空仅盆口大小，很有坐井观天的味道。四面石壁，青苔覆盖，水汽氤氲，如仙如幻。有一年，安庆市黄梅戏剧院拍电影《香魂》，韩再芬主演，就在此取景，我与一帮同学天天去，老想当群众演员，蹭点盒饭吃，可惜未能如愿。

滴水洞离学校很近，翻过学校的东围墙，经过一条开满映山红的山间小路，不到十分钟就能到达，因此去得最多。这里除了风景优美之外，还是我们加餐的好地方。那时条件艰苦，说食不果腹，并不夸张，为了改善生活，三五同学往往借早晚自由读书的时间，上山寻些野果充饥，也是常事。运气好的时候，碰到野兔，一场围攻下来，便拿到滴水洞中烤熟，那简直是饕餮盛宴了，堪比过年。后来想想，为什么一定要在滴水洞——这个神仙所在地去做烧烤这么煞风景的事呢？多半是因为此地不易被发现吧。

浮山的美，还在于有那么多的摩崖石刻。到底有多少石刻，有人统计过，说是有 483 块，准不准确不得而知。个人最喜欢两处，一是雪浪岩附近的“行窝”，一是滴水洞边的“一线天”。

“行窝”两字，明代方以智刻，就在前面所讲的雪浪岩上。方以智是我十四世同宗叔伯祖，字密之，号曼公，明代思想家、哲学家、科学家，一生著述数百万言，“方氏易学学派”的集大成者。至于为什么要刻“行窝”二字，得先来看看这两字的意思。据汉典，“行窝”有两解，一为“好事者别作屋如雍所居，以候其至，名曰‘行窝’”；二为“可暂时住下的安适住所”。我想这第二个解释也许符合方以智当年的本意。这很好理解，方以智一生正值明清交替之际，时局动荡，政权更迭，其个人际遇一定也好不到哪里去，这个“可暂时住下的安适住所”，就像是潜龙在渊。方以智在”行窝”当中，到底完成了哪些思想上的升华和科学上的成就，不得而知，但晚年为了明朝的江山，东下南京，南游粤赣，西去梧州，“行窝”，真正成为他一个“可暂时住下的安适住所”了。

“一线天”三字相传为朱作鼎所刻。朱作鼎到底是什么人，从史料上目前看不到，他更多的是活在浮山人口口相传的故事里。少年时游浮山，常听二哥说起这段极具传奇色彩的故事。说朱作鼎出身绿林，武功高强，尤其轻功好，能飞檐走壁。但因生计所迫，时常做些梁上君子的活。他与另一个名叫周铁弹的人有过节，在互殴时曾被此公伤过。朱作鼎为了报仇，先是买了一个管理治安的官位，明确要求必须是周铁弹的直接领导。周铁弹本就是个捕快，抓差办案是他的天职，朱作鼎就想了一个办法，晚上自己去犯案，白天装着升堂问案，并指定周铁弹限时破案，破不了就打屁股。这一招够很，周铁弹受不了渐渐隆起的屁股，最终想出办法，弄清了原来每天作案的人就是他的这位顶头上司。纸包不住火，朱作鼎只得挂冠而去，来到浮山，做了和尚，每天黄卷青灯，百无聊赖，就练字打发时间。某一夜，朱作鼎实在无聊加上技痒，便来到滴水洞洞口，借满天星月，一个单飞上了崖壁，一手扣住石缝，一手铁画银钩，字成人未落。“一线天”就此载入浮山的史册。

故事很精彩，以至于有没有夸张都不重要了，因为20世纪80年代，武侠风兴起，从金庸到梁羽生，从《少林寺》到《射雕英雄传》，激发了多少少年郎心中的英雄气概。那些年，我也是个青头小子，自然对这样的人物故事印象深刻，而今“鬓已星星也”，也丝毫没有减低我对这块石刻的眷恋之情。

浮山的美，还在于它有着极深厚的文化底蕴。一千多年来，浮山既是佛教道场，又是道家讲坛，还是儒家人物辈出的地方。其文化之繁荣，思想之激荡，还真不是我这一篇短文能说尽的。

这首先得益于浮山的地理位置。浮山，古属桐城，今属枞阳，通过白荡湖与长江相连，是历代文人墨客在游历江淮时必经之所。他们的到来，或作文，或赋诗，让浮山成为当地文化活动极其兴盛的地方，客观上也提高了本地人的文化修为，到了明清两代，“方氏易学学派”与“桐城文派”的相继诞生并形成广泛的影响就是例子。我们读书时，每上浮山，就经常背诵这些文人墨客描写浮山的诗文。比如“鬼斧何年开石室，人行此地作金声。山中信是神仙宅，不羡繁华浪得名”，据传就是唐代孟郊畅游浮山后所作。

有一段记忆至今印象深刻，有必要提一提，就是关于这首诗中的“作金声”到底是什么意思的争论。游过浮山的人都知道，沿紫霞关往妙高峰走，有一段路由岩石自然形成，有点像鲫鱼背，人走在上面，脚下会发出弹琴一样的声响，同行者有说这就是诗中“作金声”所表达的意思。我当时持反对意见，认为“作金声”，应当指会圣岩佛寺里的钟声，或者是指人们在游浮山后留下的美妙诗文。当时年轻气盛，争个面红耳赤，结果不欢而散。

浮山深厚的文化底蕴，还在于这一方水土历来注重教育。从方学渐（方以智曾祖父）创办“桐川会馆”讲学授徒算起，近五百年时间此地讲学之风不辍。后继者如方大镇（方以智祖父），姚鼐、刘大櫆、吴汝纶、吴芝瑛、房秩五、李光炯等，既是大学问家，同时又是大教育家，他们或者就在浮山讲学，或者于浮山周边设馆授徒，总之都与浮山息息相关。浮山中学就是房秩五先生所创，现在是一所省级示范中学，百余年来培养了数以万计的人才，仅两院院士就有好几个。我也曾就读于此，虽算不上人才，但丝毫不影响我为家乡能有这样一所知名学府而感到骄傲。

浮山的文化底蕴之所以深厚，还当与本地有诸多热心于文化事业的传播人有关。去年年底，浮山人疏利民就自己出资，联合“文乡枞阳”平台，举办了一次“我为家乡写春联”的活动。短短一个多月，就收到对联几百副，可谓应者云集，而且佳作多多。当时我也一时兴起，写了两副。这里录一副为浮山妙高峰文昌阁所作：

峰曰妙高，收四时胜景。望江帆击水，青鸟横云，金谷垂珠，桃花响雪。闻梵音于塔上，会诸圣于巉岩。甫登临，胸中块磊全消此；

阁连奎壁，育满邑英才。是墨历穷经，灵皋立派，耕南调韵，惜抱修辞。延诗脉在田间，留义风在苍屿。最孤独，天下文章尽出兹。

当时的评委写了个评语，可谓斐然成章，兹录如下：

吾邑枞阳之自然胜景与人文高地俱集于浮山，而浮山之妙高峰文昌阁又其地标极致也。此联登高撮要，上联以浮山之胜景联缀成文，音节响亮，妙语天成；下联历数古邑前贤，缕析人文脉络，意象纷披而有机，人文迭出而精准，上下句收束有力且有不尽之韵味。二联语多借动词出彩，一远眺，一遐思，目接千里，思接千古，最后合在“文昌”二字。

忽然想起疏君那句盘空一问“你有没有为浮山写过东西”，我想这副对联难道不可以算吗？又忽地想起，除了对联，我还为浮山写过诗，名叫《浮山行》，歌行体。那应该是2010年的春天，清明时节，回乡扫墓，重游浮山，遇雨而作。想想时间真快，一晃11年又过去了，但那天的雨却时在心中。不妨将那首小诗也照录一下：

浮山行

皖地缀明珠，珠悬江一角。
扣地如倾船，盈盈一手握。
其名曰浮山，其山水中间。
其石水能浮，其木不可攀。
隈隩径难通，即守未能攻。
烟霞幻灭处，有洞每凭空。
大师西北来，托钵菩提栽。
开山为道场，开坛讲天台。
香烟如云浮，宾客满车骑。
筑屋列周长，一时无出类。
经传民智开，斯民文章事。
文宗方望溪，哲宗方以智。
堂皇两代中，翰林纷披置。
天下大文章，半出此山右。
来从名山游，宁不归南亩。

诗好与不好，放在其次；联好与不好，也放在其次；重要的是，我并没有忘记浮山，我也曾为浮山写过一点东西的，这就够了。

画魂潘玉良的浮山之旅

谢思球

枞阳山清水秀，风光优美，历代歌咏枞阳山水的诗词可谓车载斗量，但是，史上，枞阳山水成为知名画家创作对象的并不多见。1930年，时在南京实业部任职的潘赞化带着他的妻子潘玉良来到浮山，在浮山与白荡湖畔逗留数天，潘玉良创作了两幅油画作品《白荡湖》和《浮山古刹》，这两幅画是她早年重要的作品。

潘玉良（1895—1977），原名陈秀清，扬州人，后改姓名为张玉良。1913年与潘赞化结为伉俪，改姓潘。1918年考入上海美专，1921年留学巴黎，后考入意大利罗马国立美院。1928年回国后，先在上海美专任教，后到南京中央大学艺术系任教授，与徐悲鸿分别主持中央大学画室。1937年，潘玉良再次离开中国，重返巴黎，此后一住40年，直到去世。潘玉良有着传奇般的人生，她是一位孤儿、雏妓，后有幸成为潘赞化的小妾，从此涉足绘画创作，直至成为20世纪享誉世界画坛的著名画家，有“中国女梵·高”之称。

20世纪80年代初，安庆著名女作家石楠创作了长篇传记《画魂——潘玉良传》，出版后引起了轰动。从此，潘玉良成为家喻户晓的画家，她传奇般的人生经历也渐为更多人所知晓。

1928 年，潘玉良结束了 8 年的国外学画生涯，载誉回国，并于当年底在上海举办了第一次个人画展，这是“中国第一个女西画家画展”，展出作品 200 多件，震动了当时的中国画坛。在回国后的两三年时间里，潘玉良进入创作上的“井喷”期，她利用假期游览祖国的大好河山，先后采风于黄山、庐山、浮山、扬子江等名山胜水，“游踪所至，尽入画库”，创作了大量作品，并相继举办了四次个人画展。1930 年，潘赞化带着潘玉良来到自己的老家浮山。浮山是一座历史名山，安徽五大历史名山之一，位于白荡湖畔。山水相依，像山浮于水上，所以名之曰浮山，有“海上蓬莱”之称。在传记作品《画魂——潘玉良传》中，石楠这样写道：

1930 年，暑假，赞化陪着她去了趟浮山。站在浮山上，可以望到赞化的家乡。夏天的白荡湖，美极了，像一位没有梳妆的美人。它坐落在浮山脚下，烟波浩森。清晨，乳白色的晨雾，像轻烟似的在湖面缓缓游动，岸边的浮山古刹，撞起肃穆的钟磬，小船像柳叶儿样悠悠划行，送出一道一道的波纹。太阳从松林后起来了，用它的光针慢慢挑开湖上的梦，湖水光耀起来，远山近水染上了一层玫瑰色。玉良被这美景迷住了，她坐在松林的树荫下，神速地用彩笔画下了大自然在瞬间变幻的美。

这一段描写，如诗如画，氤氲如梦，再现了晨光中浮山和白荡湖山水相依的醉人风光。枞阳县自 1958 年开始围湖造田，此后，白荡湖和浮山山水相连的地貌特征被改变，湖水被堤岸拦在了远处，浮山脚下代之以成片的田园和村庄。这一段文字描写同时也为我们保存了 20 世纪 30 年代浮山与白荡湖风光的资料。“岸边的浮山古刹”当是指浮山华严寺。古华严寺的主要建筑毁于清末，但仍存一定规模，寺庙仍存。

这次浮山之旅，潘赞化并没有将潘玉良带到自己桐城县嬉子湖畔潘家楼的老家，因为他的老家中尚有一个原配妻子。为了避免见面时的尴尬，潘赞化选择了回避。他和潘玉良住在离浮山不远处的一个远房亲戚家中。潘玉良早出晚归，在山上画画。潘赞化是潘玉良丈夫，同时也是将她从妓院中救出让她脱离苦海并走上艺术之路的恩人。潘玉良深爱并敬重丈夫，她是第一次来到丈夫的家乡，她就像深爱着丈夫一样深爱着这片山水。她用饱蘸着爱恋和激情的画笔，创作了《白荡湖》和《浮山古刹》两幅油画。《白荡湖》曾于潘玉良回国后举办的第四次个人画展上展出，并收入1934年由上海中华书局出版的《潘玉良油画集》。

可惜的是，潘玉良在浮山创作的另一幅油画作品《浮山古刹》已是遍觅不得，连搜集潘玉良资料较全的作家石楠都说没看过这幅作品。由于是早期作品，加上潘玉良一生辗转流离，此画最终归宿何处，已不得而知。潘玉良生前留下两千余件作品和遗物，遵照其遗嘱，全部捐献给国家，这些艺术珍品现藏在安徽省博物馆。《浮山古刹》这幅作品是否在这批遗物中呢？我相信，它会有重见天日的那一天。

深山藏古寺，幽谷传梵音。《浮山古刹》选取的是浮山最具代表性的景观——妙高峰和华严寺。华严寺面前就是波平如镜风光旖旎的白荡湖。清桐城三祖之一的刘大櫆先生在《浮山记》中这样写道："浮山自东南路入，曰华严寺。寺在平旷中，竹树殆以万计。而石壁环寺之背，削立千尺入天，其色绀碧相错杂如霞。春夏以往，岚光照游者衣袂。"华严寺一带风光之胜可以想见。

《浮山古刹》对潘玉良创作个性的形成有着重要作用。石楠的《画魂——潘玉良传》中记道，刘海粟先生对潘玉良的这幅作品给予了中肯的分析和评价，委婉指出她创作中的不足，是其创作风格形成过程中的标志性作作品。1932年，潘玉良在中央大学举办第二次个人画展。刘海粟在报上见到这个消息后，表示要亲临画展。当日观看画展时，刘海粟在《浮山古刹》前停住了。刘海粟指着这幅画对潘玉良和中大的学生们说："你们看这幅古刹，可谓是淋漓逼真，惟妙惟肖，真是精心层层积染，用色极其准确。它说明了作者的西画功底坚实，也表现了技巧的纯熟。真叫人为其写实功夫倾倒。"正在潘玉良高兴的时候，刘海粟话锋一转说："可是，我不喜欢也不主张这种描绘。我主张借鉴西方的艺术，用以丰富和发展我国的绘画艺术。"刘海粟的意思是说，不要流于写实的自然主义，而要借鉴西方绘画艺术，融会中西，去大胆和努力表现自己的创作个性。

此后，潘玉良在更广阔的视野上开展了自己的创作。她广拜名师，采百家之长，力矫长期以来西画学院主义的因袭和中国画的陈腐，通过反复探索和实践，逐渐形成了自己的鲜明特色，成为享誉国际画坛的传奇画家。

黄梅戏《潘张玉良》中有一段唱词，写得非常优美，大略交待了潘玉良和潘赞化的情感历程和活动经历：

那年春花迎风舞，蒙君救我在芜湖。
订婚送你赴上海，两情依依别镜湖。
等你三年度蜜月，伴我作画西子湖。
浮山有家尚未去，梦中思君白荡湖。
心强难把命运挽，今又痛别玄武湖。
隔湖相望莫愁女，无悉哪来莫愁湖。
万里情思越江海，无尽泪水灌心湖。

"浮山有家尚未去，梦中思君白荡湖"，浮山与白荡湖，潘玉良与潘赞化共同走过的名山胜水，共同流连过的佳景，都已入画、入梦，成为心中永恒的眷恋。

寻访浮山夕照

吴泳涛

对浮山夕照的向往，已不是一日了，儿时便有耳闻，及长又知道是桐城八景之一，但一直无缘观赏。今年重阳后的一个阳光充沛的下午，便约乔老爷一道，略整行装，了偿夙愿去了。

我们只知道大概的方向，穿过一个小村庄，就没有路了。好在秋收过后，田里很干燥，田有多宽，路就有多宽。我们或上或下，或跃或奔，直到山下，得一小路，稍见平坦。夹道树木高耸，遮天蔽日，初经薄霜，叶子青黄相间；一株两株乌桕枫香，杂处其中，微红着脸，像害羞的村姑。地面杂草丛生，多有枯萎，野菊花肆意开放，毫无顾忌地炫耀它独有的姿色。我们行进在这彩色画廊中，除了偶尔一两声鸟儿的叫声外，什么也听不到，忽然间似乎来到另一个世界，我恍然觉得自己就是武陵渔人。

前行约两百米，小路又在草丛中消失了。我们在几个方向探索失败后，乔老爷终于发现几级台阶。台阶上长满了荒草，露出的部分，也满是暗绿的青苔。我们认定这就是通往浮山夕照的路了，它应该是古人修凿的，有多长时间没人踏过，无从考证，只有它自己知道，但它无言。我们拾级而上，经过一道山门，张公洞——也就是观赏夕照的景点。我们在一路寂寞之后，不由得兴奋起来，快步攀登而上。

张公洞，洞口呈穹形，是在造山运动中自然形成的，传说古时候有位张姓道人在此修炼，因而得名。进得洞来，只见供奉仙人（老百姓以为是菩萨）的锦帐不规则地悬挂着，地上化纸的灰烬及其他杂物，一片狼藉。我们急切地搜寻那一口宝井，据说可以见到绚丽落日的宝井，它在洞的最里边。井保存完好，直径约 70 厘米，不太深，水清见底，但没有见到夕阳的影子，只有好事者投放的几枚硬币在闪着清冷的光。我不由朝外看去，洞口对着西南，太阳却在更偏南的位置，在洞里是无法见到的。或许是我们来的不是时候，或许是我们缘分未到，只好不无遗憾地走出来。

洞口是一片平地，经过人工整理的，是张公还是后人所为，不得而知。我举目四望，觉得天空异乎寻常的高远，一碧万顷，太阳毫不吝啬地把大片的光芒播撒下来，偶尔飘过的白云，像透明的羽毛；天边一抹淡蓝的影子，应该是江南的山吧，或许就是九华山。当年九华老爷一脚踏在浮山，浮山因浮在水面无力承受，不得已，另一脚跨出，就踏在九华山上了。在蓝色影子下面，一定是滚滚东去的长江，我隐约看到江面蒸腾的水汽。横亘在眼前的是一列起伏的山峦，由南向北蜿蜒而去。虽是初冬，但山上树木丛生，蓊蓊郁郁，在阳光下，显得妩媚而有生机。这是一幅多么宏大壮美的画卷啊！而在山脚下的村庄里，袅袅地升起几缕炊烟，鸡鸣犬吠，又为这幅画卷平添了几分和谐宁静与温馨的气息。我和乔老爷一时沉醉，无语凝眸——“此中有真意，欲辨已忘言”。我想，所谓浮山夕照之美，不仅在于洞里水井中倒影之奇，也在于当前这愉悦于耳目、快意于心胸的如画风景吧。

我忽然感慨说：如此美好的景点怎么不好好开发供人游赏？

乔老爷若有所思，沉吟了一会说：“现在没开发，也许是件好事。”

我们边说边往下走，下数十步，便是烂柯石的所在。遥想当初南斗北斗在此下棋，陶然而乐，一定是弈者之意不在棋吧？而那个樵子只在观棋，虽然历经沧桑巨变，终无所得。我与乔老爷以半日的时间，一身的微汗，竟能会仙人之意，得天地之精神，岂不是超值的享受了？幸甚至哉，是以记之。

山啊，山

张永中

山林枯寂，野草含露，空气中弥漫着丝丝的寒凉，启明星在天际边发着幽幽的光辉。一个人的行走，那条蜿蜒曲折的山间小道好像永远也走不完，只有沙沙的脚步声一路相随，在了无人烟的空山中越发清脆。岭间的坟茔随处可见，荒草疯长，显露出墓地的几分阴森。天黑的山岭，常常有豺狗、野猪出没，我带着火种，壮着胆子快步赶路。每每穿过那条小溪时，天边就开始泛白，距离官埠桥已经很近，我长长吁口气。

十多里的山路，是高中求学阶段要用脚一步步丈量的行程，走出去，才有去学校的车子。天刚麻麻亮，母亲就起床为我做早餐，收拾东西，不停忙碌。我睡眼蒙眬，感觉假期太过短暂。寄宿离家四十里之遥的学校，一个学期才回家一趟，每次返校，总要带上很多东西。咸菜、炒米粉、换洗衣裳……我检查包物，迅速洗漱用餐，便与母亲告别。

往往，出门前母亲才从她的钱匣子里，倒出一些钱票，点上几遍后交给我，反复叮嘱要保管好，这是半个学期的生活费。母亲的钱匣子锁在一个柜子里，几道保险，那是一家人的生计所在，我们从小就感到柜子的神秘与神圣。母亲要掰着手指，一分钱办出两分钱的事，为她的八个子女算好每一处用度。我接过钱，小心翼翼放到书包文具盒的最底层。

翻山越岭后，浑身汗涔涔的，衣服差不多湿透了。我在马路边解开衣扣透气，等着去学校的三轮车。三轮车是那种自带后篷箱，里面设有两排简易对座的柴油车，是私人载客去学校的主力工具。我坐在最后一个座位上，脚边放着包物。一路上，三轮车颠簸起伏，发出“突、突、突”的声响，上坡时黑烟弥漫，艰难爬行。

三轮车将路边的风景一段段甩在身后，渐行渐远，我似乎看到父亲伛偻的身影在那里晃动。他正挑着担子走村串户，吆喝着收买鸡蛋，做着辛苦的小生意。已近六旬的他，用汗水钱充实着母亲的钱匣子，让我的文具盒下每次都有殷实的保障。他一直引以为豪的是我的学习刻苦、成绩优异，以全校第二名的成绩考进浮山中学。那是一所省属重点高中。我知道父辈的希冀，常常暗下决心，决不辜负父亲肩上沉甸甸的担子。学校身处大山的腹地，校园内外，除了树木与山崖，就是校舍与师生，远处是大片的农田与村庄。我常常带着书本，钻进密林深处，与山鸟和鸣，享受着阅读的乐趣……

“到了。”司机的喊话，打断了我的思绪。我拿起包物，朝着学校大门口走去。

走着走着，感觉有点异样。清点行李后，发现书包和衣物居然不在。我以百米冲刺的速度返回，三轮车仍在，但车上空空如也。我发疯似的对着司机叫嚷，质问我的书包去哪了？司机惊恐地看着我，没想到一个学生的脾气如此暴烈，忙不迭绕着车子为我找寻，找了几圈，仍空无一物。我急了，我的视线一下子模糊起来，泪水奔涌而出，转身朝着来路的方向狂奔，我相信我的书包是在我出神的时候滚落到路面的，那里面，不仅有书，有文具，最关键的是有我半个学期的生活费，这是

“天大”的事情。我一口气狂奔了十来公里，心房迷乱，血脉偾张；我瘫坐在地上，一无所获，已没有可抓的稻草，欲哭无泪……夕阳西下，星光又开始在天际边闪烁。

回到学校，已是过了晚自习的时间。我找同学借来了笔，在昏暗的煤油灯下，铺开稿纸，开始写信，写给远在省城打工的家兄。我开门见山，说我的笔是借的，纸也是借的，我“一无所有”，已不知道明天的生活将如何继续……

家兄在接到信的那个夜晚，整宿无眠，唯恐我会出什么岔子。第二天一大早，他就匆忙赶到学校。彼时，已是事发多日，在班主任王重阳老师和同学的帮助下，我的生活、学习已转入正常轨道。家兄在给我足够的生活费后，又带我到牛集镇上，买了一些衣物和学习用品。我们一起攀爬百丈崖，登上浮山顶，他指着家乡的方向，很有意味地对我说，这件事回去不要告诉爸妈，就当没发生，以后遇到困难，先不可慌乱，相信没有蹚不过去的河……

日子，就这么在浮山的上空流淌，流淌出百炼成钢的期许。

拿到大学录取通知书那天，父亲仍在走村串户。他的步伐，在那个夏天里，显得特别坚韧有力，常常在酷暑中迈着蹒跚的步子，一刻不停地挑着货担出门，如大山般坚毅……

山在虚无缥缈间

刘才友

深深的一个梦，是谁一挥笔，洒下几个墨点，便成就了这样一幅大写意：三分山色，七分水光。

浮山，完完全全是从一代代文人心目中流淌出来的梦幻，凝着心血，结着灵气，聚着神往——

山是被江南灵秀呵护着的禅心，空也就空了，却那么模糊、隐秘、苍凉。

水是被诗意文气滋润着的顿悟，浮也就浮了，却那么空明、孤独、落寞。

白荡湖的水却那么好，活泼，顽皮，善解人意，竟那么喜欢把山晃动起来，就像小姐姐一个劲儿晃着婴儿的摇篮，摇啊摇，摇啊摇，不知疲倦，永不停息……

雾和雨也时不时地过来凑凑热闹，仿佛单相思的女子，用她清香的纱帕，小心翼翼地把山包裹起来，使最坚固的峰峦也柔软了心肠，浮在千年迷梦里，一把一把抹去人生的遗恨。

南宋诗人陈度游浮山，感觉不是人在游，而是“梦与云游”。偏偏人生太世俗，春风得意之人，竟不能承受生命之轻；命运不济之士，又不能承受生命之重。所以呀，人啊都喜欢浮在梦里，梦又喜欢浮在云中，云又喜欢浮在山间——这样，山、水、云、梦、人，就融为一体了，迷幻于大自然的鬼斧神工之中。恍恍惚惚，悠悠荡荡，山也浮，水也浮，梦也浮，人呢，恐怕早已不知今夕是何年了。

所以呀，游浮山，要选择一个薄雾轻愁的日子，携一颗伤感失意的心灵，在哀怨的唐诗宋词里，披着小雨，拄着细竹，穿着草鞋，一步一步地，飘进云里，裹进雾里，做那一生一世无欲无求的梦。

也正如此，众多的文人墨客，因了种种的浮浮沉沉，看山不是山，看水不是水。他们携着尘世的风，淋着千年的雨，把一颗失落的心托付给苍天与明月、江湖与群峰。自以为轻松，自以为飘逸，自以为超脱，逍遥于天地之间，浮游于江渚之上，视浮山为一丛玉种，袖于身上，把玩掌间，惬然自足，怡然自得。那么多的诗情画意就从这玲珑剔透的玩赏中自然而然地流泻出来，让后人羡慕不已。

王安石来到浮山，正是“天下犹为小，何论眼底山”的时候，他春风得意，即将步入最高庙堂，像展翅的鲲鹏，挟“水击三千里，抟扶摇而上九万里”的气魄，何曾把小小的浮山放在眼里？“浮云装额能自卷，缺月琢钩相与悬。”是啊，浮山算什么？只不过是他额上一缕皱纹，鬓间一根白发罢了。他挥一挥手，把那洒脱而奔放的背影留进浮山的记忆。

而贬居江州的白居易披着蓑、戴着笠，强忍着一腔的悲愤与失落，驾一叶扁舟，在烟雨迷蒙中，像一片苇叶飘到峰顶，“细认江流分笠处，界寻烟树辨毫毛”。就算将那份失意的眼珠子睁圆瞪裂，也很难辨清眼前的无情水、脚底的缥缈峰，更何况那些从不理会人世烦恼的烟树与迷情。满眼的烟云，满心的迷惘，似水流连，如风纠结，长长地叹息，久久地徘徊，说什么“登临一望水滔滔，还被蓬莱压巨鳌”。谁是蓬莱？

谁是巨鳌？不问可知，其悻悻然天涯沦落的形象，依然浮现在今人眼前。

元代书法大家赵孟頫则把满腔的不平与愤懑强加给浮山，说浮山“本是天上种”，“流落到人间”，是上天发配下界的，美则美哉，僻却僻绝。真是应了那句老话，“山不在高，有仙则名；水不在深，有龙则灵”。而为人处世都极其老实的刘大櫆，一篇《浮山记》，写实极工，描写特细，朴实生动，还是他写浮山的诗好，“空廊万结坐，明星照栏杆”，其时明月当空，浮雾涌动，山气氤氲，水光接天，又有寺僧步月、品茶、下棋、悟道，多么空灵，多么美丽啊！

“人世多少尘，何事不飞去？”懂是懂了，悟是悟了，可是，就算把人的七情六欲全部割除，人，还是要直面吃喝拉撒的生存啊。浮山是飞不出去的，生命也自然无法挣脱形体的束缚而得大逍遥。在袁宏道先生的心目中，浮山究竟有没有浮起来飞出去，那就只有浮山自己知道了。

少年不识愁滋味，看山似水，看水似山，又偏偏喜欢收集山的云魄，水的精魂，竟然相中了浮山的荒凉与冷寂，在秋雨瑟瑟之中，把一颗飞扬的心丢失在九曲洞里，至今没有收回来。

浮山若有情，情何以堪？

浮山若有梦，梦何以老？

“此情可待成追忆，只是当时已惘然。”浮山真的有情，想来也是如此。因为世间的真真假假，是是非非，恩恩怨怨，她看得多了，看得久了，看得淡了，看得厌了，她干脆闭着眼，吞吐烟云迷雾，吞吐山光水色，成了一尊佛。

浮山游记

黄海霞

清晨，走进浅淡的晨光中，经雨的空气又是怎样的清新。在车与车的更换间，经客运站，至枞阳，零星的小雨悄无声息地跌落在撑开的雨伞间。站在十字街头，车如流水，而我已站成一处风景。在繁华与喧闹间，我安静如清澈的河，用眼与心映照着喧哗与安静间的美妙。一花一木，一楼宇一雨滴，亦是自在。

等候不多久，车已至。落座出发，车子载着我们踏春的热情与期待奔向终极目标——浮山。

车驰骋，景无限。几处花草，几处菜花。层叠的是迷蒙的山峦。一点的春心，飘飞在这山水迢迢之间，游荡在这一片草木自然之间。

走进浮山的心怀，且以心去感受这片神奇而古老的土地，去潜心聆听古山的心语。浮山，又名浮渡山，是一座沉睡亿年的古火山。大山穿越岁月的风尘，从远古走来。似乎还在向游人低低地讲述着曾经盛极一时的恐龙家族的变迁，倾诉着曾经热情澎湃的心火喷发，却又是为何归于沉寂。一块石头就藏着一个故事，仔细聆听，就可以听见山石间幽幽的讲诉，就如山风轻盈地吹过一阵云烟的缥缈。火山的活跃期那是曾经的何年何月，那炽热的岩浆，融了多少的风霜往事，而冷却了的熔岩又以鬼斧神工之势，塑成浮山神奇的地形地貌。绝壁峭崖，洞穴散落，险峻栈道，再加上山中的人文景观比比皆是。我们一行人沿着山道，攀缘而上，沿途有山泉的潺湲欢快，从石缝间，在沟壑里，奔流，从不止步。终点也许是山下的一个深潭，不，或者是更远的地方。摩崖石刻，在悬崖绝壁之上，红色的字迹，遒劲的字体，存在于千古之间，却又深深震撼着今又登临的心。文人雅士的那一点浪漫心怀，不知是经过哪些工匠之手把它镌刻在历史的绝壁上，成全着探幽访古的心。古山灵动，游者万千。浮山以奇峰、怪石、岩洞著称于世。峰有很多，大小 34 个。妙高峰为景区第一峰，海拔 165 米。山中怪石不胜枚举，多以其形命名，石有万千，名亦是有千万，有名的没名的，都可依着自己的想象，赋予石头以灵魂。有人偏爱石头，那么石头也是可以唱歌可以思考。更有岩洞，让千年浮山显其幽深诡秘。浮山著名岩洞共一百零八，其中大者为岩，小者为洞，习惯上称为“三十六岩”“七十二洞”。洞尽即岩，岩穷即洞，万户千门，绕云架壑，空谷回廊，奇丽多姿。印象最为深刻的当属滴水洞了。岩洞如穹庐，光线幽暗，洞顶一壑见天，水珠溅落，若是偶然落在额上，冰凉彻骨，其幽其清若是洞中浅潭。我们也攀至内洞，拍照留影，暗黑的光线还是抵挡不了我们从尘间带来的喜乐。岩上有石刻“洗心处”，大家也愿从洗心处过，只愿心神明净，不惹尘埃。似乎这里可以参禅，尘心、禅心，良善即是至理。

山间绝壁处可见春日的杜鹃一丛丛，那是春的明艳，是一种让人无法抵挡的名山春日胜景。那种春的招摇就在如花的美目里。

山寺楼台，是山里的清修道场。梵音缭绕，静心净心。庙宇前，有山中人为游客占卦占卜。芸芸红尘，命运是否可占可卜，洞彻人生？

拾级而上，游者游之。大山以他的葱绿、古朴、沉寂、宽厚，迎接着四方来客。究竟谁能读懂大山的心怀，也许是那一份敬畏景仰的心，也许是一份山中的流连，也许是攀登时的一份坚持。

曲径通幽，亭台楼阁。涤荡的山风，送来惬意的凉爽，歇息亭台，一览山下，心生空阔。

文昌阁，独居绝顶。古书陈列，幽幽散出的是那一缕经久的墨香。

山间的这一片茶园，与文昌阁相邻相伴，沉寂着一片青翠。猎猎山风荡涤着茶之魂，沉淀着一份幽古之情怀。当有一日被采摘，当有一日经开水的冲泡，在几沉几浮的起起落落间，那一缕茶香随着水的雾气沁透心怀。采茶的人是谁？品茗的人又是谁？当年幽居于此的名贤方以智，是不是会在一个春日的闲时，望着那一窗的风云，脸色祥和，桌上还有一盏春茶，在雾气袅绕间，氤氲着的茶香正浓？如此的至境，隐居之心可得。

双瞻阁，形似四合院落。幽静闲淡，可见主人曾经的淡泊明净。斯人已去，独留今人慕名而来的瞻仰。

踏遍浮山，转身离去，又听林中鸟鸣，空谷缭绕。

浮山不浮 | 吴志龙

浮山，“岩洞天开，石溪地涌，海潮乍惊，浮空光荡”，与黄山、九华山、天柱山、琅琊山并称安徽五大名山。

现实的浮山海拔最高 165 米，方圆约 15 平方公里，却集国家地质公园、国家森林公园、国家 4A 级旅游景区众多名号于一身，像是印证“山不在高，有仙则名”。可见浮山自有不凡之处：南朝陈太建年间，“天台宗”的创立者智颛大师爱浮山形胜，创建浮山寺，浮山道场成为“天台宗”祖庭，是为佛山；在侏罗纪晚期至白垩纪早期，浮山曾几度喷发，中间还有一次岩浆入侵活动，形成的陡崖、叠嶂、岩洞、龟裂纹、柱状节理、喷气孔等奇特的火山地貌，是国内中生代粗面质火山岩中最具代表性的地区之一，堪称一座“天然火山地质公园”，是为火山；浮山 1000 多年人文历史悠久，孟郊、白居易、欧阳修、陆元钧、方苞、刘大櫆、姚鼐等等来过浮山，吟咏浮山，留下了 400 多块摩崖石刻，是为文山；1929 年，次年便担任中共安徽省委第一任书记的王步文来到浮山开展地下工作，领导革命运动，是为红色之山；浮山 36 岩 72 洞，怪石奇峰，丘壑溪流，灵泉胜水，山上无岩不树，无径不竹，无洞不花，是为隐者之山……

于是，大凡来枞阳的客人都会上浮山走走，或揽山中名胜，或凝摩崖石刻，或拜金谷禅寺，体会这座集佛山、文山、火山于一身的浮山之不同。

有年，三月末，有朋自远方来，共游浮山。

久雨后的天公忽放晴，即现春日融融、山高水远。浮山一扫冬季枯败之衰相，满山绿意。

浮山西麓，满坡的油菜花盛开，暖阳里花香醇厚，醉人心脾，周边绿油油的麦田，绿黄间陈，好一幅美丽画卷。拾级而上，松林掩映中的海岛雪浪岩如一幅巨大的屏风，将层峦山色阻挡，留下这黝黑石壁，经年雨水流走的身影，如一条条鱼纹游走在岁月的河面上。远远望去，像一层一层的波浪挤拥着，白浪逐高处。遥想当年，浮山就如一座小岛漂浮在大海中，呈现在世人面前的当属“山浮水面水浮山”的美景。

仰望，叹止，岁月记录了海岛雪浪岩。

在雪浪岩洞口，“行窝”旁注“方潜夫氏命子智书”。关于行窝石刻的由来，方以智在《浮渡野同岩》中记道：老父曾梦邵子于此种松，故又书行窝也。于是这些自然造化而成的洞窟，不仅成了方以智的临时住所，自然也就成了历朝不苟于世的文士落脚之地，有的路过，有的造访，有的隐居……

行窝，此处只是窝，而行呢？浮山不是提供乱世避乱的安乐窝，这里只是暂时的歇脚处，这里只是港湾，来者积蓄力量后终会再次出发。方以智来到浮山“行窝”是浮山之幸，世界有了“方以智”是世界之幸。二十年“行窝”面壁，他先后完成科学著作《通雅》《物理小识》《医学会通》等时代巨著，成为中国明清贯通中西、打通儒释道的第一人。作为一个伟大的思想家，他不能改变时代，却做到了以思想与天地相接，用自己的学术体系实践心中的梦想。

所有的洞窟，都是前人的行窝。摩崖再多也有限，满足不了所有人刻字表达。人各有志，行、窝乃选择自由。

“行窝”外，三角枫林披绿，悬崖下溪水流声空远，似先贤们离窝而行时的划船撑篙声，一阵阵的，像是一首远远的离歌。

张公岩前，是巨石平台，一小贩在兜售浮石。浮石是浮山特有的一种石头，就是火山石，放在水缸里能漂起来。父亲曾就读过浮山中学，后在家乡一农村中学教书，我们年少时有一年暑假，父亲带回来几块浮石，大的有瓷碗大小，印象中石头表面多孔洞，像是蜂窝，颜色呈褐红色，可惜后来这些浮石被丢弃了。此时眼前的这种石头，颜色红得像猪血，却也能浮起来，我想可能不是当地的浮石了，陪同我们的导游是熟人，她说真的浮石难得一见，算是文物了。

张公岩是观赏古桐城八景之一“浮山夕照”最佳地，最绝的是庵内有一口古井，每当夕阳西下，余晖映照岩洞后壁，金光四射，这时夕阳倒影在井中，犹如一轮红日喷薄而出，井水一片通红。想必那时天空湛蓝，空气通透，井水清冽，更重要的是有那份心境，非常人可以悟到的。

朝西，就是“山如人意懒，石似我心空”渡仙亭处。这是一片桃林，漫坡的桃花盛开。艳阳下，风儿荡荡，花儿芬芳，蜂飞蝶舞，香气四溢，友人们在石凳上留影，在花丛间欢笑，我不知道古人所言的“十里桃花、春风十里”是何等的场景，但此刻，一种别样的风情悠然地铺在三月浮山这片桃林中，放松自己，放下工作，放飞心情，且慢，且慢……

折而向东，翻过半山，走进静静的山林间，漫步，拾级。山风轻吹，花香鸟语，山涧溪流低鸣，恍若仙境。浓荫间，岁月的风吹白了我的头发，吹皱了不再年轻的脸，却再也吹不起曾经的心。我在想，会圣寺前这株千年银杏树，当年谁栽下时，可曾想过千年后它如此枝繁叶茂的模样？三百年前，大学士张英来到浮山时，眼前的银杏可否像今天这样？而再过一千年后，它可还像今天心无旁骛？此刻，我只是在春风中看过它留下轻轻的影子。

会圣寺之南，半坡之上，好一片摩崖石刻群。“因棋说法”“九带遗踪”“一足可尊”“非人间”……三百多块石刻集中在此，蔚为壮观。这片摩崖石刻群是浮山最有文化的地方，其中，名气最大的无疑就是“因棋说法”了，它记载的就是法远禅师与欧阳修因棋说法的故事。宋朝时，法远禅师住浮山，在会圣岩内完成了佛教的重要文献——《浮山九带》。文学家欧阳修慕名拜访，法远以下围棋之道作比方，阐明佛理：“一着落在甚么处？”的确，人生如棋，有多少人不知所措；投身佛门或者处身世事，又有多少人不识自性！欧阳修听后改变了他以前诋毁佛学的观点，惊叹道，像这样的和尚，“天得一以清，地得一以宁，君王得一以治天下”。

两位大师一次长谈，留给浮山的是一段佳话，山岩西侧的那片竹海间，婆娑起舞的身影，若有若无的风声，似乎长谈的余音，几百年来一直未曾停歇过。

有趣的是，智颤大师在浮山创建浮山寺，浮山道场成为“天台宗”祖庭，而远在千里之外的天台山的国清寺，自是“天台宗”祖庭。我在猜测，可能别处还有“天台宗”祖庭，是否可以这样认为，它是佛教散落在名山的一粒粒棋子，因佛而生，依佛而兴。

枕流岩浩笑廊内，有明书画家雷鲤所题《浮山纪游》诗一首：“已从浮山来，更觉浮山好。万壑染秋云，乾坤怪未了。游人无古今，天风醉花鸟。我欲煮烟霞，呼童拾瑶草。”怎么刚从浮山来，更觉浮山好呢？一问，导游笑道，前一个浮山是广东的罗浮山，原来雷鲤刚从罗浮山赶来，一比较，还是说了大实话，枞阳的浮山还是更美些吧。

穿过天生桥山谷间，满山的三角枫绿叶渐长，摇曳生姿，高大的林木刺碎了天空。这是一座天然形成的桥，又似一座破碎的洞口，横跨在这片山谷间。行走在桥上，岁月凝聚在这短短的桥头两端，一切美好如这三月，如这桥上粉红的杜鹃花，如这满山的枫叶。

妙高峰，浮山最高峰。峰上原有一亭，叫“望江亭”，年久失修圮毁，现在原址建一阁，名“文昌阁”。登楼西望，樯山如柱，缆山如索，极目远眺，长江如带，九华若笋。俯视山下，阡陌田园，村落如画。

遥想当年山下曾是白荡湖水域，湖水环绕，春夏之时，湖水盈丰，碧波连天，慕名而来的游人乘船远望，“山浮水面水浮山”的胜景徐徐展现，真的是一幅山水相依、水天一色的自然风光。只是后来在“大跃进”年代，人们为了解决吃饭问题，沿湖区周边圈起了一个个圩口，沧海变桑田，此胜景难现。不过时间老人是个风趣之人，2016 年夏天，白荡湖迎来有历史纪录的最大洪水，浮山脚下的圩口悉数溃破，浮山又现汪洋中的一叶孤舟，“山浮水面水浮山”之景再度重现。

转至山南，滴水洞迎接了远方的同行。“洗心处”前段时间雨水丰盈，洞顶的山水如飞瀑挂泻，似珠玉落盘，雨水声震耳欲聋，水溅起来，打湿了众人的衣裤。若在寒冷时，天寒地冻，这飞瀑结成冰瀑，倒挂冰凌，似卷珠帘，如千层云，那该是何等的壮观。站在洞中，仰望“洗心处”，心里还是紧了一下，心何以洗？这般雨花似玉从天而降，我们是否真切地感受到沐浴的圣洁、俗世间的尘埃、生命的尊严？是否感受到当一缕天光透过地缝照耀下，“洗心处”的隐秘如烟？值得一记的就是这块石刻“天河坠玉”，有意思的是石刻上为“天河队王”四个字。“坠”字本以“土”为底，而“石者，土之母也”。这块石刻“坠”的上半部就落笔在石头之上，而且这个洞底的土早被这“天河”之水冲光了，“坠”的下半部不见“土”字，真是“无土胜有土”啊！再细看“王”字，那中间的一横最长，是由两笔构成的，即一短横的右边有一点，只是点得不太明显，好像点错了位置。玉珠自高处掉在石上，落得越深弹得越高。何况此“玉”自“天河”而下呢？听导游这般一说，哇，真的叹服题者因景造字，别具匠心。

走出这处清泉，耳畔传来隐隐的读书声，山脚下的这所省级重点高中——浮山中学是浮山的骄傲，也是一座风景，浮山因这所名校更为扬名。这片琅琅的读书声时不时地打破了山间的宁静，桐城派的传承、桐枞文化的光大就需要这一批批学子，他们是桐枞文化的代表与希望。我在想，发源于龙眠山、岱鳌山、浮山的文化之舟，必将汇集于菜子湖、白荡湖，尔后通江达海，行于汪洋之上。

此刻，又想起浮石，当然不是刚才在张公岩前贩卖的浮石，而是一本杂志，浮山中学文学社办的《浮石》。一侄女在读高一，她兼编辑，赠我一本嘱我提点建议。散文、诗歌写得还很正，说真的，如此重的学业负担下能坚持写已是不易了，怎能狠心说三道四呢？我倒对“浮石”一名有了好奇，浮石是漂浮的，能浮在水上，漂在尘世间，可否让时间和经历加压其上，而促其深深沉淀，若干年后，他们会成长为像浮山一样厚重的大山？这是否是老师们的一份苦心呢，我私下里猜测着。

寂静会圣寺

吴　笛

雾是仙女，霾是妖魔。

2016 年 3 月 19 日，星期天，铜陵的一班男男女女文人，真的有福了，简直一场艳遇，地点在江北的枞阳，那天遇上多年难得一见的清新曼妙的雾。

我们的目的地——素有“中国第一文山”之称的浮山，不是雾中飘浮，而是雾中深沉、神秘、雄奇。

当枞阳县作协的谢思球先生引领我们一行来到会圣寺时，雾才从山崖、庙宇、洞窟、石刻以及丛丛古树、簇簇鲜花、只只鸟翅上，悠悠地揭下了面纱。

时间已是上午 9 点多了。

会圣寺在浮山的中部，对于浮山，会圣寺绝不是一座小小的寺庙，它是瑰丽无比、珍贵无比的镇山之宝，是一本皇皇巨著的光源，是中国千年文山——浮山一颗活力四射的人文心脏、灵光万道的智慧大脑！

也许，文友们都来过浮山，参拜过会圣寺了。

也许，游客们都见证过比会圣寺不知壮观多少倍的寺庙了。

也许，会圣寺里没有一个僧人，寺外也没有一个兜售香火、山货、特产的小贩。

也许……

那天，从9点多到11点多，成百上千路过的游客，只有我一个人——差不多只一个人，一个多时辰，我在那儿盘桓，沉思，激动，忧叹。

我的出生地离浮山不过二十公里，浮山的声名早已如雷贯耳，浮山的胜迹美景也打小就略知一二，心向往之，就是没有机缘。直到年近花甲了，我才得以第一次看见浮山，我无法用一句“我来晚了”轻佻地遮掩我的平庸与痛苦。没有朝拜浮山，或者很晚才来浮山，至少对我来说，不仅是过往生活的苍白，也是生命色彩的暗淡，更是人生的重大缺憾！尤其是没有在会圣寺流连驻足，领略参悟，发思古之幽情，吐胸中之块垒。

古人说，“读万卷书，不及行万里路”，又说“造化弄人”。

名山大川，三教九流、典故传说的耳濡目染、潜移默化，加上身世经历的体验感受，实在是中国文人成长的阳光雨露，没有得天独厚的滋养，我们难以心灵广大，见识超群，长成气象非凡的巨木，怒放世人惊叹的文学奇葩啊！

会圣寺位于浮山中部的云霄峰会圣岩下，依岩临涧而建，曾为江左名刹，起于晋梁，衰于五代，兴于赵宋，禅寺毁于太平天国时期的浮山之战，清宣统二年（1910）重建瓦房三大间，又过整整100年，到2011年，禅寺得以重修。修旧如旧，全寺占地面积1080平方米，分前后两殿，殿不大，不及现今小土豪的小别墅气派，前殿门外有方面积不超100平方米的石板平台，列有供奉的香火供桌。殿内供弥勒佛、韦驮。前后门敞开，紧挨后门的便是依岩洞而建的后殿，殿内供有三尊大佛，高及两三丈，跪拜蒲团、香案烛台、捐款箱，一应俱全，只是不见一个僧人、一缕香火，而且香案上几无香灰，想必这会圣寺里的佛爷们，已过了不少冷清的日子了。往后殿之后左侧的石台上，有一尊让人眼睛为之一亮的玉雕像，一件陈旧蒙尘的袈裟怎么也遮挡不了玉雕宝像的非凡气度。哦，这就是圆鉴大师，会圣寺的真神，浮山的灵魂！

说到圆鉴大师，人称“远禄公”，稍懂一点禅宗，稍有一点文史知识的人，差不多都能说个一二。那天，我在会圣寺里没有跪拜，没有烧香，没有捐赠，在绕寺前后殿三圈后便蜡烛一样立于远禄公的玉雕像前，回想与思考在大脑里萦绕不息，如同心香袅袅。

远禄公法名法远，圆鉴是宋仁宗所赐号。而远禄公则是僧众所赠，因他年轻时与达观颖、薛大头等七八个官僚富豪一道游历四川，多次遭到当地官府滥人的“横逆”扣押，由于他通晓世事人性，特别是官衙里的办事关节，以高超的智慧方法化解了困厄，并脱离了这些达官富豪的种种恩威。于是大家打心眼里敬佩他。称赞他为“远禄公”——远离功名富贵的圣人。

远禄公作为大德高僧，最令人景仰的是受曹洞宗六世祖大阳警玄的“托孤”后，忠人之事，厚德无私，高洁大义，心胸广阔，目光深远。一度在大阳警玄禅师座下参禅游学，法远对曹洞宗的宗旨要义，心领神会，大阳警玄对他也是青睐有加，有意将衣钵传承予他，但法远是临济宗弟子，不好改换门庭。要知道曹洞宗在大阳警玄时代，可谓声名显赫。作为传人在佛教禅宗界不亚于世俗社会君主爵位的承袭，当然，这事也不可与红尘俗子去评说，不可问法远是怎么想的，否则连我也会遭受“脑子进水”的讥讽。数十年后，华严寺的义青因在法远座前学禅三年，境界非凡，于是法远便将大阳警玄的衣钵传授给了义青。投子义青果然不负法远的慧眼，成为一代宗师。曹洞宗七世祖，光大门庭，泽被东方。如今韩国、日本的曹洞宗都禅门昌盛。曹洞宗高僧委托临济宗高僧寻觅传人，这在禅宗史上是史无前例的。它的意义和价值如同高悬的日月，其光辉将源源不绝地向四方播洒。如果说年轻时的法远为痴心参禅悟道，心如磐石，不惜含垢忍辱，赢得归省禅师的认可，比之佛禅二祖为求法达摩祖师，不惜立雪断臂更具有至善人性、至真和谐、至美圆润。那么，老年的法远代警玄觅得义青传人，就远比六祖慧能获得衣钵的故事曲折，也少了几分的庸俗，开了更清的源流，证了更妙的大道。

浮山会圣寺成为喷薄的禅泉圣地，就是因为有了法远圆鉴远禄公。那是距今近千年的 1046 年，一个美丽的中秋时节，远禄公来了。我想，远禄公不远千里，风尘仆仆，除了一袭袈裟，也只有随身的“瓢囊”禅思了。栖居浮山大华严寺，他怎么也没想到，那个滁州太守欧阳修，在游玩过华严寺后，居然与同僚在会圣岩下下起围棋来。一局终了，大名鼎鼎的欧阳修按捺不住地向远禄公请禅说法。我揣度，欧阳修来访浮山，主要目的也就是想会会同样大名鼎鼎的远禄公，一要求证远禄公是否像传说的那么神奇，二要为难一下远禄公如何说“说不得”的佛法禅道，三要借助浮山这方奇妙山水疗养一下自己郁闷的心灵，解颐开怀。要知道，也就在远禄公来浮山的前一年（1045），欧阳修因替范仲淹等人抱屈分辩而被朝廷贬至滁州。何等智慧的远禄公，大讲特讲起如何下围棋，并借助欧阳修刚刚的落子走势，对垒鏖战，双方各显其才，破局、推枰，指东说西，喻大于理，既清晰明了又玄妙奥曲，何等慧根的欧阳修，醍醐灌顶，良久曰：“从来十九路，迷悟几多人。”并感叹有加地对同僚说：“修初疑禅语为虚诞，今日见此老机缘，所得所造，非悟明于心地，安能有此妙旨哉!”（《禅宗正脉》）

法远在浮山因棋说法，从此改变了欧阳修往日轻慢参禅佛法的心理，继而宣扬佛学，护持佛法，修习禅道。浮山，远禄公，欧阳修，因棋说法，产生了名人、名山，奇禅逸事的“叠加效应”，而且这叠加效应随着追慕者的日益增多，如同滚雪球般把浮山叠加成了一座中国的千年文山。

会圣岩本是一块平常的山岩，也不是生来就叫会圣岩，就因远禄公会欧阳修诸圣贤于此，后人才尊名“会圣”。会圣岩左右，大小岩洞罗列，摩崖石刻林立，虽没有龙门石窟的千僧万佛石雕，但会圣寺里一座不大的远禄公玉雕像，在众多禅僧的心中，尤其是在我的心中，绝不亚于龙门的卢舍那大佛。昔年法远等代代高僧传人常常在此登坛说法，会圣寺殿前平台与台下的上山石道也高不过五尺，我想，这应是很低的“门槛”了，本来么，禅宗门人不管你贩夫走卒、樵夫渔翁，甚至流寇山贼，只要你有颗佛心，有天然悟性，如人饮水，冷暖自知，直接体验，都能修成正果。会圣寺大门石柱楹联刻得好——“会心不远，圣域同登”。这完全契合远禄公的思想。晚年的远禄公，会圣岩下，会圣寺里，独坐孤灯，呕心沥血，终于将毕生参禅心得，集为《九带》，这可是佛家禅门的宝典箴言。《禅海十珍集》释曰：“浮山九带，用禅宗大纲也。”不用说，既是禅林的纲要宝物，更是东方文明智慧的一大结晶。也正是远禄公的硕德妙禅。范仲淹，这位倡导“先天下之忧而忧，后天下之乐而乐”，思想节操“不以己欲为欲，而以众心为心”“爱持众同，乐与人共”，崇信佛法禅道的大儒，在惊闻远禄公坐化会圣岩后，特为远禄公撰写碑铭“呜呼远公，释子之雄，禅林百泽，法海真龙；寿龄有限，慧命无穷。寒岩瘗骨，千载清芬”。其赞词无以复加，我不知道，还有何人能得到范仲淹如此的爱戴景仰！

浮山为古山，不能没有古树。在会圣寺门前，高五尺不到的台阶下，宽不及丈余的道路旁，有一树参天，人须仰视，深为震撼。

这是一棵树龄已逾数百年的银杏树，突兀又安宁地站在会圣寺的大门前，仿佛一种象征，让人浮想联翩。我在寂静的会圣寺门前的平台上，久久地看着银杏树，正是春光无限、青翠勃发时，不由得生出“羡慕嫉妒恨”来，好一个立于会圣寺门庭的求法参禅者啊！多少个清晨黄昏、有月无月的夜晚，你聆听到了会圣寺里大师们谈禅说法的回音？你沐浴了多少回钟声鼓乐的响泉？你茁壮了又茁壮，成长了又成长，我可以化身为你身后的一棵小树吗？一棵会圣寺门前的小树吗？年年岁岁，青了又黄，黄了又青，寂静地向上，向上……

散文浮山

东方煜晓

几年前去过浮山，一直想写写，可无从落笔。合肥工业大学出版社编辑、枞阳籍文友疏利民先生说："你去桐城写了《歌谣里的桐城》，去枞阳为何不写写我的家乡呢?"朋友的话，促成了这篇小文。

浮山，又名浮渡山、浮度山，古称符度山。位于今枞阳县境内。浮山不高，最高海拔仅165米。从地理和人文上看，浮山是一座火山、文山、佛山、革命的山。我更喜欢把它看作一座"文山"。

来到枞阳，听文友谢思球、张正顺、徐连祥、胡冰等介绍才知，史称"桐城派三祖"的方苞、刘大櫆、姚鼐，清代同属桐城县人，因此被称为"桐城派"。此后，由于区划调整，他们三人都成了枞阳人。所以，所谓的"桐城派"，其实是"枞阳派"。

"桐城派三祖"对家乡浮山情有独钟，并分别留有散文佳篇。

方苞乃"桐城派"创始人，有"开山祖师"之称。他认为散文理论的核心是"义法"。"义"即"言有物"，"法"即"言有序"。是说，散文创作，既要有主旨，又要有章法。其文《再至浮山》，通篇对浮渡山美景着笔很少，主要是抒发感慨。作者在文末写道：“余之再至浮山，非游也，无可记者，而斯言（指宗六和尚“夫山而名，尚为游者所败坏若此”语）之义不可没，故总前后情事而并识之。”旨在借景抒情，托物言志，结合自己曾遭“《南山集》案”之冤，阐明“山有名不如无人知，人亦如此”的人生感叹。世事难料。人出了名，往往会遭殃，正是“木秀于林风必摧之”“人怕出名猪怕壮”啊。

刘大櫆师事方苞，继承并发展了方苞的散文理论，同时提出“神气”说，是散文的至妙境界。美学大师朱光潜在《散文的声音节奏》中阐述了刘大櫆的“神气”一说，认为现代散文也应讲究音节美、音律美。刘大櫆多次登临浮山，并作2500字的长文《浮山记》。全文观察细微，描写生动，语言流畅，结构严谨，诗意盎然，堪称游记散文中的珍品。

姚鼐是“桐城派”的集大成者。他强调文章“义理、考据、辞章，三者不可偏废”，对后世影响极大。姚鼐写有《左仲郛浮渡诗序》，开篇是：“独吾爱潜、霍、司空、龙眠、浮渡，各以其胜名于三楚。而浮渡濒江倚原，登陟者无险峻之阻，而幽深奥曲，览之不穷。”对浮山的钟爱溢于言表。

我的家乡凤台，有一任县令叫李兆洛，被誉为“大清名宦”。与“桐城派三祖”比起来，李兆洛的文名小得多，却是承袭“桐城派”真传并有所创新的一位饱学之士。我读过他的散文《游浮山记》，完全可与“桐城派三祖”相媲美，应当引起人们的关注。

李兆洛（1769—1841），清代文学家、学者、地方志专家。阳湖（今江苏武进）人。他是“阳湖派”的代表作家之一。著有《养一斋文集》，辑著《皇明文典》《大清一统舆地全国》《骈体文钞》《地理韵编》《凤台县志》等。“阳湖派”是清代乾隆、嘉庆时期的散文流派，因代表人物张惠言、恽敬都是江苏阳湖人，故而得名“阳湖派”。这一派古文家，总体上以“桐城派”为宗，并在继承中有所突破。

李兆洛的《游浮山记》，描写形象，抒情有致，议论精辟，内涵丰富，值得史学家和文学家认真研究。文章通过与同游者的几段对话，谈论为文之法和做人之道，富含哲理，发人深思。他评价刘大櫆《浮山记》时说“觉海峰（即刘大櫆）之文亦少褒焉”，指出刘大櫆的《浮山记》少溢美之词，评价比较客观。李兆洛认为“且夫文者，所以达情也”，点明作文是为了表情达意，描写只是手段，借景抒情才是目的。对待前人的言论，他说：“不必尽信者，无补于实者也；不能不信者，无加于实者也。”大意是说，既不可全信，也不可不信，很有辩证的味道。

浮山，早已“文”名遐迩。

浮山，正是一篇耐读的散文。

我的浮山（五章）

方德佺

（一）家在浮山

每回陪慕名来的朋友游玩浮山后，总能很快收到朋友们称赞浮山的文字。他们对浮山的自然景观、人文历史等虽各有偏爱，但无一例外地羡慕我是个浮山人。

浮山不知不觉中给我留下好的印象，那是我当放牛娃的日子。只要将牛牵到山下，就可以放心大胆地坐在山洞里听老人闲谈关于浮山的各种传说、故事，浮山在我心里渐渐成了一座有悠久历史和神奇传说的名山。我希望像梦中一样骑上我的牛儿，慢慢走进那满是神奇的浮山中去，尽兴游玩，管它在世上已过了千万年。

浮山让我魂牵梦绕是在我离开家乡求学的三年里。有次作文竞赛题目是《窗前》，我便取家里老屋的窗户为视角，描写了我所见的浮山十多年的兴衰，再融进我的强烈的思乡之情，文章获得了好评。以后的空闲里，跟同学们侃家乡的浮山成了我的保留节目。就在那一次又一次的闲聊中，我不知不觉地把家乡的浮山描绘得神乎其神，所以，毕业以后好多年里，还不断有同学在游遍大江南北的许多名山大川之后，还执意来到浮山游玩呢。

（二）浮山觅“浮”

久居浮山，难以进入那种“相看两不厌”的境地。那日受苏轼《石钟山记》启发，萌生要探究浮山之“浮”的由来。

向来人们以“山浮水面水浮山”来说明浮山之“浮”，并言古称“浮渡山”，但我总以为历史上山名或地名的沿革中若没有重大变故是不该有变化的。记得小时候，老年人给我们讲的故事中就有一个关于浮山的传说，说是浮山是一艘从东海漂过来的船。这大概也有附会浮山之浮的意思。明明一座山而冠以“浮”名，着实有点让人费解。如果我们细细想想这座山名扬天下的原因，或许会有所帮助。隋唐以来，浮山就因佛教兴盛，引得天下名人慕名寻访，这种连环套似的效应，终于使浮山这座没有雄伟壮丽形象的小山丘得以名扬天下。多少次，我独自在浮山的怀抱中寻求这个问题的答案时，不经意间总能见到“佛”的影子：大大小小岩洞中的佛像，遍布山间的石刻，甚至游客眼里保留的虔诚。置身在这样的氛围中，令我感受到山中的一切都有“佛缘”。笃信神佛的人常说“佛在心中”，我不是佛教信徒，依然深深地感受到“佛”就在心中。渐渐地，我悟出浮山的来历就在于“佛”。古时候，和尚就称为浮屠或浮图，而浮屠与“浮渡”在当地方言中近于谐音；再加上人们求神拜佛都是希望神佛能保佑他们渡过苦海，所以便在日常口语中用“浮渡”来指称这座佛事渐盛的山。

其实，一部浮山的历史，主宰其沉浮的人物多是从事佛教的人士，他们把自己的一生定位在浮山，个中缘由已非今人所能猜度。但毫无疑问，浮山在他们心中是块风水宝地，有助于他们献身于佛而修成正果。正因为如此，我才自信地认为浮山之“浮”来源于浮山之“佛”。佛教传入中国有两千多年，而浮山兴建佛寺已有近一千五百年的历史。一千五百年中，维系浮山盛名的正是佛教。今天，开放的浮山要想真正打好旅游这张牌，决不能丢开“佛”文章。这是我多次独处浮山中的一点“浮想”。

设若将来有谁能考证出我上面的“浮”的想法是正确的话，那绝不是我的造化，很可能是“佛”的点化。

（三）浮山访冬

时序入冬，浮山看上去有些清静，因为她还在封山建设期间。

见不到游人，见不到灿烂的山花，成群的白鹭飞往南方了。也有哪儿都不去的鸟儿，就静静地栖在山谷间，看看悬崖峭壁，听听松涛阵阵，可它们也惊异地感觉到这个冬天的浮山有了明显的变化：不仅山下增添了许多式样别致的楼群，山上也平添了许多亭台楼阁。安徽一些原本名不见经传的景点，在旅游作为朝阳产业的背景下它们都获得了长足发展，旅游业搞得红红火火，而列为安徽五大名山之一的浮山，由于多方面的原因旅游一直没有走出冬天的阴影，甚至出现在旅游旺季也无人问津的凄惨局面。现在，浮山旅游得到开发，让沉寂了亿万年的火山像要蓄势喷发，走出严冬的阴影！

一个耐得寂寞的人来浮山访冬，可以说是一次真正有意义的旅程，随便走到哪里，都可以感受到冬日里浮山独特而神奇的魅力。

都说浮山是亿万年前火山爆发形成的，不知最后一次为什么力量不够，没有形成强有力的喷发便凝固成今天这种模样。作为一座火山，她能心甘情愿就此罢休吗？谁能说这么多年来她不是在慢慢地蓄积力量呢？这是一次多么艰难的积蓄啊，谁都以为她已经放弃了再度喷发的意念，只有她自己明白，如果积蓄的力度不够就蠢蠢而动，肯定会重蹈覆辙而于事无补，绝不可能产生惊世骇俗的效果。所以，只有选择漫长的寂寞，漫长到所有的生命形式无从知晓，只有理智才能领悟，只有一颗寂寞的心才能倾听到浮山寂寞的叹息，这叹息是已融入那阵阵松涛、晨钟暮鼓、空谷传响……

还用得着去采摘绚丽的山花吗？还有必要为静静的杉树林中的空巢遗憾吗？它们可以用一时的赏心悦目带来片刻的慰藉，但怎么比得上浮山的寂寞带给人胸襟的豁达呢？

朋友，冬天里寂寞吗？不妨来浮山坐坐，感受感受，让寂寞在这里也共鸣一回；要不然默诵一回“冬天已经来了，春天还会遥远吗”，也会别有意味，因为浮山的冬天是寂寞的，但现在浮山旅游开发正如春天一样生机勃勃地开展着，相对于全国各地的旅游开发来说，这也是一次艰难的积蓄，我们期待着她在春天里的喷发吧！

（四）浮山的石头能解忧

《醉翁亭记》的作者欧阳修和《岳阳楼记》的作者范仲淹，一前一后来到浮山，绝不是仅仅为了游山玩水一饱眼福的。

两人在文章中像较劲一样表达心中对“乐”的理解，那是大家都熟知的。《岳阳楼记》的结尾说：“是进亦忧，退亦忧。然则何时而乐耶？其必曰先天下之忧而忧，后天下之乐而乐。”《醉翁亭记》中写道：“树林阴翳，鸣声上下，游人去而禽鸟乐也。然禽鸟知山林之乐，而不知人之乐；人知从太守游而乐，而不知太守之乐其乐也。”如果不是刻意一比高低的话，看上去他们写得都比较旷达或洒脱，但明眼人都看得出，这“乐”的背后分明又掩饰着什么，实际上他们是乐不起来的，刚刚经历庆历新政失败的阴影太沉重了，无论如何一篇文章、一个“乐”字是不能将其轻易地就挥之而去。

欧阳修先到浮山。他平日里读书作文用功太深，尤其那“三上”的习惯害得他“病眸涩无光”“坐久百骸倦”，从他当时的诗文（日记）可以看出不仅眼睛病得不轻，而且颈椎、腰椎也有严重问题，再加上心病重重。因此欧阳修的目标很明确，慕名而来，就是希望远禄公能为他彻底疗伤。在浮山西麓会圣岩的石壁下，欧阳修与远禄公到底做了什么，一向喜欢以文字记录生活的他，这一次居然只字不提，最终留下的只有一块“因棋说法”的石刻和与之相关的传说。难道欧阳修把远禄公为之疗伤的秘方刻在了心上，后人在他的文字中才找不到半点蛛丝马迹?

多少次，我在会圣岩的石壁下久久盘桓，从不同角度审视“因棋说法”，试图从中找出当年欧阳修与远禄公对局的一些端倪，但只有不时传来的鸟鸣让我觉得那是岁月留下的回声——那就该是传说中的青鸟，她知道后世之人中不断有人对欧阳修与远禄公的那盘棋感兴趣，所以常常来提醒人们——“别想啦！别想啦！……”是的，既然欧阳修作为当事人又是一位喜欢舞文弄墨之客，都没有留下一丝一毫自己感受的意思，局外人凭空想象，即便把浮山真的想漂起来了，恐怕也还是空想吧。不过，尽管如此，我还是想当然地为欧阳修与远禄公虚构了一些对局的片段：欧阳修向远禄公倾吐了自己的身与心的诸多困惑后，期盼远禄公为他指点迷津一二，远禄公起身随手捡拾一些小石子和一个大一点的石块坐下来，他拿起石块在地上画了一个棋盘，把大石块放在中心位置上，周围用小石子围住——这正是我在浮山东面棋盘洞中看到的棋局，然后介绍了南斗和北斗二仙对局的规矩，让欧阳修选棋子下起来，自然不管欧阳修怎么选，结局都是输，远禄公这才边下棋边开导……

欧阳修把远禄公的开导不声不响地带走了，似乎给人们留下了不解之谜，但他一不小心还是泄了天机，那就是他诚心诚意地向范仲淹推荐了浮山的名僧远禄公。在欧阳修的心目中，饱受庆历新政失败痛苦的一群人中，范仲淹好比那带头大哥，他当然希望带头大哥能振作起来，至少要从那失败的阴影中走出来。

心诚则灵，范仲淹欣然接受了欧阳修的推荐，从邓州风尘仆仆来到了浮山。

这次远禄公改在华严寺接待了范仲淹。范仲淹聆听了远禄公的哪些开导，外人同样也不得而知。传说远禄公又以石头为话题阐释了佛理，不过这次用的不再是随手捡拾的石块，而是远禄公特意从山里找回来的浮山特产“浮石”——是亿万年前火山喷发时熔融的岩浆冷凝而成有密集气孔的玻璃质熔岩——那种可以漂浮在水中的石头。当然我们也只能想象一下远禄公把那“浮石”放入水中，启发范仲淹去思考为官之道与为人之道……

无论是欧阳修还是范仲淹，他们离开浮山之后，似乎都无心再去居庙堂之高。他们在地方上为官一任，总是努力造福一方，并乐在其中。有此造化，或许与浮山的石头不无关系，因为他们都在浮山受到了远禄公的点化，而远禄公也都是用浮山的石头来开释他们的心结的。

我想，是远禄公在他们的心中巧妙地置放了浮山的石头，排开了那些曾经郁积在他们心头的愁云与阴影，使他们能够比较坦然地走完了人生的旅程。由此可见，欧阳修和范仲淹从远禄公那儿带走的秘密就是浮山的石头。

啊，浮山的石头能解忧，那也是要看缘分与慧根的！

（五）姚鼐与浮山

在青年姚鼐的心目中，浮山该是平中藏奇的胜地。

这在《左仲郛浮渡诗序》中就说得很明白，“浮渡濒江依原，蹬涉者无险峻之阻，而幽深奥曲，览之不穷”，“浮山距余家不百里”。乡邻中耳闻口传的不算，前朝文人墨客在浮山留下的佳作与佳话所构筑的文化氛围，他之前的桐城派大师如方苞《再至浮山记》、刘大櫆《浮山记》和《登浮山》等等描绘浮山之奇绝的文字，也足以使他心往神之，并且有心在亲身经历中解开存在心头的疑问。但不知为什么，姚鼐却迟迟未能成行，等到与他有亲戚兼朋友双重关系的左中郛“为人招邀而往”至浮山，他未来得及通知姚鼐，却在此后送来了游浮山的诗作要他作序。姚鼐竟不愠不恼，提笔写下了心目中关于浮山及游山之道的话题为序文，这还成了姚鼐散文中借题发挥言情写景而较有趣的一篇名作。文中借左中郭诗写出了浮山“奇势异态，水石摩荡，烟云林谷之相变灭”，竟“使余恍惚若有遇也”，这算得上是一种心领神会吧，当然也得益于此前对浮山神往已久之情。

姚鼐 45 岁那年辞官归里路过泰安时，写下的《登泰山记》太有名气了，名篇名山相呼应，让读过的人都十分向往泰山。一年之后他来到了原本神往的浮山游住时，只写了一些应景诗，连前不久出版的《浮山诗词选》都未收入，难怪浮山人施乐渠先生曾叹息“词客游踪白等零”。“词客”就是姚鼐的别名，由此可见姚鼐此番到浮山真的成了匆匆过客，再没有留下人们期盼的传诵佳作。而姚鼐身为桐城派代表人物，到了当时属桐城境内的这座传扬久远的名山没有留下被人认可的文字，似乎怎么说都是一种憾事，再与《登泰山记》所造成的巨大影响及效果相比，就有些令人失望了。然而“文章本天成，妙手偶得之”，如果不是“家乡”情愫，我们看待此事的心态也许要平静些。譬如说当年欧阳修在琅琊山完成了传世的名作《醉翁亭记》后也来到浮山，只留下一段下棋的传说，并没有留下可供我们今天从某个角度出发加以发扬光大的“醉翁游浮山”之类的美文，但我们不也一直把欧阳公作为美谈与浮山联系在一起吗？

其实，姚鼐在《左仲郛浮渡诗序》中已经把浮山写得很好了，而很久以来，我们忽略了姚鼐这篇谈及浮山的好文字。20 世纪 80 年代初人民教育出版社推出的一套权威选本《古代散文集》下册收入了姚鼐的两篇作品，一篇是《登泰山记》，另一篇就是《左仲郛浮渡诗序》，该算得上一个有力的证据吧。但近些年在宣传浮山的文字材料中都很少提及，更不要说重视了。这实在是我们没有读懂姚鼐的文章，或者说还没有从中找到我们现在需要的东西，又怎么能怪姚鼐没有为家乡的浮山写出好文字呢？

会圣岩览胜（外一篇）

鲍国文

早就想选择一个秋高气爽的日子游浮山。双休日，我与朋友相约，直奔浮山最美的景点——会圣岩，细细品味浮山的神奇与传说。

会圣寺建在浮山西侧半腰的坳地上，主景是一座金碧辉煌、古色古香的禅寺。该寺占地一亩有余，依绝壁建筑，前有围墙，朱门釉檐，檐下嵌有原中国佛教协会会长赵朴初先生亲笔题写的“会圣古刹”。清亮亮的钟声间或响起，回荡在每一位游客的心空，引领他们探古寻幽。据热情的住持老僧介绍，该寺始建于晋梁，衰于五代，兴于赵宋，为江东名刹。北宋年间，名僧远禄住持浮山，在他的不懈努力下，该寺香火旺盛，来自全国各地的信徒络绎不绝。因此，宋仁宗赐他为圆鉴大师。时欧阳修对佛教心存偏见，但敬慕远禄，多次来访，结为挚友。远禄与欧公对弈于寺中，大师以下围棋作比方，辨析世相，阐明佛理，终于令欧阳修心悦诚服，他们曾博弈的地方即棋盘洞。大师七十多岁坐化后，后人在该寺坐落的峰顶为其建栖真塔纪念。

立于会圣岩前，放眼左右，岩洞比连，石刻如帖；岩前的银杏树浓荫翳日；岩下是一片蓊郁的竹林，阴森不见底；空中，不时有青鸟飞来飞去，啁啾声不绝于耳。难怪先贤名此为“会胜”之地。会圣岩的秀丽景色让游人流连忘返，多少墨客骚人在这里留下吟咏之作。清代科学家、思想家方以智曾作七律，堪称众多吟此岩诗作中的珍品：“元关金锁网重重，疑杀僧城救急中。房是露蜂谁酿蜜，山容老蠹自雕虫。放声惊裂千岩骨，洒墨消归一斧风。最爱晓钟能宛转，迥然不与世间同。”是啊，会圣岩的神奇与瑰丽给游客插上了想象的翅膀，置身其中，真有“不信是人间”的感受。

出会圣岩主景区往上南行，一条窄道穿峭壁而去，曲折迂回，这便是覆道廊。廊壁上，一首阴刻、红漆描勾的《大寨怀古》跃入我们的眼帘：“崇祯当日浮山寺，每到徘徊泪满巾。舍利塔边寻古迹，夕阳重话采樵人。”题诗的对壁有一圆孔，直径约半米，很像炮眼。据《浮山志》载，元末，朱元璋与陈友谅鏖战于此，朱元璋率军水陆并进夹攻盘踞浮山的陈寨，夺取此岩后，架炮于此，封锁敌军逃窜的主要通道——潜龙峡。如今，潜龙峡盛产的浮石，色紫红，如猪肝，传说就是当时血流成河浸染所致。

走出覆道廊，回首，似乎有什么遗落在廊内。在朋友的建议下，我们跋涉至玉女峰下，寻访浮山最神秘也最悚人的金鸡洞。早就读过唐代诗人孟郊游此吟留的《金鸡洞》：“绝壁天开一镜圆，圣中空翠异云烟。金鸡啼处人难到，尚有桃源避世仙。”在诗人眼里，金鸡洞就是鬼斧神工的修身养性的仙境，难怪她挽留了这么多名人雅士。元代大书法家、画家赵孟頫游浮山时，独对金鸡洞感兴趣，赋诗曰：金鸡天上种，何年降此山？只因鸣有候，流落在人间。此诗一直被视作描写此洞的珠玑之作。峰下的石壁陡直如墙，高三四十米，石壁上部有一圆洞口，直径一米有余。遥望洞内，黑乎乎阴森森的，透着一股悚人之气。传说金鸡就栖于此洞，曾有武艺高强的老僧飞身入洞，探洞数百步，忽听得清脆的鸡鸣，随即洞顶跃下一条巨蛇，挡住了老僧的去路，老僧急忙转身而返。从此，再也没有人敢进洞探幽。而今的金鸡洞孑然高悬于石壁，像是一个悬念，悬了几千年。走下玉女峰，我们顺便游赏了陆子岩。此岩因爱国诗人陆游之父陆宰的到来而得名。当时，他携曹无忌等社会名流游览浮山，命名景点，题写石刻。陆子岩中有一泉井，当井水溢出地面时，远观，一派金光闪耀。因泉水中含有丰富的矿物质，在阳光的折射下而成此奇观。此岩还有晋代名流陶侃的遗迹。顺此岩前行百米，我们来到圆鉴大师的圆寂处——栖真岩。岩正中为远禄祖师塔，塔圆柱形，高七尺，直径三尺，为高级白石雕垒而成。范仲淹题写塔铭，朗目大和尚撰写塔联："千里瓢囊归叶省，一屏棋局付欧公。"由此可见，浮山佛教在当时名震海内。1986 年，日本一佛教团体 19 人来此参拜远公，并敬供糖酥等。

下了浮山，开发浮山的宣传标语如一朵朵鲜花迎风招展。是啊，浮山还是一座沉睡的古火山，她的古朴与天然还那么原汁原味。人们正在紧锣密鼓地描绘着浮山开发的美景。我们坚信，浮山将成为新时代一处古朴而优美的旅游景观。

浮山夕照

我与朋友宋君早就有同赏浮山夕照的愿望。终于在前不久的一天，我们相约，到达了浮山，安顿好住宿，便直奔浮山夕照诞生地张公岩。

我们攀上一座山峰，沿山西侧削壁曲转的绕云之梯小心下来，往北数步，走过仅容一人的石桥，跨进桥头的石门，便到了目的地——张公岩。张公岩高大宽敞，古色古香，状如陕北窑洞，凿石壁而成。岩侧有井，恰有一位小和尚正在舀水，他热情地向我们介绍此岩的来历。宋代江西路转运判官张同之寄情山水，游玩浮山时，被这里古朴清幽的秀色所吸引，便弃官于此。传说他辟谷而居，潜心研习佛法，为浮山佛教的发展作出了一些贡献。后人将他隐居之地名为"张公岩"，以示纪念。张公的生平概况我们不得而知，但可以肯定他是古代典型的不满官场昏黑、弃官投僧之流。小和尚指着他舀水的井告诉我们，此井就是张公岩景点的精致所在，古桐城八景之一的“浮山夕照”即呈现在这里。井深仅三四尺，泉水清澈见底。据《浮山志》记载，此井名叫“龙井神泉”，可容六担水，吸之旋满；天将雨，即溢出；数月不雨，六担水如故。夕阳正在缓缓西沉，当余晖投射在泉面约呈 35 度角时，奇迹便瞬间出现了，只见一轮红日自井底喷跃而出，射彩飞虹，照得井旁浑黄的岩壁一片紫赤，我们仿佛进入了科幻世界。小和尚不知玩了个什么戏法，手一指，说：“你们看!”顿时，岩壁上彩虹奔腾，就像传说中的一群五花龙在角逐，映得洞前一片金光灿烂……“西山日照晚霞飞，烟绕香林鸟倦归。暮入灵岩泉井暗，夕阳返照复生辉。”小和尚一边吟着谁人的诗句，一边悠然地担着水桶走上了石桥。“真是仙境啊!”宋君仿佛从瑶台归来，不住地赞叹。再观张公岩，岩的左上方有一天然石阁，架梯可上，深、高均一丈有余，口略大，敞开状，原是张公炼丹的处所。岩前还有“文革”中被毁的夕阳楼遗址，是张公为观赏浮山夕照而建造的楼台。夕阳楼旁还有张公的沐浴池、濯足盆，都是就着岩前的平地和巨石巧妙地雕琢而成。岩顶是一片蓊郁葱茏的茶林，旁边环立着几株苍劲的古松……我们可以想象当年张公弃官修道后舒适的生活场景。

夜幕已经降临，但天边升起了明月，古刹的钟声间或响起。我与宋君都毫无归意，便循声拾云梯小心翼翼地爬上了山顶。依崖而建的古寺在夜色里煞是庄严，庙门槛外，坐在石凳上的小和尚一眼就认出了我们，遇见老友似的热情地将我们迎进室内，沏水上茶，让我们很是感动。小和尚关心而又神秘地说：“玩了这么长时间，一定渴了吧？你们还没有喝过龙井神泉的水吧？品品吧。”清冽冽的泉水浸泡着浮山产的茶，那种清香，如乳汁般黏稠，如醇醴般浓厚，让我们再一次享受了观赏浮山夕照后的舒畅。在小和尚的书案上，我发现了一本《浮山诗文》手抄簿，内收孟郊、白居易、王安石、左光斗、方苞、戴名世等名人雅士游览浮山时留下的诗文。而我独被清代邑人刘大櫆的《浮山记》所吸引，文中对张公岩及浮山夕照作了精妙的描述：“其岩石覆压欲坠，有僧构而居之，窗棂皆如支柱然。中有泉，甘洌异于他水。……日西夕则岩受之，盖与朝阳之洞平分一日云。”还有明代翰林院学士许浩观赏了浮山夕照后，信口吟留道：“浮山景色写难穷，翠壁丹岩几万重。惟有夕阳留返照，枫林掩映彩霞红。”

是夜，我与宋君又在典籍中邂逅了浮山夕照的胜景。

到浮山去

章乐飞

浮山，峻而不险，奇而不危；闹而不杂，喧而不嚣。

到浮山去，也不知去了多少次。浮山的魅力如窈窕淑女总是在梦中萦绕，稍有闲暇，便去一睹芳容。在枞川大地，在皖江两岸，有一股旋风在形成，到浮山去旅游，到浮山去度假，到浮山去写生，到浮山去摄影——一年的春夏秋冬，都适宜到浮山去走走看看。看看亿年前火山喷发而形成的浮石、奇峰、怪岩、幽洞；看看千年前的名流贤士在石崖上雕刻的三言两语、诗词歌赋；看看“山浮水面水浮山”的盛景；看看千年佛教圣地上的寺庙、塔院、古刹、经书。哪一座山有浮山这般玲珑剔透、幽静安详？哪一座山有浮山这么厚重质朴、精华深奥？在山上行走，那是与先哲相谈，与历史相语，与佛禅悟。每一次下山，都舍不得离去，沉醉在回味再三、回眸再三的意境里。真想把知天命年的残躯安居此山，兴许能返老还童呢！

“相看两不厌，只有浮渡山”，倏忽间想起李白的诗句，换上我们浮渡山的别名也妥帖啊！只可惜，诗仙兼酒仙的李大人与浮山失之交臂，让浮山落寞百年。假若诗仙溯江而上，遥望到浮山“海上蓬莱”的美景，也会有“雨入天池生紫烟，遥望雪浪挂前川”的佳句吧！一定会与浮山心有灵犀，结茅庐于浮山小住，也不至于有醉酒泛舟俯身捉月的狂放、狂喜。

幸也，几个百年后，欧阳修与浮山相见恨晚。他不辞辛劳直奔浮山而来，直奔浮山的开山禅师远禄而来。“因棋说法”在中国佛教历史上是幸事盛事、佳话美谈。一棋得理得法，一语启智启性。世事如棋，人生如棋。一个僧人能道出如此深奥的人生哲理，让欧阳修钦佩不已。他终于把染尘的心放下，竹杖芒鞋轻胜马，几度上浮山，常住“普陀岩”。架锅垒灶，用枞阳黑猪肉烧枞阳大萝卜，添加项铺镇的生腐、千张，备一壶老酒，与友对弈，真是快哉！兴浓，作诗填词；酒醉，酣睡有梦。后人又名“醉翁岩”。今天，把狂热的身躯安置在这佛地小憩，是多么的妥帖温馨。醉翁岩，进去过几次，只是小坐，不敢造次，也未带老酒……

浮山是一座火山。谁能相信，我们脚下的河流、池塘、岩洞、山坡、峰壑，曾经是岩浆几度喷涌的海洋！山腰的岩石是褐红色，熠熠闪着红色的光芒，似少女飘逸的裙带，是那般的意气风发斗志昂扬；山坡上一簇簇映山红，似火把，似在向游客低语：幽洞再深，我为你照亮，可安全抵达！枫叶红了，别怕！浮山四季如春，夏可防暑，冬可御寒。

在浮山地质博物馆，或许能看到这样的画面：在古老荒凉的枞川大地上，一阵电闪雷鸣后，轰轰隆隆的巨响由远及近，倏忽，地面开裂了。一股热浪向天空翻滚，腾挪，蔓延，紧接着，一条巨龙似的火焰喷薄而出，直射天空，升腾，升腾，火雨天花，布满天庭。岩浆在翻滚、燃烧，火焰在奔腾，冲撞……

浮山是一座雕刻着文字的山。几百幅石刻涵盖唐宋及民国的各个朝代的各个领域，楷书、行书、隶书、篆书、草书，一应俱全，风格各异。每一处题刻，我都要驻足再三，细心揣摩。我深知：我无论怎么修炼，也抵达不了先贤的思想高度。但心灵深处有春水漾波之涤荡，有与自然相融之温暖。似乎通身有泉水洇润，把尘世裹挟的身躯擦洗，生清秀之态、高雅之格。

“行窝”，方以智刻，位处雪浪岩洞口。一方刻石让浮山生辉，先生的人格魅力亦如浮山不朽。仰视石刻，养眼，养心。一方“行窝”石刻，长二尺一寸，宽一尺。在此仰卧小憩，该是多么的神清气爽、惬意舒畅。不是我愚妄，也没亵渎先人之意，真想浸染一点大师的灵性、灵气，消除人生旅途的疲惫，剔除遮蔽灵魂的污垢。

“进一步”石刻在滴水洞景区。今年教师节到浮山旅游，是一家人去的，上幼儿园才几天的小外孙指着这方石刻说：“那中间是一个一字！”我说：“对！叫进一步。”“那还可以到前面玩玩啊。”小家伙真聪明，他也理解其意思。“进一步”石刻浅显明白，是指点游客过小溪越石隙即有“别有洞天”的景致。但也深含哲理，让人警醒。是的，人活着，就要向前看，哪怕是迂回向前迈进一步，也许就有柳暗花明又一村的欣喜。人生的风景与旅游的风景也是那么相似，都在于“进一步”与“退一步”之间。

浮山是能“浮”起的一座山？要不，那青峰似抵白云，直插苍穹。一峰一景，若要看出心中的风景来，就要在山上慢慢欣赏了。山上之峰，能唤其名的就有34座。且峰峰有故事，有轶事；有传说，有传奇。山峰上的每一块石头，犹如先哲的头颅折射着智慧的光芒；山峰上的每一棵古树，犹如历代大儒的脊梁，肩扛的是真理，是正义，是不为三斗米而折腰的傲骨；山峰上的每一棵小草，犹如历代乡贤学士手中的狼毫，向茫茫天空书写着入世之路、出世之道的篇章；山峰上每一簇花丛，朵朵绽放，瓣瓣生香，清新惹眼，意蕴悠长。

妙高峰位于浮山之南，是景区第一高峰。登临此峰远眺，长江如练，九华若笋；俯视山下，楼房林立，院落有致，沃野翠绿，阡陌纵横，纵横交错的公路向远方延伸，新农村宛如人间仙境。想当年，这里战旗猎猎，烟尘滚滚，马鸣萧萧，土炮隆隆，多少寺庙、楼台、古物、遗迹毁灭在生杀予夺之中。向西漫步即是望江亭，依栏眺望，清风入怀，“山盟虽在，锦书难托”的惆怅也油然而生，不禁轻轻试问：妙高峰可载动千古深情？

立马峰在文殊峰之北，出金谷寺左行百步即到。迎面一峰垒石而立，中部穿空，是洞，似窗。峰体真如飞马凌空，昂首嘶鸣。上有一石若床，坐可驾马赏景，卧可小憩闲思，躺可酣睡入梦。每次上浮山，我都要在此驻足几分钟，休息片刻。我总为诗仙李太白懊恼，他若在酒意七分、快意三分时游览浮山，仙人床一定是他绝妙的去处了。且看，宝殿在下，晨钟暮鼓，余音飘扬；山间沟壑，杂树遮天蔽日，岚烟弥漫；盘谷关上，百鸟盘旋，其声嘤嘤；仰望苍穹，众雁排阵，闲云缓移；极目天际，白荡湖尽收眼底，水天一色，云水相依。

浮山由千奇百怪的岩洞构成。最著名的岩洞有一百零八个，大者为岩，小者为洞，人们习惯称“三十六岩”“七十二洞”。这些岩洞在悬崖、在沟壑、在山腰、在峰顶、在峭壁，星罗棋布，数不胜数。小者，玲珑剔透、娇巧端庄；大者，博大恢宏、宽敞明亮；深者，三弯九曲，人迹罕至。“削成绝壁千寻峭，生就悬岩万窍空。”天生空洞，藏着玄机，布满沧桑。晋梁以后，历代高僧依岩建寺，弘扬佛法，遂成闻名中外的佛教圣地。后历代文人墨客慕名而至，禅悟佛理，拜佛刻字。洞藏佛性，岩显禅机。

金谷岩，岩嵌寺庙，寺镶岩里，因金碧辉煌之殿宇而名金谷禅寺。进寺，焚一炷香。礼佛，高僧有知，会吐射佛性的火焰，尘身一定会布满灵性的佛光。九曲洞在金谷岩、选佛岩之间，弯腰，低头，侧身，用手机照明，瞬间通过。哦，九曲洞，大洞连小洞，小洞连大洞，一洞一重天，洞连浮山西边的“金鸡洞”。穿过阴暗的洞、漆黑的洞，就能抵达“金鸡啼处”的良辰美景，登上“桃源避世”的神宅仙境。

会圣岩又名会圣禅寺，顾名思义，难道这里是圣贤相会的地方？进山先朝寺、拜佛，乞灵佛祖护佑、点化，让凡体脱胎换骨，有神仙气，有圣贤相。佛殿正中供奉着高大的金光闪闪的佛像，佛像的背后即是寮室，直抵岩洞的后壁。据说，远禄高僧与欧阳修就在这里对弈，留下“因棋说法”的美谈。小小洞室，烛香味浓，烛光忽明忽暗，隐约看见大师举棋落定。

岩洞因人生辉，洞壁因题刻生色。驻足，有涛声、鸟声、泉声、钟声入耳；仰望，山势雄浑，峰峦叠翠，古木直入云霄，霞光缝隙朗照；端详岩壁，石字如花，点撇竖捺似瓣，生香，生艳，生趣，生情。

旅游不外乎两种，一种是走马看花，看的是眼前山水，只养眼不养心；一种是流连忘返、探根究源，看的是心中的山水，既养眼又养心。

白居易来了。在“日出江花红似火”的早晨，他系舟款步，登上缥缈峰，望远方浪花跳跃，江帆点点，峰峦如黛，起伏蜿蜒；看近处田园村落，绿树绕楼。怎不惊叹江南好！离别后，能不忆江南?

孟郊来了。他带着满腹的痛苦、满腔的悲愤而来。浮山的水浸染了他，浮山的石温润了他。名利都是身外物，只信浮山好安身。

王安石也来了。他轻松地来，来欣赏浮山的美景。浮山的岩石幽洞让他震撼，让他洞悟：登高才能看远，怀才方能施展宏图。“经世济民志愈坚，翡翠鲛绡不值钱。”

朋友，到浮山来休假旅游吧！如果说黄山是大自然的精妙杰作，九华山是拜佛的最佳场所，那么浮山则兼而有之。奇峰、怪石、幽洞琳琅满目，它是亿万年前火山爆发留下的样本，恩赐给枞阳人的杰作；佛殿、庙宇、寺庵，依岩而建，择峰而立，是历代高僧隐居兴佛、布云施雨的仙境。漫步山间，也能隐约倾听历代大儒足音的回荡，文人推敲诗词的吟声。浮山，是一间温馨的书屋。进屋，可吟诵流传千古的《盛唐枞阳之歌》的诗句，可朗读影响明清两百年的桐城派作家的美文。

春夏秋冬日，都宜到浮山。

家在浮山（二章）

疏丽云

浮山的油菜花

春风又绿江南岸的时候，也是婺源的油菜花开得最热烈最妖娆的时候，颜值固然很高，吸引了成千上万的游客去踏青采风，可我至今未去婺源，因为在我的骨子里总认为最美的风景在故乡——浮山。我总认为家乡的油菜花丝毫不逊色于婺源的油菜花，何必千里迢迢去追寻最熟悉的风景？在我的故乡浮山，在乍暖还寒的季节里，油菜花就是一张家乡迎接春天的请帖。

浮山地处丘陵地带，人杰地灵，有圩田，有山坡，有旱地，有水田，农民种植油菜也是随意为之。地里可以种，田里也可以种，山坡也种，房前屋后，随心所至，想种到哪就种到哪。春天里，如果站在浮山的山顶上，放眼望去，在农家小院房前屋后、河边堤旁、坡底山岗、阡陌纵横的原野，油菜花醒目亮眼，风情万种，一片片金黄色的花海演绎了春天的故事，生动了春天俏丽的笑脸。雨天，远山朦胧，烟雨迷蒙，绿树葱茏，紫云英的叶片上晶莹剔透，梨花带雨菜花俏，好一幅江南烟雨图；晴天，远山含黛，水鸟翻飞，姿态翩跹，清风吹来，如诗如画。油菜花簌簌低语，摇曳生姿，如朴实无华的村姑，清新自然，不哗众取宠，不与群芳争艳，花开花落间，随遇而安，沉浸在自我扎根的大地，散发着淡淡的花香，含着脉脉的温情，静静地演绎着自己精彩的故事。

我喜欢在晴天走进屋后的油菜田，近距离地观看油菜花那丰腴茂盛、密密匝匝、磅礴、厚实、灿烂的壮美。那一朵朵小黄花，孱弱的生命，不起眼的色彩，但是无数的小花紧密团结，无隙地聚合在一起，就成为势不可挡的金色海洋。任凭风刮雨摧，油菜枝干抱成一团，不离不弃，众志成城，栉风沐雨，小小的黄花依然金光闪烁，炫人眼目。油菜花积蓄在生命中的力量酿成了磅礴之势，不失时机地迸发出来，辉煌的色彩便在田野中流动，无限的生气便在天地间升腾。一只只彩蝶惬意地穿行其中，若隐若现；蜜蜂嗡嗡地飞着，翅膀像油菜花一样黄。其间，有老头扛着犁耙、赶着老牛从油菜花旁缓缓而过。所有这些，又构成了一幅闲适、清幽的淡墨素描，一幅天人合一的天然画卷就此舒展开来。站在油菜花的花丛中，方知身在春天里。细看油菜花，光滑的杆，披针形的叶子，沙粒一般的果实，熙熙攘攘，恣意绽放，简直成了一片“黄金之海”，好不热闹。是的，有些东西是要热闹了才好，就像这团团簇簇的油菜花，只有热闹了，才有浓郁的韵味，才有盛大的气势，才有足够的排场，就像这团团簇簇的油菜花，金浪翻滚，生机勃勃，馨香四溢，招蜂引蝶，给人温暖，给人希望。倘若就一簇两簇、稀稀疏疏的油菜花，绝不会让我们怦然心动，燃起我们激情让我们怦然心动的当然是漫山遍野的花海。

我是浮山走出去的农民的女儿，似乎不太懂得描眉画眼，怎样浓妆淡抹才相宜。但是我心里有一种强烈的感觉：浮山的春天充满了诗情画意，流淌着雅致的格局，氤氲着勃勃的气息，这一切来源于油菜花给浮山的大地巧妙的打扮，让人晴天雨天总相宜的感觉。

乡　愁

一碧万顷的湖泊波光潋滟；大大小小的池塘星罗棋布；金潮暗涌的稻田摇曳多姿；风景如画的浮山中学书声琅琅；村子门口九棵古老的枫树郁郁葱葱，众多白鹭栖息于此热闹非凡；春夜蛙声阵阵，虫声此起彼伏，田间的交响乐丝毫没有惊扰沉睡的乡亲。这如诗如画的家乡美景图，时常不由自主地潜入我的梦乡，梦中常笑醒，醒来难入睡。弹指一挥间，离开家乡已经 20 多年了，岁月转动记忆的年轮，青春年少在倏忽间成过眼云烟。如今随着年龄的增长，乡愁也变得越来越浓，对家乡的眷念也越来越深。

乡愁，就是对自己漂泊在外的一种慰藉，是对青春岁月的追忆，是对年少美好时光的怀念。多少次我梦回故乡，儿时的欢笑声依旧洒满枕畔。还记得晨曦中的放牛娃两眼惺忪，无聊寂寞地看着牛儿快乐地吃草，又饶有兴趣地观察露珠在晨风中、在草尖上滚过来荡过去，无所事事地拿着一根小棍子在挑逗蚂蚁，调戏蚯蚓，活捉蚱蜢。独自玩累了，听听鸟儿的歌唱，望望蓝蓝的天空，此时天上的白云优雅地和着清风在舞蹈，地上一个少年在漫无边际地想着属于自己隐秘的心思。怀念孩提时捉鱼的情景，在田里摸鱼是童年时最大的乐趣了。每逢夏天，一场大雨过后，鱼儿喜欢沿着水上游，小孩子们顺着田埂挨着查看田里有没有鱼儿在游动，一旦看到了，就像风一样地小跑回家，悄悄从家里拿起水桶和盆子，邀约着小伙伴去摸鱼了。大家一起卷起裤腿在稻田里摸鱼，把鱼儿出没的地方围起来，然后用脸盆拼命地往外舀水，随着沟内的水逐渐减少，鱼儿在沟内乱窜，企图溜之大吉。看着四窜的鱼儿，小伙伴们笑开了花，逮到鱼儿的那一刻，那个兴奋劲是无与伦比的，哪管满身的水渍和泥巴，尽情地享受劳动成果和胜利的喜悦。虽然搞得一身泥巴回家，但是父母看到有战利品带回家，也不会责骂，有鱼吃，打打牙祭还能说什么呢。

乡愁，是对生我养我的那片土地、那种乡音的依恋。乡音藏在我们的心里，藏在我们舌尖上，藏在我们的灵魂深处。邂逅一位老乡，会情不自禁地把蹩脚的普通话切换成顺畅的枞阳话，会场上无意间冒出的一句方言，一不小心就暴露了我们的故乡，我们会对千百种口音中突然响起的熟悉的声音敏感又亲切。乡音，永远是我们属于那一方土地的印记，随时切换，不曾忘记，也不会忘记。

乡愁，是沉淀在童年舌尖上的味蕾，一日三餐四季难以忘记的味道。一个人长大后，总有些滋味，只能停留在回忆里。无论去过多少地方，吃过多少山珍海味，你最怀念的，永远是妈妈烧出的味道，是家乡的山粉圆子烧肉、小鸡焖黄豆、排骨米面、菱角烧肉、蒸咸鱼、糯米饭蒸腊肉，那个黄黄的腊肉油浸润在锅巴上，吃起来脆脆香香的，咯吱咯吱的声音听起来都无比美妙。在枞阳人的心目中，这些食物一想起来都会馋涎欲滴呀，时光将味道烙在了我们的味蕾上，随生而生，永不磨灭，看山思水流，触景进乡愁，相离不相忘。

乡愁是故乡的那栋老屋，那里留下我们童年的欢声笑语、如花的年华、青春的梦想、无端的忧愁与奋斗的身影，人生最幸福的时光都定格在了老屋，如今这些只能在我的记忆里寻找。老屋是我温馨甜蜜的回忆，是我梦里的惆怅和忧愁，是我思恋故乡的载体和寄托。老屋承载了我多少幸福的期盼，是我午夜梦回的召唤。我希望不管在他乡生活多少年，记忆中的故乡永远不要变，历经沧桑我仍能很准确地回忆出故乡曾经的每一个旮旯里的细节，可惜每次回到故土时，都发现故乡发生了太大的变化。我宁愿看到一个记忆中的村庄，不愿时光对其无情地篡改。

浮山，一座沉睡千年的火山，承载了我最美好的记忆。那里有我浅浅的乡愁，有我父母翘首的期盼，有我母亲鬓边的华发，有我时时的想念，有我徘徊的忧伤，有我埋藏在心底的无奈。在我心中，浮山是一首优美的歌，一句清新的诗，一阕华丽的词，是我无法忘却的思念，她已融化成浓浓淡淡的乡愁，流进了我的血液，成了我无时不在的呼吸。

虽然离开家乡20多年了，回家的次数也越来越少，但家乡永远烙在我心里，她是我心中一朵永不凋谢的花。乡愁也恰如春草，更行更远还生，就像老家门前长在石头缝里的桃树，一到春天，花开满树，灿若云霞，哪怕春光春雨春风纠缠在一起，也挡不住它对滋养它的土地的深情。

流连在浮山的石刻之间

王征桦

滴珠岩的顶部有一道缝隙，名为一线天。一束光线从洞顶投射进洞中，水滴珍珠般顺着那束光线悠然落下。我盘腿坐在洞中，感到光线似乎有着一种神秘的魅力，以至于会在这螺状幽静的洞中，启开我不羁的遐想。刚刚看过的石刻，还在我的头脑里浮动，我之所以选择在这里坐下来，是因为这古洞的幽深和宁静，可以暂时平息一下自己激动的心情，还可以给予自己一次纯粹的冥想。

我居住在长江之南，但我早已对江南的景色有所抵御了。因为它太细腻了，细腻得已经不能让我怦然心动。而对于江北的枞阳，那里的隐约可见的山峦、蒸腾不已的雾霭，总是让隔江相望的我心生向往。我知道，在江的那边一定有许多文明的碎片，星星般地洒落在广袤的原野上。这是它曾经的辉煌，在时光的照拂下，也一定会留下许多残存的气息。

终于，我在浮山找到了这种气息，那就是浮山石刻间的禅和诗意。

浮山摩崖石刻的规模远远地超出了我的想象，每到一处都可以见到美妙的石刻。它们有的被人用朱笔描红，有的仍是处于原始的状态，被苔藓所掩蔽。斜阳所照之处，砂岩上的字迹反而更畅亮起来，这不禁让我心旷神怡。它们或温婉纤巧，或雄浑豪放，或充盈张扬，或恬淡浑穆。我对书法艺术知之不深，但对于字里行间的争奇斗妍、超然挺拔之气，却有着异乎寻常的敏感。从这些畅亮的字体中，我仿佛看到了古人挥笔时的从容。石刻书写者的人生经历，高低起伏，得意和失意都会在一笔一画中表现出来。无论他们的笔锋是凌厉还是古拙，都掩饰不掉他们的情绪。即使是修禅之人，心系虚空，笔法如折刀断钗，圆通清逸，也难免流露出内心的那一丝蕴藉。

在浮山有一块“因棋说法”的摩崖石刻。宋庆历年间，滁州太守欧阳修听说浮山的法远禅师品格奇逸，闻名遐迩，于是便登门造访。到浮山后，他并没有发现有什么特别的地方，于是，在会圣岩下，太守欧阳修就和客人下起棋来。法远禅师坐在旁边默默地观看，一言不发。不多时，一盘棋结束了，欧阳修才请法远禅师说法。这似乎有些轻慢之意，然而法远并不在乎，他令僧击鼓，升座说法道：“若论此事，如两家着棋相似，何谓也？敌手知音，当机不让。若是缀五饶三，又通一路始得。有一般底，只解闭门作活，不会夺角冲关，硬节与虎口齐彰，局破后徒劳绰斡。所以道，肥边易得，瘦肚难求。思行则往往失粘，心粗而时时头撞。休夸国手，谩说神仙。赢局输筹即不问，且道黑白未分时，一着落在甚么处?”欧阳修一听，肃然起敬，赞叹不已。回过头来对同来的同僚曰：“修初疑禅语为虚诞，今日见此老机缘，所得所造，非悟明于心地，安能有此妙旨哉!”法远从棋局的演变，说出了弈无常态，人生亦无常态。无论输赢，论的是一种境界，一种因缘，一个过程。

滴水洞的半崖上，自然形成了一个石阁。石阁上可以栖身，刻有一块巨幅摩崖石刻“洗心处”。此乃明代县令黎道炤所题，是富有禅意的一幅石刻，意即此处是天河之水足以洗心。物随心转，境由心造，烦恼皆由心生。让心洗去烦恼污垢，成为一颗清静之心，才能过上真正快乐的生活。可是，要保持一颗清静之心，不仅需要很好的外部环境，还要有坚定的意志，所以“洗心”二字，刻的是在岩石上，记的应该是脑子里。

宋治平二年（1065），三十五岁的杨杰来到浮山，感叹浮山佛教之兴衰，感慨万千，写下了《隐贤岩记》一篇。他的弟弟将文章刻在隐贤岩上。杨杰以四言的形式，以精美的华藻，详细地叙述了浮山佛教文化数次衰落和振兴的历史。“在昔晋梁，浮图始昌。五代之季，栋宇颓弛。……否将思泰，如谷有声。”是啊，世间的万物无时不处于变化之中，有成必有坏，有否必有泰，有衰必有荣，煌煌古寺有那么几番兴废，也不为例外。而在我看来，真正让人心头一震的，还是古寺之洞见岁月的风霜。但今天我们所见到的修葺一新的寺院，恰恰没有了这些，它把沧桑留给了石刻。这倒也不错，我们毕竟还可以从这些石刻的简朴和内敛中，看到了一座山的禅意。

明清时代是这块土地上最灿烂的时候。群星璀璨，文气弥漫。明代有齐之鸾、吴应宾、方大镇、吴用先、赵鸿赐诸人；清代有方以智、戴名世、方苞、刘大櫆、姚鼐等。他们以家族和地域的方式，传授古文写作，一时，桐枞大地“家家桐城、人人方姚”，文人们讲学书院、纵情山水、文章风气遍及全国。于是，各地的文人们纷纷来到这里，他们中就有许多人来到了浮山。

我站在会圣岩下的时候，浮山的天空上，正推出一片火烧云来。每一片云都有它不同的姿态和不同的色泽。就在那时，我站在一块岩石上，阅读着崖壁上石刻，一阵恍惚。恍惚中我看见古时的文人们飘动的衣袂从这些鲜艳的字体前拂过。我在“枕流岩”和“九带遗踪”这两幅石刻前留个影，表达了我对它们的喜爱。“枕流”这个词，是多美的洒脱和自在！只有赤诚的自然之子，才能将笔趣融入天趣，把心灵付之于简淡。我很迫切地想知道它的来历，打听了很久，才弄清楚“枕流”一词出自《世说新语·排调》：说的是孙子荆年轻的时候打算隐居，对王武子说“当枕石漱流”时，因口误说成了“漱石枕流”。王武子问他，“水流还勉强可以枕，而石头能漱口吗?”孙子荆答道：“之所以枕流，是要用流水洗我被世俗污了的耳朵，漱石呢，就是要磨砺我的牙齿。”我读过多遍《世说新语》，竟没有注意到这一则，真是惭愧。至于明代强存仁所书的“九带遗踪”，出自宋代在浮山做过住持的远禄禅师所著的《九带集》。远禄以“浮山九带”闻名于禅门，明代文学家袁宗道、袁宏道兄弟到浮山游览，曾为远禄禅师的《九带集》写过评论。脉络清晰了，几百年前的书道竟然也就瞬间灿若云霞，在我的眼前鲜活起来。

隐贤崖上刻有一首五言诗：“共下虚舟墙，收藏浪里人。路通天上眼，石转地中轮。钟鼓生风雨，龙蛇自屈伸。借来庄子斧，削去古今尘。”这是清著名学者方以智、书画家戴移孝等四人联手所作。在浮山石刻近百首的诗词歌赋中，这首诗更是寓意深远，道明了当时知识分子理想的人生。方以智是明末四公子之一，频繁的战乱，使他的际遇十分坎坷。先是受李自成农民军严刑拷打，后在南明小朝廷中又受到排挤、迫害。永历四年，清兵攻陷广西平乐，方以智被捕，清军送给方以智一件清军的官服和一把闪着寒光的刀，让方以智选择。方以智没有丝毫犹豫，立即持刀在手，表示宁死不降。死后，方以智葬在枞阳县浮山镇浮渡村，终于魂归故里。

我欣赏着岩石上的诗歌，对山上的一石一字都充满着敬意。雷鲤是明代书坛的一支神笔，虽才华横溢，但却仕途坎坷，无奈弃官流落单县，在一个茶馆内当伙计。一日，雷鲤在关帝庙前，信手用瓜皮在青石板上写下“一部春秋”四个大字，庙里的和尚惊叹他遒劲典雅的书法，急忙以墨勾出轮廓，将石板雕成牌匾立于堂中。因不知写字的人名姓，于是再三恳求置款，雷鲤方才在碑文右下角落下“建安雷鲤”四字。嘉靖乙卯年间，雷鲤从广东的罗浮山来到枞阳的浮山，看见浮山丘壑苍秀，烟霞缥缈，不由得兴致大起，作诗一首：“已从浮山来，更觉浮山好。万壑染秋云，乾坤怪未了。游人无古今，天风醉花鸟。我欲煮烟霞，呼童拾瑶草。”并刻于枕流岩廊内的石壁上。雷鲤尤喜石龙峰左的岩洞，干脆以浮山作为自己的卜居之所，把洞命名为雷公洞。洞中有雷公的“洗墨池”，雷鲤亲刻“砚池”二字，其迹至今尚存。当枞阳的朋友滔滔不绝大谈雷鲤的书艺时，我正在看他的“壶天别业”的楷书题刻，我觉得雷鲤的境界不止在书艺上，他把这一方山水作为隐逸而无限的精神领地，把山洞作为“别业”，已经真正地离世脱俗，和自然融为一体了。

一局棋罢转星斗，柯烂人归百度秋。在烂柯石上，唐代诗人孟郊题有“烂柯亭”三个楷书大字，这恐怕是浮山最早的石刻。这源于一个人人皆知的典故：有樵夫上浮山砍柴，见两个鹤发童颜的老人在此对弈。于是丢下斧头，在此观看。棋局刚完，樵夫准备回家，弯身去拾斧头，谁知斧已锈、柄已烂；再看老者，已不知去向。樵夫回到村庄，找不到家门，原来不知秦汉，无论魏晋了。这真是“山中方一日，世上已千年”。

我在浮山盘桓一天，往返流连在这些石刻之间，从中知晓了一座名山从唐代到今天的变迁过程，包括它的故事，它的禅意和诗意。所有这些，不也如同那位樵夫一样，在一日之内，经历了千年的时光么？

走进浮山

董叶萍

浮山的名字对于我们铜陵人来说不算陌生。因为我们身边有很多的枞阳人，更多的时候只是听人说起浮山，说起传奇学府浮山中学。每次经过枞阳，都只是口头那么一说“哪天到浮山去看看”，听说那里“山浮水面水浮山”，更是期待一见这奇特景观。终于，这个初冬机会来了。

当得知铜陵铜都论坛“往事心语”版块开展浮山一日游活动，我就不假思索地报名了。出发前一天，铜陵下着不小的雨，我的心里有些忐忑，不知道活动是不是要取消或推延了。因为我的网名不知道什么原因不可以在论坛上发帖，老是提示要绑定账号，所以我是单独与版主电话联系的。11 月 8 日清晨，还在睡意中的我被电话铃声闹醒，一看是版主来电就最快速度地接听了电话，得知活动继续。便起身准备出发了。家人还有些不理解，这么大的雨，还出去参加什么户外活动。临行前还嘱咐要注意安全。草草地整理了一下自己，在规定时间到了规定地点。我是个很守时间很有原则的人，不管参加什么活动，不喜欢迟到。到了报社门口集合，8：30 左右我们分两路出发了。

一上车，大家首先来一轮自我介绍。姓名、网名、工作单位，还有一个重要的程序要“亮相”。因为网络是红线，好多的网友们应该是只闻其名，未见其人。有大名鼎鼎的活跃分子，也有偶尔冒泡的才子佳人。接下来的才艺展示更是一下子将车内的气氛推向了巅峰，快乐的时光总是走得很快，一路欢声笑语，谈笑风生，不知不觉就到了版主总结性发言，刚一结束，车子已经驶到了风景区大门口，比任何的排练都安排得好和准。真是满车欢笑满车乐呵。

刚下车，就有事先联系好的风景区工作人员出来迎接我们，还在景区门口拉起了横幅，我们便迅速地安排了集合留影纪念拍照，开始真正走进浮山。

外出旅游活动，当然是要轻松上阵。我们一行首先享受了一下景区的五星级卫生厕所，那绝对是一流的上档次的一次“享受”！然后走过一座拱桥，开始了亲近自然，尽情呼吸，感受清新的爬山之行。

浮山是一座沉睡亿年的古火山，岩石上到处可见气泡般的影子。浮山洞口很多，很奇，很大，很深。据查，浮山著名岩洞共108个，其中大者为岩，小者为洞，习惯上称为“三十六岩”“七十二洞”。这些岩洞星罗棋布，蔚为奇观。有的玲珑娇巧，常为文人墨客所居；有的博大恢宏，如拱桥连蜷，垂宇如悬，如室如堂，遂为天然的庙宇。这些岩洞，系两度火山爆发后形成的胜景，极尽鬼斧神工之妙。或一岩集数岩，或一洞兼数洞。洞尽即岩，岩穷即洞，万户千门，绕云架壑，空谷回廊，奇丽多姿。

浮山又是一座佛教名山。早在晋梁时期，浮山就建有寺庙。陈隋间，成为佛教天台宗智者大师的道场。赵宋以后，是曹洞宗的祖庭——圆鉴大师禅扬佛法的宝地，著名的圆鉴大师与欧阳修“因棋说法”的故事就发生在这里。这块“三宝胜地”，历史上曾得到最高统治者的崇奉和护持，他们或赐匾，或赐号，或赐经书，或赐财物，因而浮山寺庙、塔院林立，高僧辈出，成为驰名中外的佛教丛林。

浮山还是一座文山，因为山石的奇特，吸引了大量的文人墨客，如孟郊、白居易、范仲淹、王安石、黄庭坚、左光斗、张英、方苞等等，他们在浮山石壁上留下了 480 多幅摩崖石刻。

这些都赐予了浮山深厚的文化底蕴。相信未来的浮山风景区随着宣传的加大和深入地开发，一定会吸引更多的文人雅士和各地游客慕名前往。

给我留下深刻印象的是九曲洞和滴珠岩。九曲洞，又名金谷洞。洞在金谷、选佛岩之间，深邃莫测。明代文学家钟伯敬，曾举火入洞。据他所记，每侧身过一小门，即豁然开朗，走过四弯四门后，因地中寒气逼人而退出。传说该洞穿过滴珠岩，直通金鸡洞，全长有数里之遥，九曲厨烟，可从金鸡洞而出。又传旧时金谷岩寺有一小猫，误入洞中，行七天七夜，始达金鸡洞口。据地理学者考察，浮山在火山活动期，因熔岩流穿过地下，突破石壁，形成九曲长洞。我们一行在导游的提示下，打开手机电灯，佝偻着走过了九曲洞，因为传说走过九曲洞的人就走完了人生的所有坎坷曲折，一路平安了。

滴珠岩，为明代安庆知府赵寿祖所题，人称“太守岩”，俗称“滴水洞”。大通禅师曾结庵于绿萝岩下，题此岩为“大通岩”。又因岩内“常泻四时雨”，故又名“飞雨岩”。该岩在金谷、绿萝之间，有锁云巨石如屏遮口。入口处，两旁石壁森严，若斧削成。壁顶张开约一米，可望浮云如白缕，故称此地为“一线天”。行数步，跨小桥，沿石壁而入，即是滴水洞天。洞高 26.5 米，方圆 200 余平方米，全形状如海螺直立，当顶一窍见天，中衔巧石如珠，因名“龙口衔珠”。半岩上悬有石阁，面积 35 平方米，可以栖身，号曰“隐洞”，又称“复岩”。洞上有石刻“洗心处”，为明县令黎道炤所题，意指飞泉可以洗心，净化人的灵魂。洞中四时之景各异：春雨到来，悬流飞挂，溅玉喷珠；盛夏清凉，绿荫如盖，幽静肃穆；秋高气爽，溪流澄碧，声如丝竹；严冬雪压，冰柱林立，巍峨壮观。整个岩体，层叠如楼，造型奇巧，神工天成。走进这岩洞，我放开嗓子吼叫了几声，洞深处回声有余，感受了一份轻松释放和一次空灵静心。可谓不虚此行。

浮山的气候如同这景色，像是匠心独具的世外桃源。我们从铜陵出发一路都是细雨不断，到了浮山竟然是骤雨停歇，云开雾散。没有雨水的旅行才是轻松快乐的旅行，我们的心情自然也好上百倍！大家纷纷感谢上苍，感恩浮山！行走在蜿蜒的山路上，我们惊叹这个初冬居然还有杜鹃花和茶花含苞待放，唯一的答案就是山上的气候温暖适宜，冬暖夏凉！我们感叹真是个风水宝地啊。

上午十点我们开始上山，走着走着都到下午两点了，我们仓促中下了山，到了文昌阁，过了飞来峰，进了金谷岩，看了镇寺之宝白玉佛像，一路走来，已是饥肠辘辘。午餐已是来不及小饮一杯，大家都开始了“光盘行动”。提前准备的酒水只能又原封不动地搬回去了，只是累了搞服务的一群素不相识的同行朋友们。相识是缘，能在浮山这么美丽的地方相聚一场，更是要经过前世上千次的回眸和擦肩而过。珍惜相识，真爱相知！

草草地结束午餐后，我们在接待我们的农家菜馆里，还品尝到了来自媒体的文化大餐——中央电视台《地理·中国》栏目组探索浮山的奇石怪洞拍摄的视频，更好地宣传了浮山，带我们了解了浮山的来源、科学依据、社会价值等等。值得一提的还有浮山博物馆带我们身临其境地感受了一次火山爆发，以及有关浮山的人文历史。一次短暂而快乐的浮山之旅，为我们的人生增添了一段值得怀念的美好记忆。

游浮山记

张文华

乙亥年暮春，游浮山。

浮山之名，出自“山浮水面水浮山”也。自远遥望，若海上仙山，甚奇也。

自东南路入，有洞，曰九曲。其穴窈然，以光烛之，深邃殆不能穷，余不畏险阻，欣然以往，入之愈深，其进愈难，亦愈折也。其道幽暗昏惑，初极狭，忽微亮，仿佛若有风，复前行，豁然开朗，既入金谷寺，怪之。

转西向，临滴水洞。未入洞，便有清流激湍，方入，其道阻且滑，忽闻飞瀑湍流之声，虽不及万壑之雷亦甚壮也。既入，其洞甚广，可容百人，可步，可环坐而观瀑流也，或曰，水甚灵奇，盖得天地之造化也。

复上攀，至仙人床。其道险如蜀道之梯，远观之甚绮丽，传多有情爱故事。欲往，先生阻之，未至，甚憾。

登顶，上文昌阁。文昌帝君之楼阁也。文昌帝君，道家大能也。此神佑浮山中学之兴盛，人皆传之。其阁虽未及汉武阁之雄奇，屹立于浮山之巅，亦占一山之胜，至阁顶，仰视天穹之浩远，俯观浮山之秀丽，忽壮志溢于心，慨岁月变迁，然则其景犹未变也，仿遗世独立，欲羽化登仙者也。极目远眺，方见山下良田中现“金榜题名”焉，感高考欲近，江淮风云腾涌，又至诸生争锋之时，虽浮山偏居一方，然则地灵人杰，其学子何尝不能凌绝于顶峰哉？后余及其同门生合影于阁前，兴盛也，志壮也。

方下山之道，遇百步梯，一步一艰辛，百步青云梯。昔人诗有“好风凭借力，送我上青云”，今人修凿百步峭梯，其梯凿于山岩之上，旁有铁链护之，俯视可谓浩荡不见底。余不同于昔人，由梯而下，虽其喻不佳，其志犹未变也。

复前行，渡仙亭小憩，古石亭刻有四联，字述其修于嘉庆十六年，其后未尝修葺，致亭联之中颇有损陋，其字亦繁体，故独几字能辨耳。

休罢，复游之，方见一巨石立于山腰，并建有一金佛，余观其石，刻“浮山风致”。其门庭之字样也，何高止于一人乎？恐昔有山岩崩裂于此，又观其一小道至石下。虽奇，恐伤，未入。

后随先生下山，沿路多有石佛雕凿于山岩之中，颇为奇丽，其道宽且坦。虽游罢，但其壮志铭于心，愿再登山之时，即是我辈扶摇直上之日。

同游者，五十四人也。己亥三月浮中张某记。

诗意浮山 | 浮渡花开

浮山是一座以火山岩洞和摩崖石刻为特色，与河湖风光相辉映的风景名胜区，自古以来就是游览胜地。“浮山三面临湖边，湖光荡漾欲漂天。”泛舟湖心，放眼望去，浮山恰似漂泊于浩浩白荡湖中的一叶扁舟。浮山是一座佛山，更是一座文山。自晋唐以来，历代的墨客骚人、达官显贵无不“听说浮山好，心与浮山期”。浮山敞开博大的胸怀，慷慨地承载了他们的欢乐与跫音。对于今天的游客来说，一边吟咏大师们留下的诗作，一边观赏千年不变的胜景，定会使自己的浮山之旅充满诗意，回味悠长。

我们就是怀着淘诗的目的加入进山的人流。沿山东侧的曲径进山，攀上一道陡峭的窄径，石径通向悬在山崖的一座院落。我们小费气力便攀进了透着幽静的朱漆大门，里面平坦得很，首先跃入眼帘的是山壁腹部一嵌凹进去的大岩洞，内置丈六金身大佛像，威武雄壮，透着肃穆。游山的信徒无不虔诚膜拜、祈祷。这就是浮山胜景之一的金谷景区。刻在岩殿后壁的一首绝句一下子吸引了我：“宛如方丈与瀛洲，弱水从教着脚流。未许一篙撑得起，浮山兀自不轻浮。”这是北宋诗人杜颢长江行游途中题写的三绝之一。浮山特有的地形地貌给诗人插上了想象的翅膀，浮山简直就是沧海中的一艘航船，稳重的它要破浪前行啊！一位老僧见我觅诗后的兴奋，便主动带我到大诗人孟郊曾经题诗的滴珠岩观赏，诗人赞美道：“飞瀑潺潺峰顶来，珠玑错落下瑶台。”滴珠岩洞内可站百人，高约二十米，顶部有一孔通天，那些从孔口不断坠落的泉珠，犹如珍贵的珠玑降落凡间，多美啊！据说这位著名的苦吟诗人是在年近五十岁时才中进士，做了溧阳（今江苏省内）县尉后，才得以了却游览中原名胜的夙愿。而独在浮山，他仿佛找到了梦中的净土，一连题诗四首，或赞叹，或咏志。他感叹金谷岩是鬼斧神工的杰作，是神仙天然的居所：“鬼斧何年开石室，人行此地作金声。山中信是神仙宅，不羡繁华浪得名。”游至浮山玉女峰下，仰望笔立陡峭的岩壁上，有一直径一米的敞开洞口，仿佛一面圆镜挂在那里，这就是浮山最神秘的金鸡洞。传说有金鸡栖于此洞，曾有武艺高强的老僧飞身入洞，探洞百余步，忽闻一声巨响，洞顶旋即跃下一条巨蛇，挡住了老僧的步伐，老僧慌忙抽身而返。从此，再也没有人敢进洞探幽，如今的金鸡洞像一个谜，悬了几千年。孟郊可能不会听信这个传说，在金鸡洞前，他却另有一番切身感受：“绝壁天开一镜圆，谷中空翠异云烟。金鸡啼处人难到，尚有桃源避世仙。”诗咏志，孟郊出身贫寒，没有祖荫，没有识他的伯乐，他也无法同那些达官显贵交往，因此，注定了他的仕途科考一再碰壁。所以，他感叹“金鸡啼处”不是人人都能够到达的。诗中也流露了他不愿趋炎附势、甘愿归隐的铮铮风骨。

出金谷岩往右，沿石径缓缓上行，转过一个折弯，一座石门赫然于眼前，门首刻着“紫霞关”三个红漆有些蚀落的大字，加上赭黑的岩石，给人一种岁月的沉重感、沧桑感。细观，此关恰似由五六块光滑硕大的岩石天然垒成的。险峻的石头仿佛随时都会坍塌下来，叫人进关时，心情难免一阵紧张。往左，顺着窄径可攀上与紫霞关顶部仅一线毗连的山腰，有胆大的游客爬过关顶的圆石，下面就是一块狭小平坦、仅容一人躺下的石床，这就是著名的仙人床。传说群仙聚会浮山时，铁拐李因腿疾不能动弹，卧养于此而得名。游人如在此床静躺须臾，晚上便能做神奇怪异的梦，仿佛仙游。就在遮住仙人床的那座圆石的内侧，古人巧妙地就着石形刻诗一首，呈扇形，半径正好一尺，草书道：“凭空胜地石楼来，谁与撑持好怪哉。许是函关凝气远，更多仙榻卧云台。”静卧仙人床，头枕小诗，你的思绪便驾上了彩云，轻盈，飘忽。

离开仙人床，山径越来越险。隆鼓的山腰上凿了一条细窄的石径，下面悬空，行人如空中走钢丝，没有人不摸索着山体蹑手蹑脚艰难地行进，如履薄冰。走过最惊险的一段，一座小巧的石窟嵌在石径旁的石壁，躬身可入，内陈两只石凳，中间有一石几，几上刻有棋盘，这便是棋盘洞，此岩名首楞岩。浮山仙会时，南北斗二位仙翁曾在此对弈。石壁上有诗为证：“古洞高峰绕白云，崎岖石径费攀登。棋盘洞内留残局，惹得游人话古今。”洞虽不大，但很高雅。端坐洞中，千里风景尽收眼底，极目处，长江、远山尽是隐隐约约。难怪古人在洞壁抒发感慨：望九华若笋，长江如带。游浮渡不登首楞不如无游。洞的后壁还刻有乾隆十年时任桐城县令周符和的题诗：“胸开万古首楞岩，湖山湖水一望间。久坐苍台消世虑，白云竟绕客衣还。”这种仙境，谁不想细细体味呢？

沿首楞岩的石径继续前行约200米，攀过陡坡，有一古亭孑然立于峰巅，这就是名闻遐迩的望江亭。此亭占地一亩有余，双层六角，周围是雕有龙纹的石栏和木凳。望江亭位于浮山最高峰——妙高峰，站在亭内，你的脑海会自然地浮起“会当凌绝顶，一览众山小”的名句。据好客的老僧介绍，元末起义军四起，自封汉王的陈友谅扎寨浮山，妙高峰就是汉王当年的点将台、屯兵峰。难怪山上遍处可见当年用来插旗的圆孔，稍下方的覆道廊内有保存完好的朱洪武炮台。与妙高峰紧邻的是缥缈峰，大诗人白居易独赏此峰，脱口吟道：“登临一望水滔滔，还被蓬莱压巨鳌。细认江流分笠泽，界寻烟树辨毫毛。”浮山享有“江上绿叶”

“海上蓬莱”等美誉，因为有了孟郊、白居易、王安石、范仲淹、欧阳修等大师的莅临与歌咏而更加厚重。据浮山旅游管理处的一位工作人员介绍，浮山有自宋代以来的摩崖石刻共 483 块，诗文则数不胜数。历代大师们留下的足迹与诗文已成为浮山最宝贵的财富，成为让今天的游人心跳加速、心空敞亮的特有景观。

浮山·坡上村 79

朱俊华

四月的枞阳大地，春红刚谢，槐香正浓。枞阳县委宣传部组织相关朋友去浮山采风。一行二十余人，步履匆匆而又井然有序地走访了浮山镇几个项目点之后，便驱车前往乡村休闲度假村落坡上村 79。

出浮山镇政府向西往向阳方向行至约两公里，从镇敬老院旁沿乡村公路北上，一路九曲十八弯，终于在近目的地时，道旁一松横亘，毫不留情地拦住中巴。人到弯腰处，不得不低头，我们只好纷纷下车步行。

在当地领导陪同下，大伙儿以急切而期待的心情疾步迈向坡上村 79。

进村口，一方水塘，塘中游鱼戏水，睡莲盛开。原来，这是一个由颇具见识的外地老板投资并开发的乡村休闲度假场所，它给人的第一印象是既传统又现代。说它传统，是指它的村容村貌。村口山塘，不事雕琢，没有现代常见的修葺整齐平坦的水泥堤坝，只是在土路上均匀地铺了层细石子，也无移植的名花异草。村道旁一堵山墙，茅草封顶，顶上压着黄土，略显几分荒凉与寒碜。连核心主楼，外观也不是现代特色：

徽派民宅样式，外墙也不贴瓷砖、大理石，全是黄泥墙。房前屋后，石磙、地窖、磨盘、猪槽罗列，一副山寨农家气象。村子四周都是山岗田园，树木葱茏，庄稼遍地，眼前不见一根电杆电线，空中常见乳燕翻飞，耳畔时闻山鸟和鸣，田间偶现一二劳作的农夫村妇，阡陌交通，鸡犬相闻，近水远山，自然天成。此情此景，令人仿佛身处20世纪六七十年代偏远山村，远离现代繁华与喧嚣。身在其中，欲浮躁而不得；脚踏实地，想现代却不能。

然而，走马看花，所见往往乃冰山一角；深入其中，方能识个中玄机。

当我们循门而入主楼，却见咖啡屋里，有成双成对的男女正坐在幽静而略显暗淡的包厢窗前，品着咖啡，私语绵绵。移步换景，隔壁便是偌大的书屋，曲尺形书架上摆满时文及古今中外名著。硕大的书案旁坐满老中青读者，他们仿佛走进大型购物超市，各怀目的地选取各自所需，看他们那般专心致志的阅读情形，谁怀疑他们正进入了安徒生的童话王国？抑或正在参与令人荡气回肠、唏嘘不已的别样世界？咖啡，它方位“属西”，于我无缘；阅读，我生性浮躁，静坐之功非一日修成。看窗外一架吊床，正合吾意。索性躺上，晃荡起来，天旋地转，乾坤不辨，物我难分，到底是庄生梦蝶，还是蝶梦庄生？坡上村79，还真是个乡村福地，置身其境，各色人等便能各得其所，乐不思蜀。

翻下吊床，无意走来，发现一楼朝东的偏僻走道里，一溜排着数间标准客房，想必只要你带足银子，便可在其中享受“总统待遇”吧？此情此景，不一而足。此景此情，哪样不是现代？故曰：坡上村，既为传统，又是现代；既是现代，亦为传统，传统其表，现代其里；传统是形，现代是核。据说眼前所见只是一期工程，这家老总在后续还有很多长远规划项目，比如，规划中便有百亩乌桕——试想：到时，一旦深秋时节，怎能不是万山红遍，层林尽染？家乡驴友摄人还用舍近求远，奔波去塔川、婺源？

我想，要不了多久，坡上村 79，这个与浮山近在咫尺的传统而又现代的小山村，一定会在当前全域旅游大背景下，依托浮山这座名山效应，游人如织，名利双盈；浮山，这座文化地质名山，也一定会将坡上村 79 这位俏丽佳人揽入怀中，为自己旅游景区添辉增色。

坡上村 79，是一位生逢其时的小家碧玉，定将与家乡的浮山一起，笑迎天下宾朋。

浮山白玉兰

林清平

浮渡山下，金谷崖中，有两株高大的白玉兰。我入山时，正赶上白玉兰盛开，那满树圣洁的白，以捉魂摄魄的魔力，瞬间就完完全全地震撼了我。那一刻，我神情呆滞，全身木然，灵魂出窍，整个人儿仿佛泥胎木塑一般。人家都说，浮山的峰洞奇巧，浮山的摩崖石刻空灵，浮山的崖壁雄奇，浮山的天池瑰丽，这些说法我都认同。但我不明白，人们为什么只字不提浮山的白玉兰花。白玉兰花那高洁的白、慈柔的美、温蔚的香，有高士之风，有丽人之质，有佛之心性。入浮山而不看白玉兰花，等于未入浮山；看白玉兰而不识其花性，是不懂浮山。白玉兰花开在浮山深处，是浮山的山魂崖魄。浮山是座佛山、摩崖石刻的山、洗心的山，更是白玉兰花的山。

浮山白玉兰是玉皇家最美丽的女儿，即使入了下界，也能不被凡尘所染，浮山的白玉兰是观世音的化身，即使开在罗汉松的下面，也能点化山僧，普度众生；浮山白玉兰花是归隐者朝夕相伴的姐妹，阅尽天上人间的方以智，选浮山作长眠之所，是因为浮山有他的白玉兰姐妹吗？浮山白玉兰花是文士骚客的大众情人，在浮山众多的摩崖石刻中，无论是孟郊的，白居易的，还是苏轼的，欧阳修的，他们千古不泯的诗句中，至今仍袅然有白玉兰花的香气。

我是俗人，满眼满心是红尘滚滚，六根不净，注定做不了苦行的山僧；我满脑子想着那浮云般的功名利禄，注定做不了蒲上隐士；我不仅俗，而且愚，更缺少灵性，也做不成文人骚士。我入浮山，本意只是旅游，至于我为什么会在白玉兰花前灵魂出窍，即便在我提笔写作此文时，也依然是模模糊糊，找不出答案。

不过，游山归来，我满眼满心满脑都弥漫着白玉兰花的白，须臾也无法避开。我看到的是白玉兰花的白，闻到的是白玉兰花的香，听到的是白玉兰花的声，即便是在梦中，也是丝丝缕缕逐之不开、化之不去的白玉兰花气啊！我不知道也解释不清，我为什么会与白玉兰花产生这种联系，但我隐约感觉到：这白玉兰花不仅是高洁娇美的，而且是神圣隐秘的，我与之遭遇是一种必然。我不知道白玉兰花与我的前生或来世有何瓜葛，但就今生而言，浮山白玉兰花或迟或早都要在我的生命里君临，或许在我世俗的生活表象之下，深藏着某种与白玉兰花密切相连的东西，并且它迟早会被唤醒，提升直至升华。

这究竟是一种什么东西，我现在尚不知道，但浮山归来之后，我似乎多了一点灵性，又似乎有了一点佛心。过去，我只知在追红逐绿的生活中匆忙奔突，从来就不知反思一下内心。浮山的白玉兰花轰然撞开我的心门，我这才发现在一处心之角落内，尚有一些天真未凿的东西在，只是红尘太厚太重，压得它无法舒展。现在，厚重的红尘被拂去了，它又露出了自己的本性。

原来，我就是白玉兰花的化身哩，只是因沉迷于红尘太久，有些花瓣已经锈了。由此我想到了“人之初，性本善”，有些人变坏了，是因为他们的白玉兰花谢了。

人生的过程应是呵护白玉兰花的过程，浮山的白玉兰花自由自在地开放，愿在红尘中埋没久了的人，抽空去一趟浮山。

诗意浮山 | 高 斌

总是在孤独的时候向往繁华，又总是在尘世浮华里渴望一份安宁。想起浮山，便想起绿水青山，便想起文人雅士，卸下繁芜和琐碎，在这里快意歌咏。就要抵达浮山，抵达另一种禅意，抬头看一眼天空，恰好云淡风轻。或许，你带着一颗寻觅的心，寻找什么，但当你靠近这座小镇，一阵风就能拂去你的身上所有的尘埃，心静如水。

小镇因山而名，也就多了几分诗意。浮山，古称浮渡山，号称“山之隐者”。隐者，是一种大智慧，浮山之隐，是有修养、有生命的，难怪多少名士在这里洗心参悟；浮山之隐，又是怀抱江湖的，用一颗博大的情怀，容纳所有的人文大爱，江南会胜，风云际会，打开新的思想和高度。

在浮山，不得不提方以智。方以智是明代著名思想家、哲学家、科学家，集儒、释、道三教归一，他是明季四公子之一。方以智的传奇人生，并不是一种偶然，他出生官宦世家，但又生不逢时，明末动乱，政权更迭，又怎能让一个胸怀大志的人坦然？大势已去，他的内心是痛苦的、无奈的，唯有隐之，唯有参悟能解其痛，能助其志。他披缁为僧，忍辱负重，终成为坐集千古之智的一代大家。方以智是站在时代前沿的人物，他又是坐在历史幕后的隐者。历史的痕迹，从浮山出发，在天空飞翔，在江河流淌，遍及每一处关于他名字的生命。他自号愚者，大智若愚，诠释这片土地孕育的智慧和坚韧。在浮山，你一定能感受那种归隐，一种饱含诗意的归隐。这是浮山的特色。

离城市很近，离尘世很远。在浮山，你还能感受一种特色，远离城市喧嚣的特色。今天的浮山，是旅游的一张靓丽名片，在徽业特色小镇，你会看到不一样的小镇文化，连名字都那么富含乡土气息——现代家庭农场。从浮山本土走出来的邹凡青先生，是特色小镇的创意者、实践者，这位个子高高、着装朴素的老总，俨然像是项目的代言人，没有太多的都市包装，却怀着把城市搬运回进乡村的梦想，回馈乡土。我们跟在邹总的身后，听他讲特色，讲小镇的规划——集旅游观光、购物、休闲、娱乐、居住为一体，依托浮山镇“打造旅游名镇，实现强镇富民”的整体布局，借助“美丽乡村”建设之风，依据自身特色、优势地域、优美环境、便利交通等，极力打造“特色小镇”品牌。邹总的一比一划，我仿佛看到了一座人与自然和谐发展的乡村风光，这里应该宜居观光，应该可以体验农耕，还应该有诗，一个大写的山，一个让身心栖息的诗意田园。

我还想在浮山的某个林荫里，有一间房子。最好是木屋，用自制的木头刻上“读心舍”，然后在某个周末卸下疲惫，躺在树林的怀抱里，酝酿一场大山之恋。晨起，打开木窗，听禅院钟声，与第一缕阳光邂逅，吃一顿自制的早餐；午间，沏一杯那亲手采摘的野茶，放下手机读书，听鸟鸣；夜晚，感受一种宁静，在宣纸上写心情。你是否也很向往？但这真不是梦，在浮山金谷生态林业，你或许能做一回闲住客栈的游人。一堵青砖墙下，安静地坐着一位女子，看一朵睡莲把山色点缀，旁边有爬满青藤的栏栅，有石磙，有一朵红花。她应该是有想法的，或者心中已有诗行，然后在这里栽下一棵树，刻上名字，就有了念想，有了回来的理由。

诗意仍留在深山的一片树叶上，留在一条溪水生出的青苔上，回头的时候，你会发现它也在一块农家菜馆的招牌上。“寻梦浮山，做客龙家”，这是浮山龙家菜馆的广告语。我喜欢这里的建筑，每一处精致的打理都让你觉得是唯美的艺术。浮山镇整体的建筑风格是徽派的，没有一点点杂乱和繁重，几缕绿丝垂在左右，平静如昨。夜晚，你可以策划一场篝火晚会，或是放起轻音乐，朗诵一首来自这片山水的诗歌。

浮山是一本厚厚的诗集，我要细细品读。依旧在某一个夜里，潜入心中的木屋，书写山水，任它汪洋和辽阔。

浮山行 | 沈成武

有朋友要游浮山，我又兴致勃勃跟着去了。细细算来，连这次去浮山，前前后后我来了六趟半。最近的一次是前年，也是初冬季节，兴匆匆而来，正赶上浮山改建，至山门而不得入。一眼遥望，算作半次。

我之所以如此不厌其烦地频上浮山，是因为第一次的际遇，让我有了求师悟道的饥渴。

那是 20 多年前，我去枞阳的一位朋友家做客，听说浮山颇值一玩，便顺道去了。穿过浮山中学的操场，直接上了山。登上浮山最高处妙高峰，我大失所望，这哪里是什么名山，简直就是一座小荒山嘛！唯一让我感到有别于其他荒山的所在，就是随处可见浮山中学的学生。他们或三五成群，亭坐廊立；或一人独处，倚石傍花。来到一片摩崖石刻前，我的兴趣陡增。仔细浏览石刻上的文字，想从这些摩崖石刻上得到一些浮山的信息。也许是多读了点古诗文的缘故，对于这些无句无逗的石刻，我也能基本把握一二，故读起来，朗朗上口，以至于声遏行云，一副旁若无人的样子。不远处有几个中学生，他们从书本边瞥出的目光，更增加了我“方显英雄本色”的显摆与炫耀。

这时，一个中学生走过来，指着我身后的一方碑碣，轻轻地说："请教您一下，这字怎么读?"他毕恭毕敬的样子和那一声无比尊敬的"您"字，让我飘飘然了。一定是我那气贯长虹的诵读，让他刮目相看了。我定睛一看，柱子的石壁上镌着四字篆书："弌足可尊"。后面三字认识。可这第一个字嘛……"弌"字就好像一颗哑弹，让一挺呱呱叫的机关枪彻底熄火。那个中学生默默地走开了，留下受人尊敬的"您"在"弌"字面前久久地搜肠刮肚，绞尽脑汁。

安静下来的我，努力为自己寻找借口：天下字谁能识得尽，况且这还是变了形的篆书。进了会圣寺，我向一个正在扫地的僧人询问，刚开口，僧人便笑道："不用说，你问的字，一定是它!"僧人在掌心比画了一下，"它就是古'一'字呢。"原来它竟是"斗大一字"啊，我顿时汗出如浆!

接下来与僧人的交谈，我了解到"中国文山"的一些过往，尽管是雪泥鸿爪，也让我到了汗都不敢出的地步了。人最不容易看清自己，缘于自视甚高之故。只有当所谓一世英名，在小阴沟里翻船时，才能幡然醒悟，如那一刻的我。

我极喜游山，尤其崇拜刘海粟"黄山是我师，我是黄山友"的名言。而对于浮山，我不敢称友，只怀尊师之心。因而，我每次去浮山，都执弟子礼拜谒我的"一"字之师。来浮山的次数越多，我就越觉得浮山的博大精深，不敢企望与曾经流连于此的名贤大德对话，仅仅是睹其风姿，也让我有入宝山而满载归之感。

浮山有一种石头，多窍多空，如蚁穴蜂房，入水不沉，名曰"浮石"，"海能容万物，此石能容海"。浮山唯其空，故而能"山浮水面水浮山"，成为意蕴深远的文化之山。我案头的一件玻璃器皿里，就浮着这一方石头。我时常凝视着它，脑海里却浮现这样的字迹：石可浮，山可浮，治学、为人不可浮!

这次，浮山之游，感受又一次被刷新，我求师悟道的态度却从未改变。学问无止境，师道无止尽。弌足可尊，受用终身!

浮山碾庄赋

王　春

庚子八月二十二日，应疏君利民之约，陪同杜继双、胡俊葆、沈喜阳诸君，共赴汤爱民先生家乡浮山碾庄漫游。涉足其中，目见耳闻，感慨万千，遂泚笔为赋。

乾天成象，坤地划疆。八皖会胜，翘首浮山。拥草木之欣荣，沐神阙之晴岚。山峻乎挹秀，川雾兮云环。山之西南，负阴抱阳。山郭碾庄，毓秀含章。

寒来暑往，青史上溯元末明初；瓜瓞绵延，宜居不忘汤祖拓荒。餐食以米面，克勤克俭；躬耕于陇亩，自立自强。凿石作碾，惠而不费；舂米作面，唇齿留香。久之，庄以碾而名，名以碾声远。

若夫地赋标格，天生异禀。环庄水塘，棋布星陈；八水归流，细泽汇津。水因山净，田以禾丰。三十层梯列，五百亩纵横。播云种月，应付果腹之贪婪；栉风沐雨，直与命运之抗争。春来紫燕共秧舞，秋到山乡遍地金。逢喜事皆举以盛宴，遇佳节必聚以欢声。

观夫院落民宅，古朴生香。依势而建比肩落，以巷通联好互访。宅因深院而少生纠纷，院有天井而别具内涵。宅属私有，道巷共享。俯首远瞰：门第隐现于嘉木，楼宇倒映于清塘。黛瓦、白墙、赤柱、青砖，错落有致，相得益彰。冬日温存，夏季清凉。极具地域之特色，兼备实用之优长。徜徉其间，时闻枝头飞鸟婉转；信步拾趣，更见谿边山风鼓荡。

庄有宗祠，曰敦厚堂。黛瓦素墙，青檐翼展。坐西北而望东南，敦后辈以德昭彰。惜如今之残弊，料昔日之景观。今世雍熙，秉淳思量。懋业兴以思古训，筑亭阁以弘良善。近年增三，一曰同润，一曰思源、一曰八然。此诚睿举，志兹大观。寄情于名，历远弥香。

天不言，四时行。耕有余力，学作艺人。挑行择业，首推木工。世代沿袭，不辱师承。汗水里浸泡，尺规间修行。圆无角，视瑕疵以汗颜；方有棱，奉圭臬为技臻。巧夺天工，曾以八仙桌献技于江南擂台而声名鹊起；慎始敬终，恒以一匠心践诺于远近乡邻而备受推崇。

尔乃培根固本，激浊扬清。孝悌忠信，笃行于言传身教；礼义廉耻，潜移于庄俗民风。笙磬同音，物我安宁。奕世载德，不忝前人。时至新时代，雨露携春风。小康之路，得乡贤助力而快马加鞭；和谐之庄，因新政惠民而沛雨甘霖。是以荣膺美丽乡村之样板，盖追传统村落之先行。

嗟乎！斗转星移，变迁发展。心之安处，唯有故乡。游子客至四海，梦中常临；达者身居庙堂，时刻挂肠。叶茂源于根深，梦想始于实干。开创伟业，吾侪当勇；守住乡愁，永续兴旺。且有诗曰：

八水蜿蜒归白荡，浓云淡墨罩青裳。
芳蔬园里花招蝶，连理枝头凤引凰。
亭阁无颇传厚德，碾台有行奏华章。
如临桃境言不得，身至其中乐自尝。

寻找方以智墓地记

汪向军

方以智墓地地处枞阳县浮山景区北麓的白沙岭。其实，方以智在江西万安惶恐滩头因病去世后，除了浮山北麓白沙岭“金牛架轭”地的肉身墓外，还有另外两座墓：江西青原山的衣钵墓，浮山华严寺后的爪发塔。法体分葬三个地方还有段逸闻故事，方以智是明末清初一位大学者，以“博闻大雅，高风亮节”而名满天下。1671 年已托身佛门的方以智被清廷逮捕，在解往广东途中，坐逝江西万安惶恐滩。方以智生前备受世人景仰，晚年居无定所，辗转各寺。现在他既已辞世，身葬何处，世人格外注目。因为方氏子孙及方以智曾隐各寺都以迎得大师遗体为莫大荣幸，故各不相让，争执不下之际，只好求诉于桐城县衙。这下难坏了县令胡必正。他思虑良久，终于想出了法体分葬方案，即将大师的衣钵归于其曾住过的江西青原寺，爪发归浮山华严寺，其肉身可由方氏子孙领归安葬。大堂之下诉讼诸方对此裁决均感满意，千恩万谢而去。因此，方以智才有了三个墓地之说。前前后后四次去浮山，但都未能找到其墓地瞻仰祭拜，不能不说是一件憾事。究其原因，还是我与先生的缘分甚薄，就连作家陶善才所著的《大明奇才方以智》刚发行在桐城网以桐币换购时，我还是失之交臂。

国庆放假的第五天，我决定再去浮山寻找方以智墓地。不知道为什么，我非常崇拜谜一样的方以智，作家陶善才给方以智定位大明奇才，书我还没有阅读，从书名上看，应该是准确的。方以智生于 1611 年，死于 1671 年，只活了 60 岁，这样短暂的一生，他却通今博古，文、史、哲、地、音韵、历数、物理、医药、书画乃至剑击、武术，无一不知，他是大才、通才、全才。他的著述除文、史、哲外，还有《通雅》《正叶》《切韵声源》《物理小识》这些冷僻偏门。作家白梦在写方以智的时候，用“一生都在逃啊逃”作为标题。所有这些都说明方以智作为奇才无人替代，谜般的踪迹令人谜般追寻。偶尔也去位于市区寺巷的方以智故居凤仪里逛逛，在那里感受一代大哲的气息。这应该是我第五次去浮山了，浮山许多的流传故事，现在还能略有记忆，浮山的许多摩崖石刻现在也还能说个一二，再来浮山不想看山观景拜佛，主要是想去方以智的墓地凭吊祭拜。

与前四次来的不一样，这次我是自驾来浮山。第一次上浮山，是骑个自行车，沿着老桐枞路过去的，记忆中还把哥哥的海鸥相机带着，那时的浮山根本没有人，到处都很荒凉。回家后就把黑白胶带送去冲洗，很多照片都已不在，唯有一张在紫霞关照的，手上还有捧花，照片保存着，但也已模糊；第二次是跟随着姐姐过去的；第三次就有点故事了，那个时候我的恋爱正面临着解崩，但还是带着女朋友回了趟孔城老家，离中午吃饭还早，母亲说你带着她四处转转，后来想想就去了浮山。那次的浮山之行是最尴尬的，彼此没有过多说话，更没有陆游和唐琬在妙高峰的海誓山盟，就那么闷头闷脑地转了一圈就下山，回来没有多长时间我们也就分手了；第四次是陪着从宁夏回来的姑奶奶，还有外公、外婆、妻子、女儿等去了浮山，那趟浮山游是愉快的，也是幸福之旅。四次之行我都没有看到方以智的墓地，所以去浮山找方以智墓地成了一个文化后生胸口难愈的结。

老路存放在黑白记忆中，没有任何影像，只有一条新路直指浮山，秋阳高照，心情欢畅，打开车窗，让一溜子风陪着我们前行，很快我们就抵达浮山旅游风景区。眼前到处是新的，找不到过去任何的痕迹。此行我不是来问情，也不想因棋说法，只想在大片大片秋阳的照耀下走进方以智墓地，与亦僧亦哲亦谜的密之先生进行穿越时空的对话，问他一生在逃什么？问他一生为什么有那么多的著述？同行的妻弟因为第一次来浮山，所以我还得充当向导带他一路走过去，走向方以智的墓地。在施老书记的安排下，我们顺利进入景区，这次上浮山走的却是我们过去下山的路，从安徽省委第一任书记王步文曾经指挥过战斗的老房子旁，我们开始上山，第一站就是会圣岩景区，这里留有大量的摩崖石刻，据统计会圣岩共有 280 多块，被怀竹誉称“江南会圣”。会圣寺还是桐城投子寺义青禅师驻锡寺院。

从会圣寺到三宝塔到百步绕云梯，再上天池，后转到文昌阁，这是 2009 年新建的，原先我来的时候是一个小亭子，名曰望江亭。这些景点我都只是一扫而过，我只想早点找到方以智墓地。谁料我从首楞岩，过紫霞关，到达金谷禅寺，再从一线天出来的时候，已经是下午两点多钟。双瞻阁里游离出来的农家土菜香，让我意识到自己早已饥肠辘辘。出浮山胜景牌坊，前面就是著名的浮山中学。这时我才真正感觉到第五次寻找方以智墓地又成一场空，刻在浮山上的“行窝”两个字墨迹还未干透，你又拄着个拐棍，头戴蓑笠踉跄出逃，难道你一生真的就选择了逃啊逃？让我无从寻找奇才的大师踪迹。

带着五次遗憾，我从浮山东大门启动了回程的马达。最后回看一眼金灿灿的浮山，我仿佛听见无可大师在历史深处的诵经声音，原来大师无时不在，无处不在，只是看你的因缘造化。眼前的浮渡山就像水上绿叶，永远地托浮着一代大哲的灵魂走进菩提境界，百佛朝如来，来朝拜你的又何止一百个呢？对你的景仰无论时光怎么轮转，不会冷，更不会褪色。你谜般的一生，注定让我还会再来，你总会有逃累的时刻。

浮山漫游

王志华

生如朝露，去日苦多。好不容易挨到国庆，千呼万唤始出来，放假了，还是七天，明白了古人为什么说白日放歌须纵酒，全家人决定出门逛逛。三人匆匆喝点稀饭啃根油条就钻进小轿车，一路风驰电掣，越陌度阡，过街穿巷，真有轻舟已过万重山之感，没过一袋烟工夫，就到了浮山。

昔日“山浮水面水浮山”的奇景已不可见，一眼扫去，绿树村边合，青山郭外斜，真可谓美景怡心。一口气走到一座牌楼，上书“浮山胜境”。一家三口蜂拥而入，石板小径，花草鲜美，落英缤纷。花径不曾缘客扫，信步走到一幢四合院前，只见粉墙黛瓦，翠竹环绕，酷似缩微版的苏州园林，两棵合抱粗的罗汉松比肩而立。可惜门是关的，小扣门扉久不开，只好断舍离继续登山。一路硬木栈道，逶迤曲折，走在上面，咔嚓有声。林间烟雾缭绕，似有若无，这才觉得太白先生的“平林漠漠烟如织”写得精妙。正在呆看，心游万仞，忽听到哗哗水声，儿子一声高叫响若洪钟：滴水洞到了。待我定了定神，只见洞天石扉，轰然中开，青冥浩荡不见底，万朵霞光从头来，无数水线从天际滑落，直铺下去，碰着嶙峋的乱石，激起一片雪白水珠，剔透晶莹，水石相搏，铮铮琮琮，如古筝曲《平湖秋月》，如琵琶调《阳关三叠》。身上三万六千个毛孔，没一个不舒服，花果山的水帘洞想来也不过如此。

正看得脚软脖酸，妻子轻启朱唇：走吧！这才恋恋不舍一步三回首离开。路过一座庙宇，金碧辉煌香气扑鼻，妻子一溜烟跑了进去，向各路神仙问了个安。儿子眼尖瞧见了一个九曲洞，没等我同意，就一头扎了进去。急得我在外面伸头缩颈，千呼万唤，才见儿子猫着腰钻了出来，曰：初极狭，才通人，爬行一二十米，豁然开朗，石桌石椅，宛若天成，只憾未逢仙女。打趣了一番，三人又抖擞精神，往前头进发。一路石径曲折多姿，巉岩林立，野花劲草，点缀其间，愈行愈险，攀藤附葛。前者呼，后者应，总算登上了仙人床。据考证，当年左慈恃才放旷，戏弄曹操，后被阿瞒追杀，逃到浮山，见这里林壑尤美，隐居下来，白天江边独钓，晚上抵石而眠，听松涛饮甘露，后来巫山云雨，繁衍子孙，开枝散叶，据说左岗一带尽有后人定居。

梁园虽好，非久留之地，三人鼓足干劲力争上游，向顶峰攀登。在林间缝隙望见文昌阁，影影绰绰，耸立山头，好像近在眼前。我们越过了紫霞关，穿过了棋盘洞，翻过了绝望坡。只累得两股战战，汗出如浆，还差一百步，见妻儿走路已歪歪斜斜，俯首称臣，气喘若牛。我不禁仰天大笑，我辈岂是蓬蒿人，打起快板唱起歌：累不累，想想革命老前辈；苦不苦，想想长征两万五。

在“加油”声中，终于山高人为峰，极目楚天舒，一览众山小。东边一望，柳峰山翠峰如簇；南边一瞧，不尽长江滚滚来；西边一瞥，漠漠水田飞白鹭；只有北边水天一色，沟湖交错。当年临川先生变法遇阻，出门散心，登临此地，见妙高峰前一块巨石，如同天外来客，屹立不倒，诗兴大发，不畏浮云遮望眼，多么豪气！后来沧海桑田，城头变幻大王旗，元朝末年，礼崩乐坏，朱元璋和陈友谅，为争九鼎，在此多次决战。陈友谅修筑了浮山寨，据关而守，大将徐达，号徐魏公，率步兵十万猛攻，悍将汤和充当先锋，爬上半山腰，陈家军一声呐喊从各个洞口杀出，朱兵大溃。后来亏了本土猛将大刀王胜，谙熟地形，夜观天象，趁河水猛涨之夜，率一万敢死队奇袭山寨，陈友谅带着残兵退守城山。山脚下现有个太公村，有许多动人传说，还有小村落汤家咀，是否汤和后代有待考证。王胜因战功卓著，赐封地于桐城白兔湖边养马圩，后代子孙遍布桐枞，男多豪侠仗义，女多温柔可人，却是事实。到了晚清，天下大乱，长毛在黄柏岭击杀东乡好汉数百人，更是纵兵四掠，胡氏豪侠胡其芬文韬武略，一呼百应，结寨自保，当年血雨腥风，想想头都晕，乱离人，不及太平犬呢。

三人坐在亭上，左顾右盼，谈古论今，边吃边喝，风卷残云。忽然后背凉飕飕的，定睛细望，溪云初起日沉阁，山雨欲来风满楼。我们赶紧收拾行装，重整旗鼓，沿着新修的阳光大道，正巧是下坡路，我们排成横队，踏步而行。两边时而见茶树倔强而立，时而见红叶石楠泼泼辣辣，间隔一箭穿杨之地，就有小石潭一方，里面金鱼浮动，岸石犬牙差互，令人心旷神怡。行进到一个十字路口，茫然四顾，只见一个鲜红路标直指天池。天池，多么诗意的名字！我们撒开双蹄，披荆绕棘，眼前豁然一亮，一亩见方的大池跃进眼帘，水满草青，清澈如镜，游鱼细石，直视无碍。遥想亿万年前，平天惊雷一声，火山喷发，直冲霄际，岩浆横流，烟尘蔽日，只恨未睹其壮观盛景，唯喜存今日天池槒山赏玩。时光荏苒，斗转星移，想起古人所言，觉天地之无穷，识盈虚之有数，真是感慨良多，顿觉人生如逆旅，我亦是行人。

赏完了天池美景，又沿着来时的旧路，回到了十字路口。沿着路标，顺着羊肠小道，一路奇花异草，清泉石上流。走着走着，山重水复疑无路，真的没路了，只剩下一把梯子，百步云梯，宽不盈尺。一边绝壁，一侧悬崖，手抓扶杆，侧着步子，一步一个脚印。也不知过了多长时间，好像一个世纪似的，终于脚踏实地，小腿还禁不住抖个不停。喝了三口水，啃了一只苹果，定了定心慌。只见一棵银杏树拔地而起，直刺苍穹，周身数人合抱，落叶一地金黄，这是千年古刹会圣寺地标神树。庙里钟声悠扬，香烟袅袅，佛门清静之地，未敢高声一语。想自己混迹红尘几十载，才明白“空即是色，色即是空”的道理，不惭愧也难。

挥手告别了银杏树，转过弯来，就到了灿烂所在：非人间。当年文豪欧阳修出任滁州太守，政通人和，万民乐业，作《醉翁亭记》，名扬四海，应高僧远禄大师盛邀，舟车劳顿光临浮山，和大师手谈数日，因棋说法，悟透人生哲理，并吟诗一首：“鬼斧功成浮渡山，岩绝泉深花草香。世事如棋随手变，散发扁舟泛天涯。”历朝逐代，无数文人墨客，慕浮山盛名，喜浮山美景，跋山涉水千里而来，孟郊、白居易、范仲淹、陆宰、张同之、何如宠、张英、方苞、刘大櫆、方以智等等，这些都是天上文曲星下凡，所谓山不在高，有仙则名，浮山因他们而声名远扬。这里洞洞相连，石柱石笋各逞其能，千姿百态，虽人有百口，不能名其一处也，真是百闻不如一见。崖壁上石刻林立，隶楷草行，有的如铁笔银钩，有的圆润秀逸，有的古意斑驳。可惜吾生也有涯，而知也无涯，只知道好看，说不出一个子丑寅卯来，正如听百鸟鸣唱，虽不懂鸟语，却也觉清脆悦耳。

正在驻足流连，小雨淅淅沥沥起来。青青翠竹间，弥散着团团雾气，石缝间滴滴答答，小草、青苔都舒展了眉目。远远望去，层峦叠嶂，山山皆秋色，仿佛一幅山水画。我们撑起小花伞，踏着小碎步，人往下走，溪水下流，似乎是在欢送我们，绿水送行舟，大概也就是这个意思吧。我们心里还在心心念念，想着桐城十景之一“浮山夕照”，今天是无缘相会了，还有洗墨池、浮山会景、海岛雪浪等诸多美景，看看四周林壑敛暝色，只好忍痛割爱留待下回分解了。一路风尘仆仆，赶往景区北大门，和浮中顶级名师飞刀夫妇握手言欢，一壶浊酒喜相逢，又谈论些魏晋风骨、儒释道、港澳台以及马伊琍、范冰冰等热点话题，尽兴而归，真可谓桂花潭水深百尺，不及飞刀送我情哦。

浮渡之美，美在天然去雕饰，美在底蕴文化深，但非要我说出她的妙处来，却又迸不出半个字。正如哑巴吃汤圆，心里有数罢了。非要逼着我写几个字作游记，藏之名山传之后人，只好抄袭古人：山川之美，古来共谈。高峰入云，清流见底。两岸石壁，五色交辉。青林翠竹，四时俱备。放眼江淮大地，未复有能与其奇也。

春游浮山 | 宋 伟

“已从浮山来，更觉浮山好。万壑染秋云，乾坤怪未了。游人无古今，天风醉花鸟。我欲煮烟霞，呼童拾瑶草。”

明代雷鲤的这首《浮山纪游》，即使放在唐诗三百首里也毫不逊色，读来便令人神往。

浮山在枞阳县北，距江六十里，桐城九十里，由白荡湖通江，北为庐江罗河。古时三面临湖，望之若浮，故名浮山，又称浮渡山。浮山山川帷幄，林木蓊郁，泉水叮咚。凸者为岩，凹者为洞，鬼斧神工，造化无穷；山有三十六岩七十二洞，会圣、金谷、张公、摘星诸岩尤为奇绝，有紫霞、龙虎二关，雷公、连理诸洞不可胜数，洞孔山腹，玲珑光明，可室可居。浮山无岩不树，无径不竹，无石不苔，无涧不花，树荫蔽日，宛若仙境。清代康熙近臣桐城张英说：“吾邑山水杰出江南北，而空灵奇削、集峰岩洞壑之美则又以浮山为最。”

浮山之美，美在厚重，厚重在名山古寺间。山有华严寺，北宋以来为江北第一名寺，原址是今浮山中学，至今，该校仍保存着明代万历皇帝钦赐的圣旨碑。华严寺始于晋梁，圮于五代，兴于宋，昌盛于明。“千里瓢囊归叶省，一屏棋局付欧公。”北宋年间，佛教临济宗传人法远禅师住持华严寺，吕济叔为本地知州，奉旨重修该寺，适好友欧阳修来访，便同游浮山拜访法远参禅悟道，至会圣岩处相与弈棋，“吕济叔工棋，亦当时第一”（《弈人转》）。棋罢，欧阳修因棋问道，法远因棋说法，“修初疑禅语为虚诞，今日见此老机缘，所得所造，非悟明于心地，安能有此妙旨哉!”这段故事完整地记录在《禅宗正脉》里。法远说法完毕，欧阳修发出“从来十九路，迷雾几多人”的感慨。在浮山近 500 块摩崖石刻中，“因棋说法”最为著名。

浮山之美，美在文山，文山在摩崖石刻，在历代文人吟咏之中。北宋著名诗人无为杨杰，是当时享誉盛名的居士，与法远禅师有着深厚的交谊，常来浮山护法，自称“在家头陀无为子，久与青山为弟昆”，在浮山隐贤岩上刻有他所撰的《隐贤岩记》。陆子岩，因北宋陆宰题字而得名。陆宰是著名的书法家，诗人陆游之父，1203 年他携友游历浮山留下两处著名碑刻，尤其是“陆子岩”三字，笔札精妙，技艺高远。明代“公安派”的袁宏道与桐城吴应宾均为万历年间进士，且为挚友。吴应宾字观我，他的外孙就是后来明代著名的哲学家，“明末四公子”之一的方以智。福建永明政权灭亡后，方以智出家为僧，法号“无可大师”，为躲避清廷的追捕，不断变化名号，浮山滴珠岩上有块“吴观我先生指天处”的石刻，落款为“愚者智”即为方以智所题。因吴应宾的缘故，袁宏道曾多次游历浮山，并为华严寺住持远禄禅师的《九带集》作序《浮山引》，将二者之间关系比作宋代的法远禅师和欧阳修，因故他在浮山留下了“棋声历耳”的石刻。“竟陵学派”的代表人物钟惺也曾游历浮山，替他做导游的是好友庐江县令陈公甫，他的《游浮渡山记》中说：“盖浮渡有二户也，起华严则止金谷，起金谷则止华严，此其要领也。”并留下一块石刻“石史”。“竹杖芒鞋一径深，小桥斜涨泻松阴。隔江亭子是何处，红叶白云秋满林。”雷鲤号半窗，在浮山隐居多年，读书处后人称之为雷公洞，留有“雨化天”“壶天别业”“砚池”等石刻。

枞阳为桐城故里，浮山历来为明清桐城士子所称颂。最为著名的有“两兄弟”“三父子”“四代人”和整个桐城派，“两兄弟”指左光斗、左光先，左光斗自号“浮丘”，一生钟爱浮山，“五载浮山路，经过复此隈”。“三父子”即张英、张廷玉、张廷瑞父子，张英位极人臣，心系浮山。“曩者，余与山足和尚游，遍历浮渡诸奇胜……自是予食禄朝中，叨尘政府，而山足且越数千里来访，留京师不数月，卒。”山足死后，张英还写了“请宗六和尚住华严启”；张廷玉和浮山似乎没有太多交集，但是他在当《明史》主编的时候，把出生在浮山附近的一个明代著名反面人物，阉党、戏剧家、桃花扇里面的丑角，拥立福王的阮大铖写成了怀宁人，让怀宁人背了几百年的黑锅。“四代人”为吴应宾、方孔昭、方以智、方中履。前三代均为进士，四代都是著名的易学家，交游广泛。吴应宾筚路蓝缕，重兴浮山，方以智是复社领袖，声震一时。桐城派三祖方苞、刘大櫆、姚鼐都是枞阳人，姚鼐《左中郛浮渡诗序》：“江水既合彭蠡，过九江而下，折而少北……而浮渡濒江倚原，登陟者无险峻之阻，而幽深奥曲，览之不穷。”方苞《再游浮山纪》：“昔吾友未生、北固在京师，数言白云、浮渡之胜，相期筑室课耕于此。”刘大櫆、戴名世均有《游浮山记》，大抵浮山是桐城派文人的一处精神佳地，也是天下读书人乐友之地，历代吟咏浮山的作品不下千篇，大抵身临浮山，会有一番别样的感悟，就像吴应宾《柬朗目和尚》所说：“某近参玄，度远揠空华，拈来满地春光，并作家常便饭。”

案头有一本《浮山志》，已陪我数年。今春游浮山，更觉大美。

游浮山记 | 不离不弃

（一）

初冬时节的一个清晨，我们千名网民游浮山的活动就此开始。从庐江县城乘车沿合铜公路再上白会路行 40 公里，即至浮山。沿途青山起伏、绿水萦绕，使浮山大有“千呼万唤始出来”的美感。进入浮山，游客眼前无不为之一亮，这里山势峻而不恶，险而不危，玲珑剔透，老少皆宜；这里无岩不树、无径不竹、无涧不花、无石不苔、无土不草。朝虹、夕照、浮石、青鸟、古树、石刻，俱是一番美景；奇峰、巨岩、幽洞、怪石、天池、飞瀑、亭塔楼阁，与湖水辉映，与村落谐衬，组成一幅绝妙的画卷。登临峰巅，举目四望，群峰竞秀，众壑争鸣，满眼树木葱茏，遍山怪石嶙峋，山道或曲或折，涧云时淡时浓；山下，村落点点，绿水潆洄，炊烟绰约，古树临风，鸟鸣牛哞，茶歌乡谣，不绝于耳。“见说浮山胜，心与浮山期。”

“独怀浮山好，幽怀几度来。”浮山，自古以来是游客向往留恋之地。

知道浮山，首先感兴趣的是它的名字。浮山所以冠名一个“浮”字，相传有两种说法：其一，山上有一种灵异的石块，浸水而浮；其二，山峦四面水汇，登高而望，山石高耸空虚，一如衣袂飘逸的虚空道士，几欲乘风而去。浮山在长江北岸的枞阳县境内，是安徽省五大名山之一，与秀水芙蓉的九华山隔江相望。以浮山为中心的国家地质公园是八百里皖江的著名景点，所以浮山又称“中国文山”。

刚走进浮山，便是“浮山地质博物馆”。这里每一幅彩色照片和每一件实物标本，告诉你浮山的历史。这是一座沉睡亿年之久的古火山，在距今约 1.4 亿年至 1 亿年的侏罗纪晚期至白垩纪早期近 4000 万年时间中，火山曾几度喷发，因夹岩浆侵入活动，形成了奇峰、石壁、幽洞、天池等绝顶的火山地貌，均为全国罕见，堪称一座“天然火山地质公园”。

若径往山上，俯身拾一块浮石，当是亿万年前的火山化石。紫红、绛红和绯红的岩石中，你会感觉到温度与声音，喷涌的血与火。一座山借助火的温度和力量升腾了，崛起了，它的胸腔岂能没有沸腾的热血？它的喉咙岂能没有激情的呐喊？浮山秀丽玲珑、岩嶂壁立、洞壑幽藏、河湖环绕，令人神往，闻名于世。本来在我国像这样因火山喷发而形成的山体为数就不多，而它更有着相得益彰的人文景观，所以千百年来受到旅行爱好者的青睐。

（二）

这是一块硕大无朋的顽石，叫撑腰石，如果捡一截树枝撑着它，腰就不再疼痛。

这儿叫仙人床，若顺着刀背般的石脊爬上去，再睡上片刻，便可以好梦成真。

那儿叫飞来石，它黏附在陡峭的山崖上，若即若离，令人不禁发问：它自何处飞来，又将飞向何处？

好一座浮山！数不完的美景让人盘桓，流连。

（三）

自古名山僧占多。历史上，浮山寺庙、塔院林立，数度繁盛，高僧辈出，成为驰名中外的佛教丛林。

“山不在高，有仙则名。”这“仙”指什么？是衣袂飘逸的名士骚客，是独具慧眼的饱学鸿儒。浮山以其幽雅的环境，成为僧人的道场、隐者的山庄、骚人墨客的心灵驿站。

当我们来到会圣岩下，凝视“因棋说法”四个大字的石刻，就不禁想到圆鉴大师借棋与欧阳修说法的故事。世事如棋，而弈者心机不尽。一个出家人随口道出如此深奥的人生哲理，让文坛盟主钦佩不已。另有醉翁岩，就因欧阳修常来浮山游历而得名。所以在浮山，只要你随手拍响一块石头就能唤醒一段鲜活的历史。你更会随处看见，骚人墨客在流连山水之时所留下的大量摩崖石刻——浮山石刻，上至唐宋，下至民国，文体各异，书法万千。有诗词、游记，有庵堂碑记、题词留名，字体大者 2 米见方，小者不及 1 寸。有的铁画银钩，有的清瘦严谨，有的丰润饱满，有的端庄秀丽，有的龙飞凤舞。石刻作者有文学巨匠，有禅师高僧，有官宦名流。石刻数量之多、分布之密和字迹之清晰在全国少见，它宛如一道亮丽的书法艺术长廊，记录了浮山的历史变化，也见证了浮山的灿烂辉煌。

（四）

你来浮山吗？任由一年之中的哪个季节，你都可以造访它。春天，这里有娇艳的山花亮你眉目，才炒好的山径野茶由你即沏即品；炎夏，幽洞和山林中多一分凉爽，渐稀的游客会平添几许清净；深秋，山下有纯天然的大闸蟹供你下酒，山上的毛栗为你佐餐；寒冬，冰柱响雪别有风韵，萝卜烧肉、红泥小火炉助你雅兴。

浮山是一座本色的山。由于游人的珍爱呵护，由于建设者的人本情怀，这里没有随处可见的旅游垃圾，没有大多旅游景点人工斧凿的痕迹。它犹如一朵清水出浴的芙蓉，像一个不着尘垢的散淡隐者。

站在金谷岩旁，隐隐听到清越悠扬的钟声，是来自校园的钟声。

我说浮山是一个隐者，因为它是隈藏含蓄的所在。早年的浮山四面水汇，地远且僻，又远离城郭，使车船总是穷日而至，使浮山难以向世人出售其珍奇和美丽。它像一个藏在深闺中的绝色佳人，鲜为人知。“物或损之而益，或益之而损。”所以，至今浮山仍旧保留了本色的纯真和妩媚。

但作为隐者不仅徒有一种存在的形式，更是超凡脱俗的外化，是具备精致耐读层面的象征。旅游是一种陶冶，一种历练。如果说黄山是大自然的精妙杰作，泰山是历史文化的宝库，那么浮山则兼而有之。它既有奇峰异石的装扮雕饰，又有历史文化的足音回荡。变幻的山色蕴藏了宇宙的玄机、大化的奥义，让游览者在登临中怡情养性；丰厚的人文景观是山的学养，是精神灵魂，让后来者在游览中与历史交融，与先哲的灵魂对接。所以浮山以其卓然绝伦的风景，成为一个真正的隐者。

当然真正的隐者从来以进取出入为前提条件。隐只是一种姿态，一种权宜的策略。隐的终极目的是面向世界，是造福人寰。所幸的是浮山也做到了这些。

所以我还说，浮山是一个智者，一个时势的幸运者。

浮山秋声

吴志龙

差不多十年前，一批人对浮山石刻进行了抢救性发掘，编纂出版了一本《浮山摩崖石刻》，这部典籍为枞阳文化的研究保存下重要的史料。这批人当中，有我的一位学兄——陶根红。当年他就是学旅游的，曾在浮山待过几年，参与了这批摩崖石刻的释文。

释文，说白点就是辨认石刻的字句，重点是揣测那些字迹不清的残损的缺失的字句。我想这是一项技术活，也是体力活。好在那时他还年轻，有足够的体力和耐力做这项活儿。

在这本书的导读部分，主编钱叶全老师用了“面壁”这个词，可以想象，古人在浮山面壁创作摩崖石刻时的那份坚定之心。千百年来，肯定有许多的石刻已在风雨中消失或损毁，仅留下来可辨认的480余块就足以令浮山称奇。

我也好多年没联系陶根红了，当我有时翻看这本书时，心里仍有些感触。那些年，他独自面对这些石刻，一遍遍地揣摩，一遍遍地问询古人时，他的内心是否激荡过，是否想起历史上的古人在凿字，千百年后这些字迹已被时间涂抹掉，却让一个后人在复原，在联想。

也许这就是宿命，一种另类的重逢。

多年后的今天，当我们面对这些石刻时，凿石纷飞的场景早已灰飞烟灭，昔日的余温也消散在浮山的草木间，但是你我仍然会有所触动，触动什么？应该是种精神，这座集火山、佛山、文山于一体的浮山，如今我们该如何面壁，如何再一次的出发，这些山岩、洞窟、涧溪、石刻、庙宇，它们的存在到底意味着什么，是否有一种声音代表浮山。

行走浮山间，或蜿蜒，或陡峭；或岩石，或台阶。我在找寻这声音，想倾听，想倾诉，想辩解，想抚摸。

在满是苔藓的山岩上，在藤条密布的岩壁上，在白芒摇曳的草丛里，在深壑幽险的竹木间，我边走边听，用耳朵，也用鼻子，甚至还用眼睛来听，就想听听这浮山的声音。

钱叶全老师说，每一次来到浮山，都会有不同的发现。是否可以这样引申，你每来浮山一次，浮山不会让你空手而归的。像是小时候，我们到外婆家，临走时外婆都会抓些什么吃食或者玩具给你。这种甜蜜的记忆其实就是一种召唤。浮山是自己家，是外婆家，哪能忘掉呢？

于是，只能一次次地走进浮山。

来浮山，不能不提“行窝”。钱叶全老师说，方以智在浮山留下“行窝”是浮山之幸，世界有了方以智是世界之幸。大地处处是“行窝”。二十年“行窝”面壁，完成了《通雅》《物理小识》《医学会通》等时代巨著，成为中国明清贯通中西、打通儒释道的“第一人”。

行窝，此处只是窝，而行呢？

行是脚步声，也是先贤们抵达浮山时的一声低语。

浮山只是歇脚的地方，行是一种状态。

站在“行窝”，一泓深涧劈裂山谷呼啸而出，高大繁茂的枫林也掩藏不住这股气势，涧溪如游龙，想当年山浮水面时何等恣意。我在遥想，耳畔隐隐地回响着溪流声，或是紧紧慢慢的撑篙声，这是一首首踏歌，这是一首首离歌。

于此而言，行、窝乃一种状态。

在“行窝”里，我们寻找一眼泉，这泉眼处有一石刻——止泓。泉汇于涧，汇于溪河，汇于江湖，汇于汪洋，当你内心要澎湃时，尽管面对的只是一眼泉，或是汩汩，或是浸洇，或是干涸，都要学会止泓。

止泓，相传为宋代黄庭坚所题，在海岛雪浪岩内。

风渐起，漫天落叶纷纷扬扬。

在会圣岩内，三百多年前的一株银杏抖落满身的金黄，寺院沉寂，满地落叶厚积，该是好多天未清扫了。不是有句“厚积落叶听雨声”么，此刻的雨声是一种念想，是一种秋声，也许秋声就该这般沉寂，秋声就该这般满地金黄。

通往远禄祖师塔，是一级一级的石阶，依然落叶，依然青苔。洞室上方的秋天五彩斑斓，毛栗树叶灰黄，乌桕树叶火红，冬青树叶墨绿，松树叶青翠，只是茅草枯黄，软塌塌地趴在地上。

我们走近洞口，在凝视，一座白石宝塔静卧在空旷的秋意里。

或许是石冷壁阴，宝塔的白石成了灰白，洞室昏暗黝黑，时间的烟火罩着这方静静的天地，这是适合休息的场所。远禄公这一觉睡得好沉，春夏秋冬这四个节气都没有惊扰他，他是在熟睡，也可能在冥思，他活成了这方孤独的山岩。

会心不远，圣域同登。

欧阳修能不远千里到访浮山，我想他是接受了远禄禅师的邀请。当他告别滁州的山水溯江而上，远望着这座江中小岛时，也许他看见了“山浮水面水浮山”的胜景。于是，他弃船，上山，走进“岩洞天开，石溪地涌，海潮乍惊，浮空光荡”，走进浮山，走进水浮山。

文与禅的结合，或者说是禅与文的互补，成就了浮山。

浮山的文意就在这里，在一盘棋里，在一幅石刻间。

具体到眼前呢，就是这江南会圣，这讲学洞，这风云际会，这陆子岩，这云深处……

还有，这“九带遗踪”前的一片开阔地，当山风拂过这株银杏，欣欣然来到枕流岩时，山风是穿洞而过，留下一阵阵呜咽，还是止于这片竹林，回望着会圣寺里不紧不慢的禅音？

为了这声音，我发现：热闹是声音，寂静也是声音。

千百年来，浮山是否热闹过，是否一直这样寂静？

作为旅游的浮山，是需要热闹的，没有游客，这生意怎么做得下去？

我们十一点上山，下午两点下山。沿途中，只是在张公岩处，遇到两个游客。下山时，有几个人正往山上而去。

我关心的是这样一座文化之山，若没有熟悉的导游或讲解员，三两人，走马观花地逛一圈，这些寺庙，这些石刻，这一节节故事，这一段段历史，他或她如何知晓？

如若不了解浮山的文化，不了解已经风化的石刻背后的历史，以及石刻本身书法、文化的厚重价值，那作为旅游产品，浮山的旅游文创思路应该怎样打开？

没有热闹，也没有静寂。

在远禄祖师塔的栖真岩洞口，钱叶全老师重点讲解远禄禅师，讲他与欧阳修“因棋说法”的故事。讲浮山除了石刻文化外，还有棋文化、书法艺术，一座十几平方公里的浮山，能集中有如此众多的艺术，不是很稀奇吗?！栖真岩洞口南侧，有一块石刻，后两句“而今面目重开现，云月溪山展笑颜”，这个“笑”字是标准的行书，写得内敛含蓄。

内敛含蓄的尽头，应该是寂静的，作为文化的浮山是静寂的。

我藏有两本书，觉得对于浮山很重要，一本是《浮山志》，一本是《浮山摩崖石刻》。我知道，浮山石刻的文物古迹不可能再生，随着时间会剥蚀，渐渐风化，但这两本书记录了浮山曾经的一段过往，因而弥足珍贵。我还知道，当陶根红在对这些石刻释字时，他一旦用这小小的

“□”代替一个字符时，我估计没有人知道这“□”下他面壁时的心情。

同样的是宿命，也许石刻从凿开时就注定要消失，犹如从未来到世上一样。

消亡的不只是字符，还有守护字符的心。

对于看热闹的游客而言，多一个字少一个字，本就是无所谓。

这是很荒唐的。

热燥生风。

今天的浮山漫山风起，叶落纷纷。枫叶落在头上，银杏叶落在上衣上，栗树叶子落在鞋子上，松树松毛落到我的脖子里，刺得我颈子痒痒的。一只有拳头大小的藤条果子从高高的树上砸下来，砸在张公岩前的空地上，险些砸中了我。

我拾起来，带回办公室，我想看果子风干的样子。

我们来到了讲学洞的石刻下。

讲学洞里空空如也，没有书香，没有经声，没有棋语。这里曾经可是个热闹的地方，这里诞生出远禄禅师与欧阳修“因棋说法”的故事。

这是浮山历史上最热闹的事。

宋朝时，远禄禅师住浮山，在会圣岩内完成了佛教的重要文献——《浮山九带》。文学家欧阳修慕名拜访，远禄以下围棋之道作比方，阐明佛学哲理，“一着落在甚么处?”的确，面对棋局，有多少人不知所措；投身佛门或者处身世事，又有多少人不识自性！欧阳修听后改变了他以前诋毁佛学的观点，惊叹道，像这样的和尚，“天得一以清，地得一以宁，君王得一以治天下”。

两位大师一次长谈，留给浮山是一段文化，山岩西侧的那片竹海间，婆娑起舞的身影，若有若无的风声，像是长谈的余音，几百年来一直未曾停歇过。

当下浮山最热闹的还是山南麓的浮山中学。一百多年了吧，琅琅的读书声从没断绝，像浮山上的“滴水洞”天河坠玉从未断流，像浮山上的“张公岩”浮山夕照连绵无尽。

非常有趣的是，同外地朋友一说起浮山中学，都觉得特牛，似乎浮山中学比浮山更出名，浮山中学是浮山的加分项。我有时想，浮山中学一定汲取了浮山的文气和文风，才能生成一座百年名校。能用一座山来成全一所学校，这样说来，浮山和浮山中学各得其所，双赢。

其实，有时是热闹的，有时也是寂静的。

比如在讲学洞里，我特别想在洞里坐上一宿，听听来自浮山深处的声音。

此刻，这声音就是山上的一片片落叶。

秋天用落叶的方式，把寂静掷向浮山，这就是浮山秋声吧。

浮山一日游

疏天然

，

了解家乡，了解浮山。在这滴水成冰的天气里，土地都冻酥了，好不容易出太阳了，我和爸爸妈妈一起去爬浮山。弟弟胡杨也闹着一起去，无奈之下，只好答应。

刚到浮山，就听到小河流水的声音，往脚下一瞧，一条溪水缓缓流过，啊，所谓浮山，山浮水面水浮山！

我们往前走去，一块大木牌出现在我的眼前。“你想到哪里去玩?”爸爸问我。“嗯……”我犹豫了，这么多，该去哪呢？“哇！海岛雪浪岩!”我看着木牌，兴奋地叫道，好像哥伦布发现新大陆一样。“没想到这里还有海，快！就这里了。”（我非常想去一次大海）“Ok，let’s go!”胡杨牵着我的手，飞奔而去。

“呼，呼……原来不是我想象的那样轻松啊!”我气喘吁吁的，快没力气了。“到了，到了!”胡杨喊道。“哪，哪有海?”听说到了，我一下子来了精神，一看，差点就“石化”了。哪有海呀？别说海了，就是一滴清水也没有！“这里原来是大海，由于火山喷发，形成了岩石。”妈妈给我讲解道。“哪嗯科多。”（日文，意思是原来如此）我抬头仰望，发现了一大景象，海岛雪浪岩形成了巨大的浪花形状，气势非凡。

它的“身体”上有许多火山喷发后被灼焦的痕迹，而且不知顶端从哪冒出来的小水滴，时不时滴落在我的头上。我想：这些小水滴应该是火山喷发后残留下来的。仔细一瞧，天啊，海岛雪浪岩的身上铺满了一层又一层的青苔，这些青苔给海岛雪浪岩添了几分神秘色彩。

走着走着，一不留神，脚踩空了，跌了一跤，定睛一看，原来踩到了一个光滑圆润的小洞，好像是古人凿的。胡杨推了我一下，我回过神来，发现这里到处都有凿成的三角形洞、正方形洞、圆形洞等。嘿，好像有谁在海岛雪浪岩中间的洞窟里住过。还有一个像桌子一样的东西，下面有一个正方形的洞，有烧焦的痕迹，这个应该就是“炉子”吧。

胡杨左瞧瞧，右看看，天真地说：“有谁在这里玩过过家家的呀?!”我听后扑哧一声笑了，真有趣呀!

再往前走，有一个小瀑布，在瀑布的下方，有一个半弧形的洞，里面积满了水，看来古时候的人就在那里舀水喝。

岔路口有一个木牌子，我跑上前去看了一下，嗯?!仙人桥?滴水洞?“这两个地方我想去。”我对他们说。在去仙人桥和滴水洞的路上，我们路过了一个寺庙，我拜了佛，求了一支签，那人给我翻译说：“菩萨说你是一块石中的玉，要努力，让别人去发现你的才华。”我听到后高兴地点了一下头。

准备出发的时候，胡杨说我是水痴，就知道去有水的地方。我听了胡杨的话，说：“我一口盐汽水喷死你，你难道讨厌水吗?”“你看，你连骂人都用水!你不是水痴是什么呀?”“那你就是白痴，白痴吊尾车!哦，不，白痴吊车尾!”说完我便挥起拳头追他。

追着追着，好像不见爸妈踪影了!天啊，别说水痴白痴了，我根本就是个大路痴!我呆呆地看着胡杨，无助的样子。别看他小，胡杨很认路。“怎么?发花痴啊?”胡杨笑话我路痴，把我带到仙人桥那边等爸爸妈妈。还好，谢天谢地，没过多久他们就来了。

仙人桥的上面刻了三个大字：天然桥。哈哈，我对胡杨说："下去下去，这是我的桥。""凭什么？你在这上面刻了你的名字呀？""诺，你看。"我撇了撇嘴巴指着"天然桥"三个大字。呵呵，这次旅行真是有趣。

前面几十米就是滴水洞了，好期待呀！大家都有点累了，加油！到了滴水洞那里，我被它的景象惊呆了，洞内黑乎乎的，有一束光线从滴水洞上面的窟窿里穿过，形成一线天的景象。更为奇特的是岩洞当顶一窍见天，如巨室的天窗，洞口卡一陨石，如龙口含珠，流水自龙口直泻十余丈，如珠帘倒挂，飞溅散作雨花，弥漫岩内，伴随一缕阳光，这是多么壮观的场景啊！

在这个洞的旁边，还有一个洗心池，我和胡杨到那里去洗了一下手，感觉神清气爽，依依不舍地离开了。

大家都玩累了，准备回家休息，还买了几个纪念品。欢迎大家到浮山来玩哦！

方维仪，浮山一棵清芬的树

那时青荷

小说《京华烟云》里，有位名叫曼娘的女子。生得清丽婉约，心地纯美，她与曾家长子平亚青梅竹马，从小订有婚约，感情很好。只是平亚自幼是个病秧子，后来平亚病重，曼娘便匆匆嫁过来为平亚冲喜。可惜平亚还是死了，可怜的曼娘，从此独守着内心的爱情，孤独地过了一生。林语堂描写曼娘时说："她似乎成了个难得一见的古董，好像是古书上掉下来的一幅美人图。在现代那类典型是渺不可见，也不可能见到了。"

而在时光无涯的荒野里，桐枞名媛方维仪（1585—1668），就是现实世界中一位曼娘式的悲情女子。她出身官宦世家，本名仲贤，字维仪，明末清初著名女诗人、书画家。是著名学者方学渐的孙女，大理寺少卿方大镇的次女，明末清初奇才方以智的仲姑。

桐枞一带的桂林方氏，祖居地在浮山附近，是明清时期的名门望族，诗礼簪缨，先贤辈出。方维仪幼承家学，饱读诗书，还曾随父宦游，至四川、福建、河北、京师等地，开阔眼界，增长见识。早年的她，琴棋书画无所不精，生活富足悠闲。然而这一切，在她刚过及笄之年，就彻底改变了。

方维仪 17 岁时，嫁与同乡望族之后姚孙棨为妻。姚孙棨虽满腹才华，可亦是个病秧子。结婚时，姚孙棨已患病六年，大抵也是早有婚约，时为冲喜而嫁。在丈夫病中，她躬身“扶起居，侍汤药，挥蚊蝇，搌痰唾，左右周旋，头不安枕”。只是不足一年，丈夫就匆匆病逝，仅留下一个遗腹女，出生后九个月也不幸夭折。自古红颜多薄命，18 岁的方维仪，尽管才艺双绝，可一下子成了未亡人，其内心悲痛可想而知。世间事，除了生死都是闲事，未曾哭过长夜的人，不足以语人生。她的这首血泪之作《死别离》，让人不忍卒读：

昔闻生别离，不言死别离。无论生与死，我独身当之。
北风吹枯桑，日夜为我悲。上视沧浪天，下无黄口儿。
人生不如死，父母泣相持。黄鸟各东西，秋草亦参差。
予生何所为，死亦何所辞。日日复如此，我心徒自知。

《红楼梦》中贾宝玉的寡嫂李纨，恪守妇德，庄重贞静，心如枯槁之木，性似古井无波，像一炷檀香，一寸寸燃成青烟，烧成灰烬，一身静穆幽洁的芳馨。然而无尽的孤独寂寞之余，毕竟还有幼子贾兰，给她一线希望和慰藉，终究守来一段“晚韶华”。在封建时代，已婚女子的社会地位，完全依附于丈夫和子女，而此时方维仪夫亡女殇，已是一无所有。纵有万般才情，也敌不过世俗种种偏见，在繁复的大家庭中，终究没有她的容身之地了。一首七律《病起》，读来使人不禁心酸：

空斋无事晚风前，雨过苔阶草色鲜。
远岫云开舒翠髻，新荷池畔叠青钱。

衰年转觉多愁日，薄命何须更问天。
闲坐小窗初病起，西林皓月几回圆？

万般无奈之下，她只好请求回娘家守志。一个人默默从婆家的“曼娘”，变成娘家的“李纨”。从此孤灯清影，潜心诗画。这首《拟古》，即是她独归娘家故阁守志的生活写照：

八月天高雁南翔，日暮萧条草木黄。
与君别后独徬徨，万事寥落悲断肠。
依稀河汉星无光，徘徊白露沾衣裳。
人生寿考安得常，何为结束怀忧伤。
中夜当轩理清商，援琴慷慨不能忘，一心耿耿向空房。

方维仪的身世是凄苦的。然而人生际遇的坎坷艰难，世俗的冷眼相看，并没有将她绊倒。娘家同样是大家族，日常生活中她敬老扶幼，善待家族同辈和仆从，操持家计之暇，坚持苦钻学问，博览群书，勤奋撰著，并以此影响熏陶下一辈，走上了一条与众不同的艰辛之路。她在《伤怀》中写道：

长年依父母，中怀多感伤。奄忽发将变，空房独彷徨。
此生何蹇劣，事事安可详。十七丧其夫，十八孤女殇。
旧居在东郭，新柳暗河梁。萧条下霜雪，台阁起荒凉。
人世何不齐，天命何不常。孤身当自慰，且免摧肝肠。
鸲鹆栖一枝，故巢安可忘。

工于诗画的方维仪，携手几位志同道合的姐妹，成立了“清芬阁”诗社，大家聚在一起切磋诗文，醉心翰墨。彼时 16 岁的堂妹方维则，也因丧夫而归娘家孀居，两人同病相怜，经常一块作诗绘画；弟媳吴令仪及其姐吴令则，也是女中诗画高手；加上长姐方孟式，也常回娘家探望。于是五位女子结成诗朋画友，公推方维仪为师，常于“清芬阁”聚会，写诗唱和临帖作画，于书画中找到永远的精神寄托，涵养出一身美丽的书卷气。

其间，年方30岁的弟媳吴令仪因病去世，弟弟方孔炤为宦他乡，方维仪便担负起教养爱侄方以智的重任，生活上抚之如慈母，学业上教之如严师。可以说明末清初四公子之一，素有“一代奇才”之誉的方以智，日后能成为集大成的一代名家，于哲学、科学、文学等卓有建树，与她的悉心培育是息息相关、密不可分的。

诗词于一般闺阁女子，多是优裕日子的点缀，而于方维仪则是抚平伤口、抵御生命悲痛的一剂良药。她用诗自叙“人生不如死”的不幸身世，抒写“此生何蹇劣”的满腹愁郁，但除却自怨自叹之外，她的诗中亦有浓重的家国情怀。

比如这首《从军行》就是满腔澎湃的豪情：“玉门关外风雪寒，万里辞家马上看。那得沙场还醉卧，前军已报破楼兰。”再如这首《旅夜闻寇》更是壮阔激昂的气势：“蟋蟀吟秋户，凉风起暮山。衰年逢世乱，故国几时还。盗贼侵南甸，军书下北关。生民涂炭尽，积血染刀镮。”又如这首《浮山庄有感》，则流露出忧国忧民的悲叹：“苍苍远岫嶂烟深，战后孤村没树林。农户流亡无处问，十年销镝不堪吟。”

正所谓，山河破碎风飘絮，身世浮沉雨打萍。明末战乱频繁，民不聊生，浮山也未能幸免。这里是她永远的家园，可彼时已是满目疮痍。目睹战后荒无人烟的孤村，早已不复当年模样，而四处流亡的民众，总是年复一年，无家可归，身处一个内忧外患的年代，她心里有着说不出的难受，那是一种入骨的伤感与苍凉，无以言表。

方维仪漫长而寂寞的一生，正处在改朝换代的动荡乱世，一生跨越明清两朝，她的人生底色是愁苦的。正因为愁苦，所以她坚强柔韧，其才学心志，巾帼不让须眉。她于时代的巨变中，目睹生灵涂炭，从而走出自怨自叹，有了更多的民生关注与时事感怀。

浮山西麓的在陆山庄，是方氏家族的聚居地，清芬阁社址或许就在此中一隅。其实，无论清芬阁在何方，都在方维仪的心里。在风雨飘摇的乱世，她和众姐妹倾尽毕生心血，呵护着内心的这一方净土。她们一同诵经读史，观照当下，用诗书化解命运的酸楚，记录世间的苦难，她们都是浮山永远的女儿。

方维仪，清芬阁，何其雅洁的字眼，不见一丝脂粉气。像一阵芬芳的风迎面而来，古典清幽，婉约动人。让人想起《诗经》里的“泛彼柏舟，在彼中河。髧彼两髦，实维我仪，之死矢靡它”，想起《红楼梦》中“蘅芷清芬”“有凤来仪”“花溆”“沁芳”这些美好的意蕴。

只是清芬阁，终究是有些孤清的。直到今天人们说起桐枞名媛，首推方氏三姐妹：方孟式、方维仪、方维则。其诗词为家国伤感抒怀，又都为国为家守节，故名为“方氏三节”。据载：“方氏三节，一为孟式，字如耀，大理卿大镇之女，嫁山东布政使张秉文，济南城溃，同其夫殉节，赠一品夫人，有《纫兰阁集》；一为维仪，年十七而寡，寿八十有四；一为维则，十六而寡，寿八十有四。”

方维仪一生洗尽铅华，归于质朴。从 18 岁回娘家守志，至 84 岁高龄故去，60 多年时间里，她一直潜心创作，在诗书绘画上均成就颇丰，只可惜多已散佚，流传下来的著作有《清芬阁集》七卷。绘画方面师法宋代李公麟，“酷精禅藻，工白描大士”，堪称闺秀画家冠冕，比如《观音大士图》《罗汉图》等，形神兼备，堪称妙品。

相传她晚年多住浮山，这里风景优美，如诗如画，是一座文山，也是一座佛山。在这般“山浮水面水浮山”的人间好所在，她总能放下一些当初的愁烦了。浮山的文风，总是那么昌盛；浮山的月色，总是那么清凉；浮山的摩崖石刻，留有无数文人墨客的风雅题咏；浮山的山岩庙宇，是历代高僧大德的修行道场，佛教禅宗在这里开枝散叶。她在此研习诗文，参禅礼佛，与青灯明月相伴，这处清静的佛家胜地，为她绘画佛像提供了良好的机缘，从而创作出多幅珍贵的白描佛像画传世。

她愿意生活在这里，与山石草木为邻，与诗书画印为友，恬淡自守，安心从容。这里处处散发着让她极为熟悉的气息，给她一种家的安静与温暖。妙高峰上，雪浪岩下，有她前辈父兄们盘桓多年的行踪过往，有她爱侄方以智二十年行窝面壁的著述生涯。后来，爱侄载书泛游，四下辗转，直至流寓岭南、两广一带，以卖药为生，后又落发为僧。一生屡遭迫害，九死一生，但栉风沐雨，矢志不渝，永远秉持一腔赤胆忠心，救国救民，讲学宏道……她静静地守候在这里，伫立在山庄外的小径上，以慈母的姿态，以至亲的热肠，等待爱侄早日慈航归来。

苦难即修行，烦恼即菩提，万般滋味，都是人生。人生有一种情怀叫悲悯，有一种大爱叫慈悲，有一种修行叫放下，有一种精神叫担当。人世的重重磨难，让她的生命和灵魂，实现了从小我到大我的蜕变和超越，让她在渡尽劫波之后，懂得无常的世事中，自有无上的智慧，从而获得一种无量的自在。

她孤独的身影，不是一朵清芬的花，而是一棵清芬的树。前半生，是再也回不去的明朝故里，落叶纷纷，沧桑依旧；后半生，那清朝的月光是她灵魂的异乡，寒风吹彻，一地寒凉。

她以一棵树的姿态，一个人孤独地过冬，采诗为药，煮字取暖，枕画而眠。而落在她一生中的雨雪与月光，我们并不能全部看见。

我们所能看到的，仅仅是她生命的留白，是她不一样的诗书气质，不平凡的精神风骨，不寻常的清芬人生。在清芬阁的诗香里，抑或浮山的云水间，她不是曼娘，不是李纨，不是悲情的“姚方氏”，也不是所谓的“女中孟郊”，她用风雨洗心，以翰墨为魂，活成了独一无二的自己。

浮中往事

苏长兵

我上浮山中学还是 20 世纪 90 年代初的事，那时物质比现在贫乏得多，一年的学费 42 块钱，生活费更是紧紧巴巴的。

即便这几十块钱的学费，家里也得在开学前很多天就开始东拼西凑，东挪西借，再加上临时卖点竹子、鸡蛋、黄豆等农副产品，才勉强凑齐，让我在开学报到的时候按时交到学校。

浮山中学离我麒麟镇束家园老家有六七十里路，为了节省路费，也省去折腾，我一般一个月才回家一次，通常是周六下午放学回去，周日午后返校。每次都要折腾两趟三轮车，吐得死去活来。

每次回去，母亲都会烧一个大菜，让我好好吃上一顿，返校时再给点生活费，还会用重重的菜籽油，炒好一大瓷缸子咸菜让我带上。

我最喜欢的一道家乡菜是“肉烧山芋粉圆子”，每次母亲端上来，看着它滚烫滚烫地冒热气，我就忍不住直咽口水，迫不及待地想动筷子，母亲总是能看出来，温情地说：“你先吃啊。”鸡蛋般大小的圆子，我是一口一个，常常烫得一个劲地倒吸冷气，还噎得直打嗝，母亲在一旁焦急地叮嘱：“你慢点吃，别烫着，别噎着，没人跟你抢哟！”

学校里的大锅菜哪有这份油水？明知没人跟我抢，但我也做不到细嚼慢咽啊。

母亲按月给我生活费，每次大约一二十块钱。每次母亲给我多少，我就接多少，多少都行，多就多吃点，少就少吃点。这一二十块钱，或许就是这一个月来家里卖农副产品的所有积累。

我不知道母亲是从箱子里哪个角落掏出来的，每次都在阴暗的房间里待半天才走出来，卷在一起塞给我，面额十块的、五块的、两块的、一块的都有，从大到小排列，厚厚的一卷。

有一次出门前，母亲照样给我生活费，不知怎的，我发现生活费最外面是一张面额 50 元的。平时我是很少见到面额 50 元的钱，家里也极少出现，一般是在集中卖粮食或者猪仔的时候才会见到。

上个月回来，我发现家里母猪下了一窝小猪仔，十来个，也许正是这阵子家里卖了猪仔攒了一些钱。

我悄悄地接过生活费，以为是母亲一次性给齐这学期的，所以没有说话。到学校宿舍后，我才打开数了数，一张五十的，里面裹着几张十块的和一些零钱，总共将近一百块钱。我用心地藏到放衣服的包里，像对待珠宝一样，生怕丢了。

第二天午饭后，我在学校大门口溜达，突然看见父亲站在学校门前的台阶下面，推着家里那辆陈旧的飞鸽牌加重自行车，后座上还架了一蛇皮袋米，正在东张西望着，神情焦急，像找人似的。

我有点不敢相信自己的眼睛：自从去年九月父亲送我到浮山中学第一次报到以来，这一年多父亲从没有再到学校来过。我知道，一年忙到头的父亲没有这个闲工夫，更是舍不得平白无故地花坐三轮车的车费。

还没等我喊，父亲就一下子认出了我。父亲很是惊喜，极其兴奋地说：“我在门口站半天了，我就知道你中午一定会出来。”

那时没有电话，除了书信之外，没有更便捷的信息往来。我的眼泪忍不住在眼圈里直打转，我也不知道究竟是为什么，意外，惊喜，想家，抑或其他。看到父亲的那一刻，百感交集，很想一下子宣泄出来，但我忍住了。

平静下来之后，我问父亲来学校找我干什么，父亲见我问他，并没有对我嘘寒问暖，反而神情凝重、开门见山地问我：“昨天你妈给了你多少生活费?”我说：“将近一百啊，一个五十的，三个十块的，还有一点零钱。”

父亲顿时如释重负，一下子放松了下来，笑着说：“那就好，那就好，家里那张五十块钱，刚卖小猪卖的，我和你妈把几间屋子都翻遍了，怎么也找不到，你妈不记得放哪了，在你这就行，在你这就行。”

我终于明白父亲的来意了，我不知道父亲母亲这一夜睡着了没有，我也不知道父亲骑这六七十里的小路是怎样的感受，也许，所有的焦虑、懊恼、猜测、祈求、疲倦，在这一刻都烟消云散了，出现在父亲心头的，是一轮刚刚升起的红彤彤的太阳。

父亲推着破旧的自行车，我领着父亲到宿舍里，父亲把车后座的那袋米卸了下来，放在宿舍的门后，让我有空交到食堂里换饭票，然后一屁股坐在我的铺上，很沉重、很沉重的样子。

父亲问我衣服够不够，晚上睡觉冷不冷，我说够了，不冷。说话间，我从包里翻出这张五十块钱，递给父亲，父亲一边接着，一边习惯性地假装着推辞，像对待别人递过来的香烟一样。父亲说：“你要用就留着。”我说：“我用不上。”

父亲接过钱，起身就要走，说家里还有事，也许他还想着早点回去把这个好消息告诉正在焦急等待的母亲。我要带父亲去食堂打点饭吃，父亲坚决不肯，说回去晚了，一会天黑了路不好走。那天中午，父亲没有吃饭。

我送父亲到学校大门口，看着他跨上叮当响的自行车，一路上坡，渐渐地消失在我的眼里。

我大学毕业后没几年，父亲就突发疾病，永远地消失在我的视线里。父亲这一生，没有用过我一分钱。

现在每次回老家，临走时，我会塞给母亲一点钱，用作生活费。母亲总是推推搡搡着说："我还有钱，用不上，你留着用吧，你们城里要用钱的地方多。"以至于后来，我只好在走之前偷偷地塞点钱在母亲的枕头底下，走远了再打电话告诉母亲，母亲总是要在电话里头"责怪"一番。

时间已经过去很久了，我现在还常常默默地想起我在浮山中学的这段陈年往事。想起时，一切寂静无声，只有眼泪悄悄地流。

代后记

浮山人的自信

袁圣艳

午后的小雨，打在石板路上，溅起水花点点；天青色的烟云，眼之所及的山峦处，一层层浮云渐渐扩散延展，不一会儿就将这整片朦胧披在青山的腰间；白墙小瓦的一排排徽式村落，包裹在心仪的绿色之中，路边金黄的晚稻沉甸甸地下垂着麦穗……

这就是雨中的浮山镇。

浮山镇位于安徽铜陵市枞阳县，划属上海周边 4 小时高铁圈中。虽说路途有些许辗转，但只要一站在浮山的土地上，就只会感觉两个字：值得。

浮山的空气是甘甜的。有赖于群山的环抱和满眼的绿色，深深呼吸一口，绝对属于帝王级的大自然 SPA。尽管浮山绿意已浓，一株株小树整整齐齐地种植在小路之旁，树苗不大，绝对是近年来新栽种的。随行的浮山人方义兵说，这是对生态的重视，浮山人决意要让浮山的绿意更浓。

浮山的历史是厚重的。漫步在浮山镇的大街小巷上，仰望矗立于浮山山顶的高塔，千年小镇的底蕴让人流连。随意翻看一本介绍浮山的画册，仿若仙境之中。听浮山景区的工作人员讲述浮山的每一块石碑，每一道风景，每一次论道，都仿佛穿越到千年之前，不愧为一座“文山”。

浮山的笑容是自信的。在探访浮山的一路上，浮山镇的老人、孩子，人人脸上洋溢着笑意，享受着生活带给他们的幸福。在文化广场前，随行的浮山人鲍瑀说，我们搞文化兴镇是有信心的，花20万元新建的百姓戏台，前不久刚刚搞完的七夕晚会，看着全镇老小在黄梅戏的声韵中喜笑颜开，这就是最大的满足。

浮山的干部是淳朴的。山野小道旁，浮山镇政府小院已略显老旧。食堂所用的食材都是一旁自种的，一盆简单的炒青菜都飘散着田野的清香。与浮山镇党委副书记杨林宝的一番对话，更是显示出这位基层干部对浮山的自信。杨林宝皮肤略显黝黑，可以看得出长期往返于山野之间，普通话夹杂着浓厚的乡音，散发着阵阵淳朴。要挖掘浮山的石刻匠、教书匠、生态匠等“十匠”精神，将浮山的文化传承下去，让浮山百姓过上幸福的生活，是杨林宝最大的希望。

浮山的教育是骄傲的。你可以想象吗？就在这个淳朴的小镇有一所浮山中学，每年都有数名学生考进北大、清华，如此傲人的成绩就算是很多上海的学校都难以匹敌。作为如今一所仍身处乡村的安徽省省级示范高中，浮山中学就在浮山的脚下，常年接受着浮山千年文脉的洗涤。

浮山中学附近，可以说浮山镇中最为热闹的一处地方，私家车一排排地有序排放，周围的民居也被前来陪读的家长们租借，是浮山镇房租最贵的地方之一。校长周雪松对于目前的成绩没有一丝自傲，他考察过全国的众多知名高中，也去过上海的“四大名校”，对浮山中学的优缺点了然于胸，如何让浮山中学这块金字招牌越来越亮，周雪松有着自己的思考。

浮山的未来是可期的。淳朴、自信写在了每一个浮山人的脸上。回到上海，看到相识的浮山人每天在微信圈发送的每一篇图文推送，无一不是记录着家乡日益发展的每一个新的变化。接轨铜陵，接轨合肥，接轨长三角，作为地处皖江的江北明珠，浮山的千年文脉必将得到延续，浮山的魅力也将被更多人所感受。

附录一

“浮渡愚者”方以智

刘　东

方以智（1611—1671），字密之，号曼公，明末清初安庆府桐城县人（今枞阳县浮山镇人）。他成长于官宦世家，30岁得中进士，与当时名士陈定生、侯朝宗、冒襄积极参加反对“阉党”的复社活动，被并称为“明末四公子”。明亡以后，他归隐佛门，出家为僧，法名弘智，字无可，别号药地、愚者、墨历等。方以智又是位大学者，其学术博采众长，儒、释、道三家之学融会贯通，著有《物理小识》《东西均》《药地炮庄》等学术性极高的著作，被今人誉为“百科全书式人物”。

如今最常见的一幅方以智画像为其左手执杖图，而其被发现的过程也颇具故事性，近来笔者弄清其原委，本文就先从此画像谈起。

一、20世纪20年代，方以智画像的发现

据安徽博物院已故著名书画鉴定专家石谷风先生回忆录中介绍，这帧方以智画像是1924年桐城房秩五（名宗岳）在浮山建图书馆时发现

的。当时房先生偶于僧楼故纸堆中发现了方以智大师的画像，并请潘季野书方以智小传，房秩五自己写了题记，重加装池珍藏。后由房秩五先生后人将此画像捐献给安徽省博物馆。

笔者去年看到了这幅方以智画像的照片，图为方以智着僧袍立像，左手执杖，目光毅然。画像下方有《题记》，上方为《方以智小传》，细读题记，知这帧画像的发现经过与石谷风先生回忆录中所言略有出入。摘录题记如下：

大师曾为浮山华严寺主持，此像旧藏寺中。每年元旦日，寺僧悬此像禅堂。方氏子姓之环山而居者，率诣寺罗拜。近数十年，此典寖废，寺荒僧倦，此像遂失其所在。甲子春，余入浮山建图书馆，叩寺僧，此像则荡然无。此应逾年，方丈盘君来山，偶于僧楼故纸堆中发现此像，则款识磨灭，印章残缺。仅大师裔孙方佩兰进士有谒墓记一通，亦复漫漶，断续不能成句。盘丈因题无可大师四字，其上并另纸书友人潘季野《龙眠逸史》中大师小传付余，为装池之敬藏于浮山图书馆内。念大师瑰行高独，彪炳人寰，而遗像流传极为稀罕。此像既失而复得，珠光剑气，不终沉霾，亟付影印，此志景仰。想亦海内士夫所愿，先睹为快者也。乙亥花朝后一日，邑后学房宗岳敬识。

依此题记可知，这帧方以智画像原为浮山华严寺旧藏，每年新年都会请出画像，供方氏后人膜拜。不过，近数十年来，这个仪式业已荒废，此画像也不知所踪。

甲子年（1924）春，房秩五先生在浮山建图书馆，问僧人，已无人知晓此画像的踪迹。逾年（指一年多以后），方丈盘君（即方守敦）来浮山，偶然在僧楼故纸堆中发现了这桢方以智画像，不过款识与印章都已残缺。后来，方守敦为画像题写了“无可大师”四字，并抄录潘季野《龙眠逸史》一书中的《方以智小传》交给房秩五。房秩五将画像与小传重新装裱，敬藏于浮山图书馆内。而据落款，此题记是房秩五于乙亥(1935) 书写的，或如题记中所言“亟付影印”前补记的。

在画像上方，还有一千五百余字介绍方以智生平的文字，即房秩五题记中所说，由方守敦抄录潘季野《龙眠逸史》中的《方以智小传》。此传内容与《清史稿》《桐城耆旧传》等书中的《方以智传》大体相同，略有出入，兹不赘录。

二、从“明末四公子”到“无可大师”

桐城方氏家族是一个家学深厚、人才辈出的名门望族。宋元间由江南池口始迁桐城，至明初建文年间，五世祖方法中举人，授四川都指挥使司断事。六世祖方懋有五子，俱有才能，三子方佑中进士，五子方瓘中举人，后来望江籍都谏王瑞为其家门题额“桂林”，意为赞誉其家族“折桂者如林”。这也是“桂林方氏”一名的由来，此家族由此勃兴。

至方以智曾祖父方学渐，已是方氏家族迁桐后的第十一世，方学渐虽只是秀才功名，但学识渊博，被世人尊为学者，其晚年于桐城县城北门创建桐川会馆，开桐城设馆讲学之先声。黄宗羲《明儒学案》评价他：“少而嗜学，长而弥敦，老而不懈。一言一动，一切归而证诸心。为诸生祭酒二十余年，领岁荐，弃去，从事于讲学。”到了方以智的祖父方大镇时，则更进一步，考中进士，官至大理寺少卿。方以智父方孔炤，亦中进士，官至右佥都御使、湖广巡抚。

方以智正是出生于这样一个儒学底蕴深厚的官宦世家，他传承了良好的家学、家风，三十岁中进士，后积极参与反对“阉党”的复社活动，与阳羡陈定生、归德侯朝宗、如皋冒襄并称为“明末四公子”。1644 年，北京城被李自成农民起义军攻陷，明朝灭亡。两年后，方以智入南明永历朝廷，先后为右中允、侍讲学术、礼部侍郎、东阁大学士。然而 1650 年，清兵陷广西平乐村，方以智被逮。清将马蛟麟欲使方以智投降，“令曰：‘易服则生，否则死。袍帽在左，白刃在右，惟自择!’ 乃辞左而受右。帅（马蛟麟）起为之解缚谢之，听为僧，遂披缁去。”

“披缁”指披上黑色衣服，即表示出家为僧之意。其实，方以智在被逮之前，早已萌生遁入空门的念头。他常说：“吾归则负君，出则有亲，吾其缁乎！”据著名学者余英时先生《方以智晚节考》考证：方以智最初落发之地在广西梧州云盖寺；之后去到匡庐，即江西庐山；再去江西新城县之廪山寺，在这里驻锡约两年时间；最后驻锡江西青原县净居寺（亦称青原寺），从1663－1671年前后八九年时间里，方以智一直是这座寺院的住持，直至死节于万安县惶恐滩。

青原净居寺本是禅宗七祖道场，六祖慧能以下，禅宗初分南岳和青原两支，故此寺亦可视为禅宗的祖庭之一，在我国佛教史上具有重要地位，寺内名胜古迹众多，包括方以智住持时期修建的归云阁。据《吉安府志》记载：“净居寺在水（赣江）东十五里青原山中，旧名安隐，唐行思（即七祖）道场……国朝顺治、康熙间眉庵、笑峰、药地（即方以智）相继主持。寺内古迹：唐纪事有段成式碑，北宋纪事有蒋之奇碑，曹能始名胜志……山寺规制：入寺门九楹，两廊二十四楹，池中为大雄殿，三桥拱之，后为毗庐阁，藏亲王赐经，又后为七祖归真塔，唐开元敕建，明王守仁手书‘曹溪宗派’额。之塔旁有荆树即行思倒插黄荆，黄辉题曰‘法荫人天’，旁基为元宋长者荣甫祠。法荫堂在毗庐阁右，归云阁左，药地愚者建。”

值得一提的是，方以智在归隐佛门前后，都是一位成果丰硕的学者，其学术博采众长，儒、释、道三家之学融会贯通，著有《物理小识》《东西均》《药地炮庄》等学术性极高的著作，故而被后世称为中国明清之际“百科全书式的人物”。

三、浮渡愚者与浮山

方以智对于家乡的名山“浮山”，可谓是有深刻情怀的，在其归隐佛门后，用的多个法号皆与浮山有关，如：浮渡愚者、浮庐、墨历等。

如今在安徽博物院《安徽文明史》展览中，就展出了一枚方以智骨章，印章为其弟子赵征所篆，四面印文，其中一面印文为“浮渡愚者智记”、一面印文为“药地浮庐”，可以说这些印文寄托了方以智对故乡名山的眷恋。而实际上，方以智与浮山确实有着很深的渊源。

现在枞阳县浮山西麓，有一处方以智故居，现名“陆庄”，原名“在陆居”“在陆山庄”，是方以智祖父方大镇于万历三十九年（1611）所建。方以智曾在《浮渡山报亲庵说》中提及：“我祖廷尉公（指方大镇）创在陆山庄，即墨历、掌岩之西麓也。”又在《浮山游记》中说：“念先祖廷尉公构‘此藏轩’，携不肖读书于崖下，忽忽桑田，墙屋颓败，今当改为报亲庵，后建祠堂，祀三世焉。”方以智去世后，“报亲庵”改为“四代祠”，增加了方以智的牌位，祀四世。而方以智有个法号叫“墨历”，当于其故居在墨历岩有关。

相传方大镇因避东林党祸，辞官归里，隐居浮渡在陆山庄，自号“野同翁”。后来，方大镇又在菜子湖南边建造了白鹿山庄（今安庆市杨桥镇白鹿庄），这两处山庄都是方氏家族的聚居地。正如上文房秩五题记中所说：“方氏子姓之环山而居者，率诣寺罗拜近数十年。”可见方氏不少子孙在浮山周边聚居，常常到浮山上的华严寺拜谒方以智画像。

不过，房秩五题记首句：“大师曾为浮山华严寺住持”之句不确切。据《浮山志》记载：清康熙年间，安徽巡抚、桐城县令及安庆府内官绅，恭请无可禅师方以智住持华严。但因无可云游在外，遂派山足来华严监院。山足不负师命，于1677年建成“藏经阁”，第二年又建“新普同塔”，寺貌大为改观。又据余英时先生《方以智晚节考》考证，方以智曾在梧州、匡庐、新城、青原等地寺院出家或住持，并未回家乡浮山华严寺住持。故可知，当地官员是曾邀请过方以智住持华严寺，但他在外云游，并未回来，只是派弟子来华严寺监院，但这并不否定华严寺中珍藏有方以智的画像。另外，《浮山志》还记载：华严寺“藏经阁”旁有“阅藏房”，阁后为禅堂，清无可禅师亲书“九一堂”，置于其上。堂右为“柗华居”，由无可禅师题名。华严寺大殿前置有大铜炉一尊、大铜瓶一对，为方以智父亲方孔炤捐造。

在今天的浮山风景名胜区内，还发现有两块方以智的摩崖题刻。一块位于浮山西麓野同岩洞口石壁上，横书阴刻楷书“行窝”二字，长74厘米，宽37厘米，左置款：“方潜夫氏命子智书”。据考，方以智之父方孔炤字潜夫，“行窝”一词与北宋著名理学家邵雍有关，指可以小住的安乐之所。另一块题刻在浮山东侧滴水洞洞口前的天珠石崖壁上，楷书阴刻“吴观我先生指天处”六字，长250厘米，宽48厘米，旁置款：“外孙智题”。吴观我即吴兴宾，是方以智的外祖父，进士，翰林院编修，也是一位参禅向佛，儒、释、道三教兼修的大学问家。这两处石刻保存完好，字迹清晰，对于研究方以智书法弥足珍贵。

方以智不仅在浮山生活过多年，死后亦归葬于浮山。方以智的墓地共有三座：其一在他最后驻锡地江西青原山，为其衣钵墓；其二为浮山华严寺后之爪发塔，为桐城人吴道新于康熙十二年（1673）十一月所建，内藏方以智削发为僧时的头发和临终时的指甲，塔铭为吴道新所撰，此塔毁于20世纪60年代；其三为方以智真身墓，康熙十一年，其子方中通、方中履从江西万安县水月山扶柩归浮山，先安厝于“报亲庵”，旋即尊方以智生前遗嘱，把他葬于浮山北麓白沙岭其母吴令仪茔旁，谓之“回龙望母”，而其墓碑不署清朝年号，以尊其忠节。

无可大师方以智，既是一代高僧，又是闻名于世的大学者，而且不仕二主，忠节大义，其品行堪为后世所景仰。

附录二

浮山法远代传曹洞宗法脉考述

陈　东

浮山法远是北宋时期禅宗高僧，长期驻锡安庆境内的浮山，世称浮山法远。宋仁宗赐他“圆鉴”，故又称浮山圆鉴禅师，或舒州浮山法远圆鉴禅师。他禅理高深，在士林和禅林均有声望。关于其宗门何属，学界存有不同之说。本文根据史料，对其宗门法脉做一考略述，以正谬说。

一、浮山法远及其宗门

浮山法远，本姓王（一说沈），郑州人，《感山云卧纪谈》载：“浮山圆鉴法远师，天圣中许公式漕淮南，命出世太平兴国寺。逮庆历癸未(1043)，逸居天柱山月华庵。至丙戌岁（1046），吕翰林济叔以浮山延致，皇祐辛卯（1051）谢事而庵于寺西。癸巳岁（1053），应姑苏天平之招，至和中复旋浮山旧隐。”

法远圆寂后，建塔于山巅会圣岩，塔铭为范仲淹所撰，云：“呜呼远公，释子之雄。禅林百泽，法海真龙。寿龄有限，慧命无穷。寒岩瘗骨，千载清风。”元代昙芳守忠禅师赞誉他：“九重之丹诏，灭灵鹫之真灯。夫是之谓圆鉴禅师，海内一僧。”日本学者忽滑谷快天在《中国禅学思想史》中也给予他高度评价：“远操守严密，具古禅僧风格”“禅林命名远公虎子，于到处丛席为众领袖。”他著有禅宗理论《九带》，影响深远，后世参禅者，无不学习。宋僧人释思岳在他的偈子中说：“一心无罣碍，浮山有九带。”时人黄庭坚诗赞：“擘开华岳三峰手，参得浮山九带禅。”

浮山法远的事迹、言语乃至思想，甚为同辈和后世称道。

第一，具有“为法忍耐”的精神，能够经得起各种考验。他早年和天衣义怀等几个禅师一同前往叩参叶县归省禅师。“汝州叶县广教院归省禅师，冀州贾氏子，嗣首山念禅师，南岳下九世。其住持枯淡严密，衲子畏之。浮山远、天衣怀闻其高风，特往参叩。正值雪寒，省呵骂驱逐，将水泼地，衣褥皆湿。他僧怒去，惟远与怀整衣敷具，复坐如故。省到呵曰：你更不去，待我打你。远近前云：某二人数千里特来参和尚禅，岂以一杓水泼之便去。”因此为叶县归省收留，其后受到归省禅师的百般刁难，但他却毫无怨言地坚持下来。在经历诸多磨难和考验之后，归省对法远由衷地赞叹：“于是省归山，告众曰：‘叶县有古佛，汝等宜知之。’众曰：‘古佛是谁？’省曰：‘如远公，真古佛也。’一众始惊，盛排香华，入城迎归。省特为上堂，面付佛法。自古今以来，法堂付法，唯远一人而已。”忍辱是大乘佛教信徒的六种修行方法之一，它要求对加给自己的身心之苦，都能忍受，目的是使心安住。叶县归省向众僧泼水，是为了考验他们求法的诚心。法远与天衣怀泰然自若，显示出他们与众不同的境界。结果“县笑，因而遂留。相依数年，万方挫折，师始终一如。所谓真金烈火，愈锻而愈明，县始以衣法付之。”

第二，深为士林膺服，留下“因棋说法”的佳话。《五灯会元》《禅林僧宝传》等典籍都记有他借棋向欧阳修说法的事。欧阳修听说法远禅法高深，并不相信，于是前往浮山探访。到了之后，并没有发现法远有何奇异之处。其间，欧阳修与客人下棋，法远则坐在一旁观看。忽然欧阳修收了棋，请法远就棋说法。“师即令挝鼓升座，曰：‘若论此事，如两家着棋相似，何谓也？敌手知音，当机不让。若是缀五饶三，又通一路始得。有一般底，只解闭门作活，不会夺角冲关，硬节与虎口齐彰，局破后徒劳绰斡。所以道，肥边易得，瘦肚难求。思行则往往失粘，心粗而时时头撞。休夸国手，谩说神仙。赢局输筹即不问，且道黑白未分时，一着落在甚么处?’良久曰：‘从来十九路，迷悟几多人。’文忠加叹，从容谓同僚曰：‘修初疑禅语为虚诞，今日见此老机缘，所得所造，非悟明于心地，安能有此妙旨哉!’”这个事迹在禅林广为流传。至今，浮山谈禅岩留有石刻：“圆鉴大师谈玄岩。圣宋四帝庆历六年中秋月志。布依王谷清记耳。”隐贤岩也留有石刻“因棋说法”。这个故事不仅仅说明了法远禅理的高明，还从一个侧面说明了宋代知识分子喜欢参禅论道，和禅师们交往密切。法远与士人的交往，陆游在《老学庵笔记·浮山远》中也有记载：“唐质肃公参禅，得法于浮山远禅师。尝作《赠僧诗》云：‘今日是重阳，劳师访野堂。相逢又无语，篱下菊花黄’。”

第三，作为一方丛林领袖，深为禅林悦服。浮山法远作为一代硕德，声名远播禅林，不断有禅师前来证悟。他以其独特的眼光和方式开悟了许多僧人。投子义青、五祖法演是其中的杰出代表。五祖法演后来虽在白云守端处彻悟，但他却是浮山法远推介到守端处的。《五灯会元》记载：“(法演）洎谒圆照本禅师……请益本。本云：‘此是临济下因缘，须是问他家儿孙始得。’师遂谒浮山远禅师，请益前话。远一日语师曰：‘吾老矣，恐虚度子光阴，可往依白云。此老虽后生，吾未识面，但见其颂临济三顿棒话，有过人处。必能了子大事。’师潸然礼辞。”对于这段经历，法演自己也说：“某十五年行脚，初参迁和尚，得其毛。次于四海参见尊宿，得其皮。又到浮山圆鉴老处，得其骨。后在白云端和尚处，得其髓。方敢承受与人为师。”

这里既可见法远的禅学水平，又可见其识人之明，知道什么样的学生可从什么样的明师那里得到开悟。“潸然礼辞”四字又足见法远与法演的深厚感情。当时前往法远处参禅的僧人络绎不绝，或是“游方参问，得法于圆鉴禅师”，或是“游方参道，诣龙舒浮山圆鉴禅师法席，入室扣请，顿悟祖意”，抑或是“游历江淮宗席，参圆鉴禅师，投机印可”。《罗湖野录》也有记：“沩山小秀禅师与法云大秀禅师……俱有时名，故丛林以大小呼之，因结伴探诸方，首谒圆鉴远公于浮山。”

据上史迹，浮山法远是临济宗的高僧。其老师是叶县归省禅师。在《五灯会元》中，叶县归省列在“卷第十一·临济宗·南岳下九世”；浮山法远列在“卷第十二·临济宗·南岳下十世”，明确归在叶县归省的法嗣中，并且是首席。在第三点中，五祖法演在求法的过程中，曾以疑惑问求圆照本禅师，“本云：‘此是临济下因缘，须是问他家儿孙始得。’师遂谒浮山远禅师”。这些都有力说明浮山法远是临济宗的高僧。这个身份，《靖中建国传灯录》《嘉泰普灯录》《禅林僧宝传》等典籍也都是明确的。

然而，新编《浮山志》等书却说他是“佛教曹洞宗第七代祖师”，并且说他是“浮山曹洞宗的开山祖师”。张轼的《佛教与安徽》也持这种观点，说他是“曹洞宗太阳玄的弟子”。安庆当地不少宣传材料都采用了这一说法，甚至一些学术文章也据以引用：“赵宋以后，（浮山）是佛教曹洞宗的祖庭，著名的圆鉴大师与欧阳修‘因棋说法’的故事就发生在会圣岩。”为什么会有这样的误会呢？这就要说到浮山法远一生中至为重要的一件大事了，那就是代曹洞宗续传衣钵和法脉。

二、浮山法远代传投子义青曹洞宗法脉始末

投子义青在曹洞宗传承史上是一个至关重要的人物，在中国禅宗史上具有突出地位。因为在他接曹洞宗的衣钵之前，曹洞宗的法脉传承中断了40余年。在他的努力下，曹洞宗才开始延续下来，并且得以振兴。

投子义青（1032—1083），俗姓李，青社人。投子是山名，在安庆桐城，因为他得法后长期驻锡此地，故称投子义青。他 7 岁本州妙相寺出家，15 岁试《法华经》得度牒，16 岁受具足戒为大僧。从师听《大乘百法明门论》，明诸法无我。后来到洛阳听了《华严经》，明白法界、性海、刹尘、念劫诸义，了一多相即、重重无碍之旨。讲主命青开讲，义青妙语如花，舌辩如流，由此得“青华严”之称。当讲至诸林菩萨即心自性时，忽悟“法离文字，岂宁讲哉?”于是游历禅林，先后参拜了蒋山赞元、长芦智福等高僧。直至到了安庆，在浮山法远处开悟，成为一代高僧。

浮山法远是临济宗高僧，投子义青由法远开悟，按禅林宗承，投子义青当算是法远的弟子。但是，事实是，义青继承的却是曹洞宗的衣钵。这在禅宗史上是极其罕见的一桩异事，是一个奇特的传承现象，也是一个很有戏剧性的情节。

投子义青是曹洞宗七世，他的继承老师大阳警玄是曹洞宗六世。大阳警玄，新《浮山志》及张轼《佛教与安徽》等书均误为太阳警玄，由疏获点校的康熙《浮山志》也均误点。古时禅师称谓，通常是在法号前冠以驻锡的山名。浮山法远，浮山是山名；白云守端，白云是山名；五祖法演，五祖是山名；投子义青，投子是山名；大阳警玄也一样，他的全称是郢州大阳山警玄禅师。大阳山在今湖北京山县北，为大洪山的南支。

大阳警玄是曹洞宗发展史上的一代宗师，他门下弟子有很多，据《天圣广灯录》《建中靖国续灯录》等记载，警玄的法嗣有一二十人。但他并没有将法脉衣钵传给他们，而是委托了临济宗第七代传人浮山法远代曹洞宗物色法嗣。

天禧（1017—1021）中（浮山法远）游襄汉隋郢，至大阳机语，与明安延公（即大阳警玄）相契。延叹曰：“吾老矣，洞上一宗遂竟无人耶!”以平生所著直裰皮履示之。远曰:“当为持此衣履,求人付之如何?”延许之曰:“他日果得人,出吾偈为证。”偈曰:“杨广山前草,凭君待价焞。异苗翻茂处,深密固灵根。”其尾云:“得法者潜众十年,方可阐扬。”远拜受辞去。

正是在大阳警玄的这一托付下,才有了浮山法远代觅投子义青,教之以续曹洞法脉的禅林奇事。大阳警玄之所以如此,主要是为了让曹洞宗能焕发生机。彼时,曹洞宗在经过百余年的发展后静如止水,已经丧失了生机。对此,警玄在接续法脉后曾深表惶恐,“嵯峨万仞,鸟道难通。剑刃轻冰,谁当履践”。警玄深深感到难以为继的孤独和冷清,这从《禅林僧宝传》为他做的传可以看出:“自以先德付受之重,足不越限,胁不至席者五十年。年八十,坐六十一夏,叹无可以继其法者,以洞上旨诀寄叶县省公之子法远,使为求法器传续之。”

所谓“先德付受之重”,实际上就是曹洞禅法难以为继的危机。警玄的悲痛,在于自己“足不越限,胁不至席五十年”,却仍未能让曹洞宗别开生面。他担心从梁山缘观手上继承来的宗绪在自己手上断掉,因此毅然壮士断腕,将曹洞法统以皮履直缀为记,庄重托付如日中天的临济高僧浮山法远,嘱其在他的身后代觅一个既众且杰的曹洞宗传人。

大阳警玄的法友众多,为什么选择临济宗的浮山法远代觅继承人?这主要是因为浮山法远对曹洞宗风甚有心得,并且也曾随大阳警玄潜心学习过曹洞宗法。大阳警玄曾一度想将曹洞宗的衣钵传给浮山法远,但是因为法远先前已经在临济宗高僧叶县归省处得到证悟,算是临济宗的法嗣了,所以不便再接续曹洞宗的法脉,因此婉拒了大阳警玄的请求。《投子义青和尚语录》卷上记有法远对义青的话:“曹洞宗风实难绍举,吾参七十余员大善知识,无不投证。末后见郑州大阳明安禅师,凡数年方默契,而明安以皮履直裰付嘱,然吾以先有得处不敢昧初心,以实告明安，若老师尊年无人继嗣，即某甲当持此衣信，专淘择大器以为劫外种草，庶正宗密旨流化不绝。”“然吾先有得处不敢昧初心”，“有先得处”，指的就是得法于叶县归省；“不敢昧初心”，即表示自己不能背弃自己的师承。在这种情况下，法远表示，愿意“持此衣信”，为曹洞宗“专淘择大器”。这便是浮山法远代大阳警玄物色继承人的始末。这个重任也惟法远可以担当，因为他对大阳警玄一脉的曹洞宗风甚为稔熟，因此后来才能将曹洞宗法代传给投子义青。

浮山法远得遇投子义青，《五灯会元》卷十四《投子义青》载：“浮山法远号圆鉴禅师，晚年谢寺事居会圣岩，一夕，梦畜青色鹰，以为吉征。”次日即有义青来投。浮山令看外道问佛“不问有言，不问无言”话头，经三年法远令举所得，义青方欲开口，法远以手掩其口，“师（义青）了然开悟，遂礼拜”。这意味着，投子义青是在浮山法远处开悟的。义青开悟后，“鉴时出洞下宗旨示之，悉皆妙契。付以大阳顶相（半身画像）、皮履、直裰，嘱曰：‘代吾续其宗风，无久滞此，宜善护持。’”这里的“代吾续其宗风”，说的便是大阳警玄曾期望法远做曹洞宗法脉继承人的往事。

法远在得到义青这个弟子后，没有收归临济宗，而是在教之曹洞宗和临济宗的法门后，交付其大阳警玄的信物，让其去续曹洞宗的法脉。这桩续宗异事，多部禅宗典籍都有记载，本是很清楚的一段佳话。但是，后世曹洞宗有人觉得“有辱门风”，觉得这等于承认本宗无人，于是竭力否定。日本曹洞宗开山祖师道元就是其中的代表。

道元是曹洞第十三世传人天童如净的嫡嗣。他认为义青的禅法是大阳警玄面授，而不是浮山法远代付的。但这只是道元及部分曹洞宗人的看法，这种看法很大程度上是出于对曹洞家声的维护。毕竟，关于义青承续曹洞法脉的真实情况，谁的话都没有义青及其弟子们的话更可靠。《五灯会元》卷十四《投子义青》章记法远接化义青的事迹，源于义青法嗣芙蓉道楷所编《舒州投子山妙续大师语录》，嫡传弟子记录自己老师的行状是不会有假的。另外《投子义青和尚语录》2卷是芙蓉道楷法嗣、义青法孙净因自觉所编，书中记义青祝国开堂语云：

山僧向治平初（1064）在浮山，圆鉴禅师亲手传得，寄付其宗。颂委证明，慈旨云："代吾续大阳宗风。"山僧虽不识大阳禅师，凭浮山宗法识人，以为续嗣。如此更不违浮山圆鉴禅师法命付嘱之恩，恭为郢州大阳山明安和尚。何故？父母诸佛非亲，以法为亲。

这段自白明确表明，义青并没有得到大阳警玄的亲授，他的曹洞禅法是由浮山法远代付的。

从各种记载来看，曹洞宗法脉延续和振兴的关键人物投子义青，由浮山法远代为传宗接脉的史实是不容置疑的。这个事件当时在禅林传为佳话，在千余年的禅宗史上也是一件不朽的事迹，它既体现了大阳警玄的大智大勇和识人之明，也昭示了浮山法远无私且忠于事的精神。所以，《禅林僧宝传》的作者惠洪感慨地说："微远录公，则洞上正脉几於不续矣!"他同时也指出："延（大阳警玄）之知人可以无愧也!"

三、投子义青与曹洞宗的偏盛一隅

投子义青在浮山法远处开悟后，再度游方参禅，"由是道声籍甚"。宋神宗"熙宁六年（1073）还龙舒，道俗请住白云山海会寺……又八年，移投子山。道望日远，禅者日增"。"元丰六年四月末示微疾，以书辞郡官诸檀越。五月四日灌沐升座别众罢"。这说明他一生担任住持的地方，主要是太湖白云山海会禅院和桐城投子山胜因禅院，并终老于投子山。他自已在坐化时也说，"两处住持，无可助道。珍重诸人，不须寻讨"。投子山寺原由唐代石头下三世大同禅师（819—914，谥"慈济禅师"）所创，是唐宋著名禅寺之一。《义青语录》后附有《行状》，描述了义青的日常生活和修行情景，"唯破衲弊衣，寒槁冷默，忘缘寂照，坐卧如竹木，而家风萧条，无可趋向”。然而他名声远扬，门下弟子很多，使长期处于沉寂局面的曹洞宗出现转机，并为曹洞宗在以后的传播奠定了基础。

义青学养丰富，于教门精通《法华经》《大乘百法明门论》《华严经》，三者在教判上都属大乘圆顿教。禅宗在五家分灯以来，虽法门有异，但都秉承《法华经》法界圆融的宗旨，故义青的禅也被认为是华严禅。于禅门，义青师浮山法远而宗曹洞，是兼临济、曹洞两家而融贯一心。义青曾在与弟子的问答中说：

> 僧问："师唱谁家曲？宗风嗣阿谁？"
>
> 师曰："威音前一箭，射透两重山。"
>
> 曰："如何是相传底事？"
>
> 师曰："全因淮地月，得照郢阳春。"

一箭“射透两重山”，是义青说自己以一空为心法而通曹洞、临济二宗之宗乘。“相传底事”，则是指浮山法远代传曹洞禅法。义青于淮地（今枞阳浮山）得法远付法，证悟后又在淮地（桐城投子山）开山说法，然而他所继承的却是曹洞法曲，嗣续的是郢地大阳家风，所以他说“全因淮地月，得照郢阳春”。

投子义青兼习临济、曹洞两家禅法，其思维的清新生气给垂垂的曹洞宗注入了新鲜的血液。这正是大阳警玄壮士断腕所期望的结果。投子义青给曹洞宗带来了勃勃生机，曹洞宗的传承开始有了转机。临济主顿入空无，曹洞主力阶循次至“兼带”。然有无生于一心，心寂则无圣凡生佛，此即华严之旨。从现存义青的说法语录来看，他在传法中经常发挥华严宗的法界缘起重重无尽、理事圆融的思想；对曹洞宗的门庭施设“偏正五位”“君臣五位”等，在说法中也经常引述。

义青极有文采，他经常在诗偈中描述日月山川自然景物。这些富有诗情画意的语句能让弟子和参禅者感悟山川草木之美，体悟宇宙自然的和谐，从而寄禅修于自然无为，领会“即心是道”“不用求真，但须息见”及“执事元是迷，契理亦非悟”的道理。

此外，义青的文字禅在中国禅宗史上也有一定地位。义青对唐宋丛林流行的一百则公案语录，撰写颂古百则加以赞赏和评论，载录于《义青语录》下卷。后世曹洞宗僧万松行秀、林泉从伦等多有发展，为研究文字禅留下了重要资料。

曹洞宗在投子义青之前，大约已有150余年的历史，并未得到长足发展。这是曹洞宗发展的前期，它以大阳警玄自断法嗣为终点。1064年投子义青接续法脉，这是曹洞宗千余年发展的分界线，他的成功续嗣挽曹洞宗于昧灭之中。投子义青兼习临济曹洞禅法，为垂垂的曹洞宗焕发了生机和活力。在投子义青的带领下，曹洞宗以后的几代中人才辈出，气象一新，几为绝响的曹洞宗迎来昌盛的中兴时代，投子义青因此被誉为“宋代曹洞宗振兴的奠基人”。

义青嗣法弟子中，以芙蓉道楷最著名，被称为曹洞宗的“中兴”之祖。投子义青住白云山海会寺期间，芙蓉道楷得到证悟，先后住持安徽马鞍山、江西洞山和湖北大阳等地寺院。在曹洞宗历代传人中，芙蓉道楷是超出江西湖南、长期住持帝京的第一人，他令曹洞宗的活动范围大增。芙蓉道楷门下丹霞子淳和净因自觉各自开展了新局面，其中净因自觉一系渐移北地，开辟了曹洞宗在北方百余年的辉煌时代，子淳门下有宏智正觉、长芦清了两支。宏智正觉门下有天童宗珏，宗珏传雪窦智鉴，智鉴传天童如净。

如净（1162—1228)，字长翁，浙江明州人，住天童寺，“学众辐辏，范模清亮，海内以为法式”。日僧道元于宋理宗宝庆元年（1225）谒见如净。两年后，如净许其为法嗣，传芙蓉道楷法衣、《嗣法书》《自赞顶相》《宝镜三昧》及《五位显诀》，由道元带回日本，由此开启了日本曹洞宗的传入和发展。也因此，明州天童寺成为日本曹洞宗的祖庭。

在曹洞宗史上，天童如净和大阳警玄的传法异曲同工，在曲线光大本宗和伽蓝相续的艰难选择中表现了惊人的勇气和远见。从此，曹洞宗远赴日本，经过日僧本国化的改造，成为今天日本仅次于临济宗的一大宗派。

曹洞宗后世能迎来中兴和兴盛，投子义青无疑起了关键的作用。而倘若没有浮山法远，也成就不了投子义青，也就没有曹洞宗后面的振兴。可以说，浮山法远对曹洞宗法脉的延续可谓居功至伟。所以晓云在《感山云卧纪谈》中说，他“接投子续洞上宗派，指老东山参白云端，于宗门可谓有功矣”。

附录三

方以智出生地小考

蒋国保

史籍上只记载着方以智为桐城人，而明清时的桐城县，现已一分为二，其西北二乡属今桐城县境，东南二乡则归今枞阳版图。（实际上，罗岭、杨桥等地亦属桐城南乡。杨桥等地是 1979 年 12 月由桐城划归安庆的，罗岭是 2005 年 7 月由桐城划归安庆的。而今枞阳县的麒麟、杨湾、钱桥等地则旧属桐城北乡。同时今人笼统地说桐城四乡也是不对的，县治一带古称“县市乡”“城乡”，实际上桐城是“五乡”。）

方以智究竟是今桐城人还是今枞阳人，因此产生了争论。这种争论本无碍于我们正确了解方以智，但它既然作为问题提了出来，也就有加以辨析的必要。所以在介绍方以智生平之前，我们先来考证他的出生地。

前引方以智文，言方氏一世祖迁桐居“凤仪里”，而查《家谱》则屡见如下记载：一世祖德益迁桐居“凤仪坊”。我认为这两种说法并无本质上的差异，臆之“凤仪里”所以又另称“凤仪坊”，乃因为其后来建有许多牌坊的缘故，据《家谱》载方氏祖居地早就建有牌坊，这正可印证我的推论。

方德益迁桐时居“凤仪坊”已明。可它究竟在桐城何处呢？《家谱》有云：“凤仪坊祖居，在县东门而南，德益祖始迁地也，尝割基地广学宫前衢，时观音阁有竹园二十亩，势盖延广。”可见“凤仪坊”在当时的桐城县城内，方位东南，前有学宫，边临观音阁。当时学宫的坐向，现已无法详考，但道光年间绘制的《桐城内外街道图》尚标有“观音阁”，其位置与《家谱》所言不悖。由方德益所传下来的“凤仪坊”旧居，至方氏第五世时，归长房长门方瑞所有，并于“嘉靖间鬻钱如畿为御书楼”（《家谱》卷六十一）到宣德间方懋新建府第，后称为“桂林第”。查《家谱》可知“桂林第在寺巷口”；再查道光年间绘制的《桐城内外街道图》可知“寺巷”位于桐城城内东大街的中段，其地理位置为今桐城城关镇所在。

据方氏后人讲：现桐城城关镇镇公所乃其先祖府第，原称“廷尉第”，又称“远心堂”，到清乾隆年间改称“潇洒园”，方以智就出生在这里。根据上面考证所得出的结论，说“潇洒园”乃方氏祖居遗址是完全可以相信的，但轻率地断定即方大镇的旧居，却有不妥。按照当时由长房长门继承祖居的惯例论，作为中一房的方大镇不可能居住在方懋传下来的府第。事实也是如此，《家谱》记载：桂林府第在嘉靖年间“力加修饰，名翕乐堂”，它先归子孝居住，“今属大美”。这里的所谓“今”是方学渐修《家谱》时用的时间概念，则“桂林第”在当时不属于学渐长子方大镇所有明矣。那么诞生了方以智的“廷尉第”，其址当非现桐城城关镇公所也就不证自明。

可方大镇府第又在何处呢？现可知有二处，一是浮山脚下的“此藏轩”，但它建于方大镇辞官隐居之时，当时方以智已十三岁，它非方以智出生地自不待言；另一处是建于小龙山的“白鹿山庄”，然而它是方大镇晚年遁居之处，则方以智更不可能出生在这里。方以智当出生于方大镇早年的居住地，史籍没有这方面的记载，但照当时的惯例类推，方大镇的早年居住地，理当为方学渐的府第。而方学渐的府第却有材料可供稽考。方以智说过："本庵（方学渐号）崛起，建至善堂"（《慕述》）。可堂建于何处？方以智没有明讲，但他透露了方学渐当时的居住地："白沙手植枫杞成连理之祥。"（同上）这里所谓"连理之祥"是指学渐"庭有杞枫二树，自本及根，纠结如一"（《家谱·列传》；而所谓"白沙"当然就是指学渐的庭院所在之地名。）查《家谱》果然有这样的记载："白沙岭十五世素北公（方中履）墓，岭在县北三十二里，本明善公（方学渐）旧居。"查道光年音绘制的《桐城县全图》便知"白沙岭"距今桐城"三十里铺"只有二里。

方学渐的府第在"白沙岭"当没有什么问题，问题是方学渐是否一直住在这里。叶灿《方明善先生行状》言学渐癸巳（1593）由大名府归桐后"构桐川会馆，颜其堂曰崇实"，但此堂只是他用来讲学，并非用于居住。方孔炤跋其父《宁谈语》云方学渐"居崇实居近五十年"。方学渐死于1615年，上推五十余年为1565年，则他至迟于此时就居于"崇实居"，此后五十年他既然一直住在此居，当然不会有移居"崇实堂"之事。现在要问："崇实居"是否在白沙岭？从现在可资稽考的材料看，回答是肯定的。叶灿《方明善先生行状》言学渐十几岁丧父，并且说其父死后"先生柴毁骨立庐墓而居，括父所遗可百金，悉以奉伯兄"，待他成婚后，见伯兄仍然贫穷废箸，"即割宅而居，割夋田为膳，二十年怡怡无间，庭有杞枫连理者，三人以为孝友之祥"。方学渐生于1540年，他成婚的具体年月不可考，但据何如宠撰《明封侍郎明善先生本庵方翁墓表》记载：学渐十二岁其父尚健在，父死庐墓（期为三年），后于"丙寅（1596）始籍郡诸生"，则方学渐成婚不会早于1566年。从1566年下推二十年为1586年。前面考证既已说明方学渐至迟于1565年就居"崇实居"，这里又证明他起码1586年还住在"白沙岭"，则"崇实居"也建于"白沙岭"明矣。"崇实居"在"白沙岭"，那么说学渐"居崇实居近五十年"也就意味着他一直到死都家住"白沙岭"这个地方。

那么方大镇实际上是否与方学渐居于一处？万历庚申（1620）方孔炤在福建长溪镜烟阁跋方大镇《宁澹语》有云：“家大人居宁澹居近二十年。”这里所言“宁澹居”显然指方大镇为官前在故里的居处。大镇生于嘉靖辛酉（1561），于万历己丑（1589）中进士外出为官，到1624年罢官回乡，虽为官在外三十余年，但调迁不定，从未固定居于某处达二十年的。方大镇罢官后卜居于浮山下的“此藏轩”，再后隐居“白鹿山庄”，证明“宁澹居”亦非他罢官后在故乡的居处，况且方孔炤写此跋时，方大镇尚在北京做官，不存在罢官后的问题。既然“宁澹居”是方大镇为官前的居处，则它当然坐落于白沙岭方学渐的庭院内，因为大镇未成人前不可能另建房屋别居。事实正是如此，方孔炤跋又云：“盖自大人痛心木静邱垅，慕余数椽，菟裘斋慄崇实居中如生事者，又已六年。”这个记载不啻指明方大镇于方学渐死后曾在“崇实居”首尾住了六年，而且因它是接在方大镇“居宁澹居近二十年”那段话后，就使我们很自然地认识到“崇实居”与“宁澹居”是相呼应的两实，它们同为方学渐所命名。方学渐治学主“崇实”而立志讲“淡泊”，以“崇实”与“宁澹”名自己屋名，正体现了这个精神。“崇实居”建在白沙岭，那么与之相呼应的“宁澹居”当然也就建在此处。至于“崇实居”是否就是方以智所言的“至善堂”，“宁澹居”是否也称“连理堂”（方学渐有文集曰《连理堂》），现已无法考证了。

方大镇为官前既然居住于“宁澹居”，则当他为官外出时，其居当然由其独子方孔炤居住。方孔炤生于万历辛卯（1591），中进士出外为官在万历丙辰（1616），则方以智出生时（1611）他尚住在方大镇留给他的“宁澹居”是无可置疑的。方孔炤《环中堂集》有首诗乃为生方以智所写，诗称方以智出生时，方学渐曾为以智相面，并且为以智起了乳名，这亦说明方孔炤生儿时与祖父方学渐住在一个地方，因为方学渐当时已高龄七十一，已经“不轻出”，他不可能专为给重孙相面、起乳名而远出。所以我们推论方以智出生于“宁澹居”。